Michael Gärtner

Maimont

wellhöfer VERLAG

Wellhöfer Verlag
Ulrich Wellhöfer
Weinbergstraße 26
68259 Mannheim
Tel. 0621/7188167

info@wellhoefer-verlag.de
www.wellhoefer-verlag.de

Titelgestaltung: Uwe Schnieders, Fa. Pixelhall, Malsch
Satz: Wellhöfer Verlag, Mannheim

Die Erzählung ist frei erfunden. Ähnlichkeiten mit wirklichen Personen oder tatsächlichen Ereignissen sind nicht beabsichtigt und somit rein zufällig.

ISBN 978-3-95428-268-5

Michael Gärtner

Maimont

Michael Gärtner, geb. 1955 in Hamburg, Dr. theol., Pfarrer der Evangelischen Kirche der Pfalz, Oberkirchenrat i. R., wohnt in Ludwigshafen am Rhein.
Veröffentlichungen zu theologischen und kirchengeschichtlichen Themen.
Belletristische Veröffentlichungen: *Tertullian. Der Roman (2019)*, *Das Vermächtnis des Bischofs. Eine satirische Erzählung (2019)*.

»... der Wasgenwald hieß es schon damals.
Weiträumig ist und groß dieser Wald! Verstecke des Wildes
hat er in Menge und oft ertönt er von Hunden und Hörnern.
Dort stehn zwei Felsen in einsamer Lage nah beieinander;
lieblich steigt, wenn auch eng, eine Schlucht empor zwischen beiden,
nicht in die Erde gehöhlt, durch die Felsgipfel vielmehr gebildet,
wohlgeeignet als Aufenthaltsort für blutdürst'ge Räuber.«

(Waltharilied des Ekkehard I., St. Gallen um 920 n.Chr., Zeilen 490–496, übers. von Ursula Schaefer)

Kapitel 1

Alfred von Boyen hatte den Tag wie jeden Tag auf der Wiese vor seinem Haus angefangen. Er sah auf die weiße Madonna auf dem Felsvorsprung am anderen Ende des Tales. Ein heißer Tag hatte sich angekündigt, und er hatte es kaum glauben können, dass ein Morgen so leise beginnen konnte. Zudem war es der Tag, an dem sie ein kleines Mädchen beerdigen würden, dessen ungewöhnlicher Tod ihn noch lange beschäftigen sollte.

Er hatte sich auf das richtige Atmen konzentriert und zehn Minuten an dem Bündel aus Reisstroh geübt, das unter der schützenden Überdachung der Terrasse aufgehängt war. Dann schritt er, den Bogen in der einen, zwei Pfeile in der anderen Hand, ins taunasse Gras hinaus. Er wollte die acht Stufen des Kyu-Do beschreiten, trat an die Vorbereitungslinie und verneigte sich zum Ziel hin. Er ging die drei Schritte zur Schießposition vor und nahm die Grundhaltung ein. Er setzte die untere Bogenspitze auf das linke Knie und führte den Pfeil von vorn gegen den Bogen. Aufrecht stehend bildete er eine Verbindung von Himmel und Erde. Er hatte das Gleichgewicht von Körper und Geist erreicht. Die Kraft schien aus dem Bauch heraus in den ganzen Körper zu fließen, als er beide Arme auseinanderbewegte, den Bogen spannte und den Pfeil auf Augenhöhe senkte. Er fixierte die Scheibe über die Wurzel des linken Zeigefingers, bevor sich das Geschoss wie von selbst löste und ins Ziel flog. Alfred von Boyen blieb stehen, als ob sich der Pfeil noch im Bogen befände, und wartete, bis die Resonanz des Schusses in ihm verhallt war. Dann löste er die Haltung und trat die drei Schritte wieder zurück.

Der Tag war schon hell, doch die Amsel auf der Buche markierte weiterhin singend ihr Revier, die Strahlen der Sonne waren noch hinter dem Maimont gefangen, auf dessen dicht bewaldeter Doppelspitze es wie gelber Staub flimmerte. In den wenigen Häusern des Dorfes brodelten die ersten Kaffeemaschinen, und von der Koppel am Ende der Häuserreihe drang der Hufschlag der Pferde herauf, die sich gegenseitig die Wiese hinauftrieben. Die Kraft des Morgens lag in der Luft, und von Boyen ließ den entspannten Bogen mit derselben Ruhe und Andacht wieder sinken, mit der er ihn emporgehoben hatte. Er war ein Meister im Bogenschießen, aber das Ziel seiner morgendlichen Übungen war nicht der Flug des Pfeils, sondern die Sammlung des Schützen.

Als er den Bogen zum letzten Mal gesenkt hatte, nahm der Schulbus unten im Dorf das gute Dutzend tobender Kinder auf, die er auf die Schulen der Gegend zu verteilen hatte. Es wohnten nicht viele Kinder in den vielleicht dreißig Häusern des Gebüg, einer ehemaligen Köhlersiedlung am Waldrand unterhalb des Maimont, in der er sich vor zwei Jahren niedergelassen hatte. Er hatte hier die Ruhe gesucht, einen Ort zum Nachdenken, um sich neu zu orientieren, um das Leben neu zu beginnen, wenn es nicht mit Ende fünfzig dafür schon zu spät war. Weit weg von all den großen Städten, in denen er das Leben verbracht hatte, wollte er leben, ganz an den Rand wollte er, um von dort auf das Ganze zu blicken. Dann hatte er das Haus gefunden in einer Gegend, in der er nie zuvor gewesen war, weitab von allem, das in seinem bisherigen Leben eine Rolle gespielt hatte. Wenn er hinter dem Haus den Berg, den sagenumwobenen Maimont, hinaufschaute, so standen die letzten Bäume, die er sehen konnte, schon auf französischem Boden, und wenn er vors Haus trat, sah er auf die wenigen Häuser des Gebüg und über sie hinweg in ein weites Tal mit Weiden, das in der Ferne von den Hügelreihen des Pfälzer Berglandes begrenzt war.

Vielleicht war es der weite Blick über die Wälder gewesen, der ihn gerade dieses Haus hatte kaufen lassen, vielleicht auch der schützende Berg im Rücken, der für Jahrhunderte eine herausfordernde Grenze markiert hatte.

Er ging über die Terrasse zurück ins Wohnzimmer, schaute aus dem Fenster über das Tal, legte den Trainingsanzug im Schlafzimmer ab und ging duschen. Seit seinen Aufenthalten in den Flüchtlingslagern in Ruanda und auf dem Balkan war er jedesmal dankbar, wenn er den selbstverständlichen Komfort westlicher Lebensweise genießen konnte. Nach der Rasur zog er sich Jeans und Poloshirt an, scheitelte sorgfältig die mit grauen Strähnen durchzogenen Haare und kochte sich einen Milchkaffee. Neben dem Pfälzischen Tageblatt lag die New York Times, eine Reminiszenz an die Zeit in den USA. Er hatte versucht, die Welt aus seinem Leben auszusperren, doch sie hatte sich immer wieder hereingedrängt, und irgendwann hatte er gemerkt, dass er doch nicht ohne sie leben konnte. Es war beruhigend, dass die Zeitung schon zwei Tage alt war, wenn sie ihn erreichte, wenn das, was in ihr stand, schon auf dem Weg war, Geschichte zu werden, sein Fach, das er fast dreißig Jahre an bedeutenden Universitäten gelehrt hatte.

»Meine Tage sind schneller gewesen als ein Läufer; sie sind dahingeflogen und haben nichts Gutes erlebt«, hatte sich Hiob beklagt. Nein, das konnte er so nicht sagen, es waren viele Jahre gewesen, aber gerade, weil sie auch gute Jahre gewesen waren, waren sie zu schnell vergangen. Die Zeit schien langsamer zu laufen, seit er für sich die Konsequenzen aus allem gezogen hatte. Vielleicht war es gut so, dennoch tat das große Loch in der Seele weh, genauso wie der schreckliche Tod des Mädchens, das sie heute würden beerdigen müssen.

Für ihn war es nicht die erste Beerdigung in der neuen Rolle als Kirchdiener, aber die erste eines Kindes. Er ahnte nicht, dass der Tod die ängstlich gehütete Ruhe seines neuen Lebens zerstören würde.

Die Autos stauten sich an den Ortseingängen von Schönbach. Zuerst hatten einige Fahrer gehupt und geschimpft; mit der Zeit war Ruhe eingekehrt. Einige lehnten gelangweilt an ihren Karossen und rauchten, die Frauen saßen im Wagen und lasen den neusten Klatsch vom Hochadel, andere griffen zum Handy, um die Zeit nicht ungenutzt verstreichen zu lassen. Weiter vorn stand eine Gruppe mit bedrückten und zugleich erlösten Gesichtern, denn es war nicht ihre Beerdigung, die sich im Dorf abspielte.

Entsetzen lag über dem Dorf. Die Straßen waren vollgestopft mit Menschen, ein schwarzer See, der sich von der Hauptstraße in die abgehenden Gassen ausdehnte. Sie blickten alle in eine Richtung. Noch bewegte sich nichts am Eingang des kleinen Hauses am unteren Ende der Berggasse. Kaum einer sprach ein Wort, nur die ganz am Rand standen, wagten gelegentlich eine flüsternde Bemerkung zu dem Menschen neben sich. Die Hitze staute sich zwischen den Kleidern, die Trauer fand keine Abkühlung, die Hilflosigkeit kroch über die Felder hinauf in den Wald, der Schönbach in weitem Bogen wie eine grüne Mauer umgab. Von dort war kein Laut zu hören. Über den Feldern schwiegen die Lerchen und der Kirchturm reckte sich wie eine drohende Faust gegen den Himmel.

Als die Haustür geöffnet wurde, begann sich die Menge zu teilen und den letzten Weg freizugeben. Dem Sarg, getragen von vier jungen Männern, folgte die Pfarrerin, dann eine junge Frau, die bei jedem Schritt in die Arme ihres Mannes sackte, der sich selbst kaum halten konnte, sodass ein anderer, ein älterer, sie zusätzlich von der anderen Seite stützen musste, dahinter ein vielleicht fünfjähriger Junge an der Hand der Großmutter, dann die Verwandten und Freunde. Der weiße Sarg schnitt sich durch die Menschenmenge und nahm seinen Weg zum Friedhofsberg. Der Anstieg hätte den Trägern des Sarges bei dessen geringem Gewicht gar nicht schwerfallen müssen, dabei war es wohl gerade die Tatsache, dass man ein erst dreijähriges Mädchen zu Grabe trug, der den Berg heute so steil und die Hitze so unerträglich erscheinen ließ.

Der Tod des Mädchens hatte das Dorf mit Schrecken erfüllt. Vielen erschienen die Umstände unverständlich, rätselhaft. Manche versuchten für sich eine Erklärung, mit der sie doch nicht zufrieden waren.

Man mühte sich den mit dem groben Basalt der Nachkriegszeit gepflasterten Weg zum Friedhof hinauf. Wie oft hatte man schon in der Versuchung gestanden, den Kilometer zu fahren, um nicht die Last tragen zu müssen, um nicht bei Regen auszurutschen und bei Sonne zu schwitzen. Freilich wäre es allen als eine Missachtung der Verstorbenen vorgekommen, wenn man sie auf ihrem letzten Weg den gefühllosen Vibrationen eines Verbrennungsmotors ausgesetzt hätte.

Hinter den letzten Häusern begann die hohe Mauer des Kirchhofs, überragt von der geduckt wirkenden Kirche, deren Schatten dem Trauerzug für einige Momente Erleichterung von der Hitze gewährte. Für die Menschen im Ort sprach die Kirche von der Hoffnung auf die Auferstehung, denn keiner konnte sich vorstellen, dass das Leben des Mädchens schon mit drei Jahren zu Ende gelebt sein sollte. Deshalb waren sie alle gekommen, nicht wie sonst üblich nur einer aus jedem Haus, sondern alle, denen es möglich war. Es war wie eine trotzige Demonstration des Lebens gegen den Tod, damit man ihn, wenn er seine Tat schon nicht rückgängig machte, so doch einschüchtern könnte, sodass er es nicht nochmals wage, ein so junges Kind zu holen, den Eltern die Tochter und dem Bruder die Schwester zu nehmen.

Auf dem Friedhof angekommen floss die Menschenmenge auf die Wege, um sich dann wieder um das Grab zu sammeln. Das Vaterunser füllte das Tal und drang bis zu den Autofahrern, die in ihre Wagen stiegen, um den Ort der Trauer hinter sich zu lassen, während die Pfarrerin am Grab zur Schaufel griff und dreimal Erde auf den kleinen Sarg warf. Es klang hohl, als die Klumpen auf ihn fielen und über den Deckel in die dunkle Tiefe rollten.

Der Schrei der Mutter zerriss die Stille des Friedhofs und die Herzen der Menschen. Sie sackte in sich zusammen und griff in die Leere des Grabes über dem Sarg. Sie rutschte und drohte hineinzufallen, als Alfred von Boyen, der neben der Pfarrerin stand, einen Schritt nach vorn machte und sie auffing. Auf dem anschließenden Weg zur Kirche nahm er die Frau ihrem Mann ab, dessen Kräfte kaum für sich selbst reichten.

Die Kirche fasste nur einen Bruchteil der Menschen, man ließ den Angehörigen und engen Freunden den Vortritt. Viele hielten es für ihre Pflicht, vor der Kirche auf das Ende des Trauergottesdienstes zu warten, andere gingen zurück in ihre Häuser.

Die Kirche von Schönbach war eine der ältesten des Dahner Felsenlandes. Obwohl eigentlich nicht groß, wirkte sie durch die fast zwei Meter dicken Mauern und die verhältnismäßig kleinen Rundbogenfenster des romanischen Langhauses wuchtig und bestimmte das Bild des Ortes. Schon bald nach ihrer Erbauung am Ende des ersten Jahrtausends hatte man ihr einen neuen massigen Turm gegeben, der über die ganze Breite der Kirche reichte. Er reckte sich mit aller Kraft in den Himmel, der Stein gewordene Versuch, mit der Erde verwurzelt zu bleiben und doch den Himmel zu erreichen. Irgendwann einmal, als man praktischer zu denken begann, montierte man eine Uhr, die den ungleichen Rhythmus der Natur in den ewig gleichen Takt der Mechanik zerlegte, sommers wie winters die gleichen Stunden zählte, es immer zur selben Zeit Mittag werden ließ und sogar die Stunden des Schlafes zählte. Darüber war Platz für ein paar Glocken, die zum Gottesdienst riefen und zum Gebet mahnten, die eine Hochzeit meldeten und eine Taufe. Deren tiefste läutete, wenn ein Mann gestorben war, die mittlere bei einer Frau und die höchste bei einem Kind. Wenn man die Kirche betrat, teilten sich die Bankreihen in der Mitte und gaben den Blick auf den Altar im Chorraum unter dem Turm frei. Ein Teil des Kirchenschiffes war mit einer klobigen Holzempore überbaut, um Platz für die Orgel und die überzähligen Besucher des Weihnachtsgottesdienstes zu gewinnen. Erst später hatte man die Reste des spätmittelalterlichen Bilderreigens wiedergefunden, der zu jener Zeit denen, die nicht lesen konnten, in Erinnerung rufen sollte, was ihnen schon von der Kanzel aus gesagt worden war: die Kreuzigung des Herrn, der beizuwohnen nur die Frauen den Mut hatten, den Baum des Lebens, das alle einst erwartete, die Männer, die als Apostel die Macht in der Kirche übernahmen, nachdem sie sich nach Ostern wieder aus den verschlossenen Räumen herauswagten, die Propheten des Ersten Testamentes, ohne die man die Auferstehung nie verstanden hätte, und schließlich das Gericht, das auf alle wartete, auf die Armen wie die Reichen, die Frommen wie die Nachlässigen, die Guten und die Bösen.

In der Hitze des Sommers war der muffige Geruch, der sonst das Kirchenschiff ausfüllte, fast völlig verschwunden. Die Kirche war bis auf den letzten Platz besetzt, die Gänge standen voll. Alfred von Boyen hatte die Mutter in die erste Reihe begleitet und sich neben sie gesetzt. Das passte ebenso wenig zu einem Kirchdiener wie die gerade, fast aristokratische Erscheinung. Es wäre seine Aufgabe gewesen, für Ordnung im hinteren Teil der Kirche zu sorgen, aber er kümmerte sich jetzt um die Frau, die eines ihrer Kinder so plötzlich verloren hatte. Die Zuwendung wirkte etwas unbeholfen und scheu, die Frau nahm sie jedoch dankbar und etwas erstaunt an. Der Mann saß in sich versunken daneben und schien nichts um sich herum wahrzunehmen. Die Orgel trauerte mit der Gemeinde. Nach ihrem letzten Ton betrat die Pfarrerin die niedrige Kanzel unter dem Fresko der sieben Apostel.

»Da kam ein Knecht zu Hiob und sprach: Deine Söhne und Töchter aßen und tranken im Hause ihres Bruders, des Erstgeborenen, und siehe, da kam ein großer Wind von der Wüste her und stieß an die vier Ecken des Hauses. Da fiel es auf die jungen Leute, dass sie starben, und ich allein bin entronnen, dass ich dir's ansagte. Da stand Hiob auf und zerriss sein Kleid und schor sein Haupt und fiel auf die Erde und neigte sich tief und sprach: Ich bin nackt von meiner Mutter Leibe gekommen, nackt werde ich wieder dahinfahren. Der Herr hat's gegeben, der Herr hat's genommen; der Name des Herrn sei gelobt!«

Alfred von Boyen hielt den Arm der jungen Mutter. Er war sich nicht sicher, ob die Geschichte von Hiob, der allen Besitz, seine Kinder und schließlich die Gesundheit verlor, die zerbrochene Frau neben ihm trösten könnte. Es war nun zwei Jahre her, dass er es sich gewünscht hatte, diese Sätze am Sarg seiner Frau zu hören. Der Text war für ihn immer anstößig gewesen. Konnte ein Mensch das wirklich in dieser Situation sagen: »Der Herr hat's gegeben, der Herr hat's genommen; der Name des Herrn sei gelobt!« Ging das nicht über die Kraft eines Menschen? Er hatte sich damals den Satz sagen lassen wollen, dabei war das Loben des Herrn ihm schwer geworden. Wie würde es der Frau neben ihm ergehen?

Die Pfarrerin suchte nach Worten, die trösteten und Orientierung boten, worin jedoch konnte schon der Sinn beim Tod eines dreijährigen Mädchens liegen? Vielleicht würden die Ärzte irgendwann eine Erklärung finden; auf die Frage »Warum?« war damit freilich keine Antwort gegeben. Wie sollte der Bruder damit fertig werden, dass Katarina, als sie gerade beim Nachtisch waren, plötzlich vom Stuhl gefallen war, röchelte, erst rot und dann blau im Gesicht wurde, weinte und krächzend »Mama!« rief, sich an den Hals griff, starr vor Angst den Bruder anschaute, sich in Krämpfen auf dem Boden wand, wie ihre Hose nass wurde und sie plötzlich nichts mehr sagte, der Kopf locker am Körper baumelte, wie die Mutter aufschrie und der Vater zum Telefon lief, um den Arzt zu holen, wie die Mutter sich auf den Boden neben sie setzte, sie in die Arme nahm und schüttelte und immer wieder nach dem Arzt rief, der im Nachbarort war und erst in einer halben Stunde da sein würde, wie Katarina die Augen aufschlug und alle ansah, als wäre sie weit weg, und wie sie plötzlich still – die Augen offen, den Blick an die Decke gerichtet – und das blaue Gesicht nach und nach ganz blass wurde.

Der Gottesdienst war zu Ende, die Eltern standen auf, nahmen den Bruder bei der Hand, drehten sich um und gingen den Gang zum Ausgang entlang, vorbei am Bild des Gekreuzigten, schweigend durch die Gasse, die die Freunde und Nachbarn gebildet hatten. »Ein Lämmlein geht und trägt die Schuld«, spielte die Orgel, und sie fragten sich, wessen Schuld.

Kapitel 2

Freiwillig hatte sich bisher nie jemand auf die Pfarrstelle in Schönbach beworben. Auch Barbara Fouquet nicht. Es war ihre erste Stelle und die konnte man sich nicht aussuchen. Man wurde gefragt, was man sich denn so vorstelle, doch dann wurde man geschickt. Man hatte sie gut hierhin schicken können, wo lange keiner freiwillig hingewollt hatte. Sie hatte wenige Gegenargumente gehabt. Keinen Lebenspartner, der beruflich gebunden war in Mannheim oder Frankfurt oder Ludwigshafen. Keine kranke Mutter, um die sie sich kümmern musste. Sie war unabhängig, ledig und dreißig Jahre jung. Sie hatte gute Examen abgelegt, hatte sich im Vikariat als geschickt erwiesen und war somit die Idealbesetzung für die Pfarrstelle, die schon fast zwei Jahre vakant gewesen war. Immer wieder, so hatte Barbara Fouquet gehört, war die Dekanin aus Pirmasens in Speyer vorstellig geworden und hatte versucht, deutlich zu machen, wie sehr es die Kollegen und Kolleginnen aus der Nachbarschaft belastete, Schönbach mit zu versorgen, die weitläufige Pfarrei an der Grenze zu Frankreich, in deren Fläche die Stadt Ludwigshafen locker hineingepasst hätte. Es lebten nicht viele Menschen hier, dafür gab es Bäume zuhauf und Bäche und Felsen und im Sommer auch Schafe und einige Touristen, die klettern wollten oder nach Fledermäusen suchten, oder die den Westwall auf der einen Seite der Grenze besuchten und die Maginot-Linie auf der anderen Seite.

»Dann werden Sie sich wohl bald einen Hund anschaffen«, hatte ein wenig zynisch einer der Prüfer im Zweiten Examen gesagt, als Barbara Fouquet ihm erzählte, für welche Pfarrstelle sie vorgesehen sei.

»Schwieriger als einen Hund zu finden wird es sein, einen Mann zu finden, wenn man auf eine derart abgelegene Pfarrstelle gesetzt wird«, hatte eher mitfühlend der Oberkirchenrat gesagt, der sie durchs Studium begleitet hatte.

»Es tut mir leid, dass ich Ihren Wünschen nicht entsprechen kann und Sie nach Schönbach gehen müssen«, hatte die Personaldezernentin gesagt. »Alle anderen aus Ihrem Vikarskurs sind irgendwie gebunden und darauf muss ich Rücksicht nehmen.«

Sie war jetzt schon fünf Jahre hier, hatte sich keinen Hund angeschafft und fand es eigentlich recht schön im Land der Felsen, Burgen und Wälder, im Südwesten der Pfalz, wo sich Fuchs und Hase allerdings nicht friedlich Gute Nacht sagten, wenn sie sich trafen, denn besser war die Welt hier nicht als woanders, und die Menschen hatten nicht weniger Sorgen, eher mehr. Denn es war nicht leicht, Arbeit zu finden. Viele fuhren täglich in die Städte am Rhein, eine Stunde Autofahrt oder mehr. Man konnte hier schön wohnen und nachts war es still, dafür waren die Wege zum Einkaufen weit und der Notarztwagen brauchte lange, wenn einer einen Schlaganfall bekam.

Die Menschen hatten sich gefreut, als Barbara Fouquet sich damals an einem Sonntag im März 1997 im Gottesdienst vorgestellt hatte. Auch wenn einige lieber einen Herrn Pfarrer gesehen hätten, immer noch, selbst zu Beginn des einundzwanzigsten Jahrhunderts. Man war konservativ, vertraute dem Alten mehr als dem Neuen. Manche trauerten sogar dem tausendjährigen Reich nach, aber das waren zum Glück nur wenige. Zweimal von Frankreich besetzt, einige hatten das nicht vergessen. Feindschaft empfand jedoch niemand mehr und auch die Südpfälzer fuhren gerne ins Elsass zum Essen oder auf den Weihnachtsmarkt nach Straßburg.

Barbara Fouquet fühlte sich wohl, sie vermisste keinen Hund, das mit dem Mann würde sich schon ergeben und war im Moment eigentlich nicht wirklich wichtig. Eine Frau ohne Mann war wie ein Fisch ohne Fahrrad. Den alten Feministinnenspruch hatte sie notfalls parat, wenn ihr einmal jemand zu direkt mit dem Thema kam.

Ein leises Schnarren kam aus dem Raum, zu dem eine Tür hinter der Brottheke führte, als Barbara Fouquet die Eingangstür öffnete und der Schleifkontakt sich schloss. Der erste Weg des Tages führte sie immer in die kleine Bäckerei von Schönbach. Der Laden war leer, wie das Dorf um diese Zeit leer zu sein schien. Die Kinder waren im Kindergarten oder der Schule, die Eltern bei der Arbeit, die Alten hüteten die Häuser aus der Kühle der Küchen heraus.

Im Laden roch es nach Frühstück, der Duft der Brötchen und Brote mischte sich mit dem Aroma, das von der Kaffeemaschine neben den Brotregalen ausging. Barbara Fouquet genoss den Geruch immer wieder. Jeder Zentimeter in diesem Raum war ausgenutzt, ein Gefühl von Enge kam trotzdem nicht auf. Die Einrichtung war sicher über sechzig Jahre alt, jedoch renoviert und technisch auf den neusten Stand gebracht. Die Kühltheke im Vordergrund gab den Blick auf die Torte des Tages und die Kuchen frei, ein Angebot eigentlich nur für die Touristen, denn im Dorf, das hatte die Pfarrerin in den vergangenen Jahren deutlich wahrgenommen, musste jede Frau stolz auf den eigenen Kuchen sein. Im dem buchenbraunen Regal, das über die ganze Rückwand lief, lagen die letzten Brote der ersten Backrunde des Tages, in den Körben darunter vier Sorten von Brötchen und die Laugenbrezeln. An der Seite eine Auslage mit den Lebensmitteln, falls man beim Einkauf im Supermarkt etwas vergessen hatte.

Die Bäckersfrau trat hinter die Theke, trocknete die Hände an der Schürze ab und lächelte, als sie ihre Kundin sah.

»Ach, unsere Frau Pfarrerin«, frotzelte Anna Hoger ihre Kundin an.

»Guten Morgen, Frau Bäckerin«, kam es aus dem Laden zurück.

»Wieso guten Morgen, ich bin schon seit vier Stunden auf den Beinen, guten Tag wäre passender. Außerdem bin ich nicht die Bäckerin, sondern – nur – die Bäckersfrau, Verkäuferin, Dekorateurin, Putze, Abwimmlerin von Vertretern, Zuhörerin für die Kunden, Blitzableiter für meinen Mann, Mutter meiner Kinder, Tochter meiner Mutter, um nur einiges zu nennen.«

»Außerdem die bestinformierte Frau im Dorf.« Barbara Fouquet gab der leicht entnervten Aufzählung einen versöhnlichen Schluss. Sie mochte die kleine agile Frau, die ein so ganz anderes Leben lebte als sie selbst. Anna Hoger war Lehrerin in einem Nachbarort von Schönbach gewesen – und wie es das Schicksal so wollte, hatte sie sich irgendwann in den Bäcker verliebt, dessen Bötchen sie täglich kaufte. Sie hatte ihn so süß wie den Zuckerguss auf seinen Amerikanern gefunden und die Bäckerei geheiratet, wohlüberlegt und gegen den Rat der Kolleginnen und Freunde. Das war vor sechs Jahren gewesen und inzwischen hatte sie zweimal für Nachwuchs gesorgt, Hunderte von Broten und Tausende von Brötchen verkauft, das Schaufenster zu einem Schmuckstück in der Hauptstraße Schönbachs gemacht und ihren Heiratsentschluss nie bereut. Falls sie sich nach vierzehn Stunden Arbeit an sechs Tagen in der Woche doch einmal fragte, warum sie das auf sich genommen hatte, ging sie ins Pfarrhaus und fragte, ob sie dort etwas helfen könne.

»Ich habe gehört, im Laden hier gebe es Brötchen«, fuhr Barbara Fouquet fort, »und ich habe Hunger.«

»Was darf's denn sein? The same procedure as every day?«

»Oh yes please!«

Anna Hoger füllte die Tüte und reichte sie über die Theke. »Wie geht es der Mutter von Katarina?«

»Ich werde morgen nach ihr sehen. Der Arzt hat ihr ziemlich starke Medikamente gegeben.«

»Dein eigentümlicher Kirchdiener hat sich lieb um sie gekümmert bei der Beerdigung.«

»Die anderen scheinen sich nicht an sie herangetraut zu haben. Vielleicht macht eine Mutter, die eines ihrer Kinder verloren hat, ein bisschen Angst, als ginge etwas Bedrohliches von ihr aus.« Barbara Fouquet hatte in den Gesprächen mit den Menschen im Dorf nicht nur Mitleid gespürt, sondern immer wieder ebenso eine eigentümliche Scheu vor denen, die das Unglück getroffen hatte.

»Ist schon ein komischer Kerl, der Boyen. Zieht hierher in ein Nest, aus Berlin in den Pfälzerwald, kauft sich ein Haus in einem abgelegenen Winkel, meldet sich als Kirchdiener und das ohne Bezahlung. Keiner war mehr dazu bereit, und der macht es für umsonst. Dann das Auto, das er fährt!«

»Ja, ich habe mich zunächst auch gewundert, aber er ist zuverlässig, jeden Sonntag da, kümmert sich darum, dass geputzt wird, läutet bei den Beerdigungen – und mischt sich im Übrigen nicht ein. Ein angenehmer Mensch.« Barbara Fouquet fuhr sich mit der Hand durch die rotblonden Haare. In Anna Hoger hatte sie eine Freundin gefunden, mit der sie über alles reden konnte – außer über das, was man ihr als Seelsorgerin anvertraut hatte.

Was sie über Alfred von Boyen wusste, hatte er ihr an einem Januarabend am Kamin erzählt, ein Leben in vierzig Jahren um die Welt. Der Abend war für sie unter die Seelsorge gefallen und sie hatte mehr von seiner Seele kennengelernt als jeder andere im Ort. Er sollte selbst bestimmen, was man über ihn in seiner selbstgewählten Verbannung wissen durfte.

»Ein kluger Kopf scheint er zu sein und Geld scheint er zu haben, wer kann es sich sonst schon leisten, unentgeltlich zu arbeiten.« Anna Hoger dachte nach. »Irgendetwas muss da gewesen sein, sonst macht man so etwas nicht. Die Leute mögen ihn, obwohl sie so wenig über ihn wissen. Es war wirklich schon toll, wie er sich um Katarinas Mutter gekümmert hat.« Sie legte das Geld, das Barbara Fouquet ihr gegeben hatte, in die Kasse. »Weiß man eigentlich inzwischen, woran Katarina gestorben ist?«

»Ein allergischer Schock, sagen die Ärzte. Sie muss irgendetwas zu sich genommen haben, worauf sie stark reagierte.« Barbara Fouquet zögerte einen Moment. »Dabei passt das irgendwie nicht. Die Eltern wissen nicht, was es gewesen sein könnte. Es passierte nach dem Essen, ganz plötzlich. Es gab nichts zu essen, was sie nicht vertragen hätte. Ein ganz normales Mittagessen, das hatte es schon manchmal gegeben, und es war ihr immer bekommen. Außerdem – alles war hier im Dorf gekauft worden.« Barbara Fouquet nahm die Tüte von der Theke und steckte sie in die Tragetasche.

»Was machen sonst so das Leben und die Liebe?« Anna Hoger wollte das Thema wechseln und die Freundin nicht gleich gehen lassen.

»Das Leben geht gut, ich bin gesund, die Brötchen werden wie immer schmecken, die Arbeit wird nicht weniger – was will ich mehr.« Bei Anna musste sie nicht den Spruch mit dem Fisch und dem Fahrrad anbringen. Barbara Fouquet schaute der Freundin in die Augen, doch die ließ sich nicht täuschen.

»Und die Liebe, habe ich gefragt! Keine Ausflüchte!«

»Na ja.« Barbara Fouquet schaute an die Decke und versuchte sich mit einer charmanten Geste der Verlegenheit.

»Du meinst, welcher Mann heiratet schon ein Pfarramt. Sehe ich das richtig?« Die beiden erörterten die Frage nicht zum ersten Mal, und Anna Hoger wusste, auf welche Antworten sie sich einzustellen hatte.

»So könnte man es sagen.«

»Dann möchte ich mit einer weiteren Frage antworten: Welche Frau heiratet schon eine Bäckerei?«

»Da gibt es nur zwei Möglichkeiten: Entweder eine sehr naive oder eine sehr verliebte«, gab Barbara Fouquet zurück.

»Für was hast du dich in meinem Fall entschieden?«

»Selbstverständlich für die – verliebte. Etwas anderes würde ich gar nicht wagen.«

»Sehr schön!« Anna stützte sich auf die Verkaufstheke und sah Barbara eindringlich an. »Und was schließen wir daraus?«

»Zu welchem Schluss kannst du mir raten, Frau Bäckerin?«

»Dass wir lediglich einen sehr verliebten Mann brauchen.«

»Der mir dann immerhin noch gefallen muss, bitte.«

Anna lachte: »Du bist offensichtlich zu anspruchsvoll.«

Die beiden Frauen einigten sich darauf, dass man gegebenenfalls einen Mann backen müsse, und freuten sich auf das Gespräch am nächsten Morgen.

Barbara Fouquet empfand die Umstände von Katarinas Tod als äußerst eigenartig. Sicher, sie war ein kleines Kind gewesen, und man wusste nie, wie Kinder auf Nahrungsmittel reagierten. Aber gleich eine solche Reaktion des Immunsystems! Sie war keine Ärztin, irgendetwas jedoch stimmte da nicht. Das hatte sie noch niemandem gesagt. Für die Eltern war es schlimm genug, ein Kind zu verlieren. Da wollte sie nicht weitere Unruhe in die Angelegenheit bringen. Sie musste mit jemandem darüber reden. Deshalb wollte sie ins Gebüg zu von Boyen fahren. Anmelden musste sie sich nicht. Er war eigentlich immer zu Hause, wenn er nicht gerade als Kirchdiener unterwegs war – zu Hause in seiner Trutzburg mit dem Rücken zum Maimont und dem fantastischen Blick über das Tal.

Also setzte sie sich in den alten Golf, dessen Motor tatsächlich nach einer kurzen Dieselgedenkminute des Vorglühens ansprang und lautstark den Dienst aufnahm, beim ersten Gasstoß eine dunkle Wolke durch den Auspuff jagte und nach dem ebenso unüberhörbaren Einrasten der Kupplung den Wagen vorwärts schob. Von Schönbach waren es gut acht Kilometer bis zum Haus von Boyens, acht Kilometer durch den Wald des Biosphärenreservates Pfälzerwald-Nordvogesen.

Um diese Tageszeit war nichts los auf den Straßen. Die Schulbusse hatten ihre morgendlichen Fahrten absolviert, die Kleinbusse der Fahrgemeinschaften standen auf den Werksparkplätzen in Wörth und Ludwigshafen, in den Häusern wurde gewaschen, geputzt oder das Mittagessen vorbereitet. Das Gelände war hügelig, die Straße kurvig, von den angrenzenden Wiesen roch es nach dem trocknenden Heu. Aus dem Wald zog eine kühle, feuchte Luft über die Straße, sauerstoffreich und mit einem Duft nach Fichten und Buchen. Fouquet liebte solche Fahrten, wenn der Motor mit niedriger Drehzahl knurrte und der Wagen sich durch die Kurven zirkelte. Man durfte es nicht eilig haben, man musste sich Zeit nehmen, nicht an das Ziel denken, sondern die Fahrt als geschenkte Zeit zum Nachdenken und Genießen annehmen. Bei einer Pfarrstelle in der Stadt hätte sie kürzere Wege gehabt, aber schneller wäre es dadurch nicht gegangen – und lange nicht so schön gewesen.

Sie kam an der Abfahrt zum Sportflughafen vorbei, zog eine lang gestreckte Steigung hinauf, fuhr die Biegungen durch eine Wiese, verschwand im Dunkel des Waldes, bog rechts nach Fischbach ab, vorbei am Biosphärenhaus, durch den menschenverlassenen Ort, links hinauf am Sportplatz und an der alten Mühle vorbei und konnte dann oben am Waldrand schon das Haus von Boyens sehen, am Rande des Gebüg über dem Tal thronend. Sie musste ein paar Abzweigungen und Kurven nehmen, dann kam sie auf den Schotterweg vor seinem Haus und parkte den Wagen am Rand des Hofes.

Das Haus lag direkt unterhalb des Maimont. Der Maimont war ein dicht bewaldeter Berg mit zwei Kuppen, eigentlich ein Bergrücken, dessen zwei Züge fast rechtwinklig zueinander standen. Für die Menschen der Gegend war es ein besonderer Berg. Wenn man das Tal heraufkam, stand er eindrucksvoll vor einem. Einerseits war er in seiner Höhe und Breite Ehrfurcht gebietend, andererseits vermittelte er das Gefühl von Schutz und Geborgenheit. Von diesem Berg ging keine Gefahr aus für die Menschen, die in den Dörfern zu beiden Seiten wohnten. Dabei rankte sich doch eine Reihe von Geschichten, historische und mythologische, um ihn. Auf der höheren der beiden Kuppen waren die Reste einer keltischen Festungsanlage zu sehen. Schon damals war er ein Ort der Zuflucht gewesen. Übrig geblieben war ein Keltenring, wie er auf manchen Bergen der Pfalz zu finden war. Ein ausgehöhlter Stein in der Mitte hatte den Namen Opferschale bekommen, ob zu Recht oder nicht, wusste niemand so genau. Dicht neben dem Stein befand sich eine Gedenktafel für jene französischen Soldaten und ihren Offizier, die am Pfingstmontag im Jahre 1940 die Bergspitze zu halten versucht hatten. Der Berg hatte schon den Tod vieler Menschen gesehen und ihr Blut trinken müssen. Weithin sichtbar hatte man deshalb auf einer Kuppe ein Kreuz errichtet und es Friedenskreuz genannt.

Kapitel 3

Das Haus Alfred von Boyens war eigentlich nichts Besonderes, einem Bungalow ähnlich mit einem recht flachen Ziegeldach. Nur die taubenblauen Fenster sah man nicht so oft in der Gegend – und dann eben die Lage, der Blick über das Tal und das Meer des Pfälzerwaldes, das sich in den verschiedenen Schattierungen von Blau und Grün unendlich bis an den Horizont hinzog.

Alfred von Boyen hatte diesen Morgen angefangen wie jeden Morgen und war den Weg des Bogens gegangen. Danach stieg er ins Dachgeschoss hinauf. Über die ganze Grundfläche zog sich ein einziger großer Raum hin, der mit einer gläsernen Schiebetür im Winter unterteilt werden konnte. Im hinteren Teil wirkte er wie die Bibliothek eines Seminars, prall gefüllte Bücherregale standen in den Raum hinein, auf ausgezogenen Schreibbrettern lagen aufgeschlagene Bücher, die Luft hatte den stickigen Geruch alten Papiers. An den wenigen freien Flächen der Wände hingen eine Menora, ein Bild der Berliner Museumsinsel, ein Familienwappen und der verstaubte Doktorhut einer amerikanischen Universität. Auf dem Schreibtisch vor der Glaswand zum Dachaustritt standen neben dem Computerbildschirm drei Fotografien. Ein unbequem aussehender verschlissener Ledersessel war eingerahmt von einer modernen Leselampe und einem Tischchen, das von Zeitungen überquoll. Eine leere Kaffeetasse stand auf dem Boden neben dem Sessel, hinter ihm ein kleiner Schrank mit Gläsern, darauf eine angefangene Flasche Bordeaux.

Er wollte gerade den Computer einschalten, als er das unverkennbare Nageln eines Dieselmotors hörte und die Geräusche eines Autos auf dem Schotterweg vorm Haus. Der Motor wurde abgestellt und einen kurzen Moment später läutete die Türklingel. Er ging die Wendeltreppe nach unten und öffnete die Haustür.

»Guten Morgen, Alfred!«

Es hatte ihn im ersten Moment etwas Überwindung gekostet, als die in seinen Augen blutjunge Pfarrerin gesagt hatte, man könne sich doch duzen, wenn er nichts dagegen hätte. Eigentlich hatte er es nicht so mit dem Duzen. Er musste einen Menschen schon eine gehörige Zeit kennen und viel Sympathie entwickelt haben, bis er zum Du übergehen wollte. Die jungen Leute waren da anders, und es wäre ihm peinlich gewesen abzulehnen, war doch die hübsche junge Frau seine Pfarrerin und selbstgewählte Chefin – zumindest in gewisser Weise. Außerdem war ihm ihre Gesellschaft durchaus angenehm und er wollte nicht als Stoffel dastehen. Deshalb hatte er fast wie selbstverständlich geantwortet: »Warum nicht, wenn es Ihnen, äh, dir recht ist?«

»Ja, Barbara, was führt dich denn hierher ans Ende der Welt?«

»Mir geht etwas nicht aus dem Kopf und darüber möchte ich mit dir sprechen.«

»Dann nichts wie herein!«

Von Boyen öffnete die Eingangstür und machte eine einladende Geste. Er schloss die Tür hinter seinem Gast und führte ihn ins Wohnzimmer. Barbara Fouquet blieb mitten im Raum stehen, denn wie bei den beiden vorangegangenen Besuchen war sie fasziniert von dem überwältigenden Blick durch das große Fenster des Wohnzimmers auf das Tal. Man sah nichts von den Häusern unterhalb, nur die Äste eines Apfelbaumes ragten ein wenig ins Blickfeld, sonst war kilometerweit nur Wald.

»Du hast es wirklich schön hier«, sagte sie.

»Das finde ich auch«, antwortete von Boyen. »Was darf ich dir anbieten? Einen Kaffee? Tee? Wasser?«

»Ein Espresso und Wasser wären die ideale Kombination.«

»Dann such dir einen Platz aus«, sagte von Boyen und verschwand in der Küche.

Barbara Fouquet sah sich in dem Zimmer um. Ein Kaminofen dominierte den Raum. Es musste schön sein, den Holzscheiten beim Verbrennen zuzusehen. Die Einrichtung erinnerte an einen englischen Club. Schwere Ledersessel, kleine Tische, ein alter Globus, eine Truhe und ein Eichenschrank, in dem wohl der Fernseher versteckt war. An den Wänden alte Merianstiche, auf dem Kaminsims ein Sextant aus Messing. Sie spürte deutlich, dass hier ein Mensch wohnte, der die Welt gesehen hatte und die Geschichte liebte.

Von Boyen brachte Espresso und Wasser. Für sich selbst hatte er eine Tasse Tee mitgebracht, dessen Duft unter dem des Espresso verschwand. Er setzte sich.

»Und? Worüber willst du reden?«

»Über Katarina.«

»Das verstorbene Mädchen.« Von Boyen stand auf, nahm sich eine Pfeife vom Kaminsims und begann sie zu stopfen. »Ich habe viel über sie nachgedacht – und über ihre Eltern.«

»Da stimmt doch irgendetwas nicht«, sagte Barbara Fouquet. »Ein gesundes Kind bekommt nicht beim Mittagessen einen anaphylaktischen Schock. Katarina war gesund.«

»Ja, ein wenig zart vielleicht, aber gesund.«

»Sie soll auf irgendetwas in extremer Weise allergisch reagiert haben, sagen die Ärzte. Dabei hatte sie das, was es an dem Tag gab, schon viele Male gegessen.«

»Irgendetwas muss an diesem Tag anders gewesen sein.«

»Ihre Mutter ist verzweifelt. Nichts war anders. Sie hatte gekocht wie immer, eingekauft wie immer. Das gleiche Essen hatte es erst zwei Wochen vorher gegeben und Katarina hatte es bestens vertragen. Es war sogar ihr Lieblingsgericht.«

»Die Frau am Grab ihrer Tochter zu sehen war schrecklich.« Alfred von Boyen zündete die Pfeife an und versank in Schweigen. Eine andere Mutter fiel ihm ein. Es war nun fast drei Jahre her, dass er die Mutter gesehen hatte, die um ihr von einer Mine zerrissenes Kind weinte, damals, als man sie bei Nacht bis nach Prekaz gebracht hatte, als das Kind nicht auf seine Eltern gehört hatte, als sie ihm immer wieder gesagt hatten, dass es auf dieser Wiese am Bach nicht mehr spielen dürfe, dass es vielleicht im nächsten Jahr nachschauen dürfe, ob die Kaulquappen schon Beine hätten. Im nächsten Jahr! Das war für das Kind eine Ewigkeit.

Barbara Fouquet wurde unruhig, weil von Boyen in Gedanken woanders zu sein schien.

»Alfred!«

»Ja?«

»Meinst du nicht, es würde der Mutter helfen, wenn sie wüsste, warum ihr Kind gestorben ist?«

»Vielleicht würde es das noch schlimmer machen. Du bist als Pfarrerin doch zuständig für das Unerklärliche und Unverständliche.«

»Der Tod eines Kindes wird unverständlich bleiben, selbst wenn dessen Ursache erklärt worden ist.«

»Da hast du sicher recht«, sagte er und musste wieder an die Mutter des Kindes im Kosovo denken.

»Ich bin keine Medizinerin. Die Auskünfte des Arztes waren jedoch alles andere als zufriedenstellend. Ich denke, wir müssten der Sache nachgehen. Ich möchte nicht ein weiteres Kind beerdigen müssen.«

»Ich bin ebenfalls kein Mediziner.«

»Aber du hast doch nun wirklich viel von der Welt gesehen. Du kennst viele Leute. Ich wüsste nicht, an wen ich mich wenden könnte.«

»Du weißt, dass ich hier ans Ende der Welt, wie du einmal so schön gesagt hast, gezogen bin, weil ich mit all dem nicht mehr zurechtgekommen bin, dem Leid und dem Versagen. Ich habe mich selbst verloren. Ich muss nach mir suchen.«

»Man findet sich selbst immer nur im anderen.«

»Ein kluger Theologenspruch. Wo hast du das gelesen?« Die Bitterkeit in der Stimme Alfred von Boyens war nicht zu überhören.

»Tut mir leid, ich wollte dich nicht verletzen«, sagte Barbara. Die beiden schwiegen eine Weile. Fouquet trank ihren Espresso. Von Boyen zündete seine Pfeife neu an. Er stand auf, um das Fenster zu öffnen.

»Was erwartest du von mir?«

»Gar nichts. Ich wollte mit dir reden, weil mich die Gedanken an das Kind und die Eltern nicht loslassen.«

Von Boyen nahm einen Schluck Tee. Er hatte viel im Leben gesehen, wirklich genug. Vielleicht hatte es ihn nun eingeholt nach zwei Jahren der Ruhe. Er hatte gedacht, er könne hier alles vergessen und seine Schuld ein klein wenig abtragen. Darum hatte er die Aufgabe eines Dieners übernommen, des Kirchdieners, wie sie hier sagten. Küster sagte man da, wo er herkam. Vielleicht war das nicht genug. Er wollte sich nicht mehr um die Probleme der anderen kümmern.

»Ich werde darüber nachdenken«, sagte er schließlich. »Mehr kann ich dir nicht versprechen.«

»Ich danke dir«, sagte Barbara Fouquet und stand auf. »Das ist schon etwas.«

»Die Hortensien hinter dem Haus blühen gerade«, sagte von Boyen und holte die Schere aus der Küche. »Ich gebe dir ein paar mit.«

Alfred von Boyen zündete die Pfeife wieder an, nachdem er ins Haus zurückgekommen war. Er war unruhig, konnte keinen klaren Gedanken fassen. Die Beine fühlten sich schwach an. Er musste sich setzen. Er kannte das Gefühl. Es überkam ihn, wenn er sich vor einer Entscheidung sah, der er lieber ausweichen wollte. Er hatte Angst.

Früher hatte er solche Unsicherheit nicht bei sich bemerkt. Da war er ein Mann gewesen, der voller Selbstvertrauen und Zuversicht durchs Leben ging. Probleme waren dazu da gewesen, gelöst zu werden. Hindernisse räumte man aus dem Weg oder umging sie geschickt. Prüfungen waren ein Spiel, in dem es darum ging, wer besser wäre – er oder der Prüfer. Schwierige Verhandlungen waren wohltuende Herausforderungen. Unsicherheit kannte er eigentlich nur, wenn es um die Wahl der passenden Krawatte ging. Da half ihm seine Frau. Die war seit zwei Jahren tot. Seitdem trug er nur die eine schwarze Krawatte, wenn es der Dienst als Kirchdiener erforderte.

Sie starb, als er sie am meisten gebraucht hätte. Als er von der Mission aus dem Kosovo zurückkam, man ihn um seine Einschätzung bat und er den falschen Rat gab. Wie viele Menschen würden noch leben, wie viele Kinder hätten nicht sterben müssen? Die Massaker an den Männern hätte es nicht gegeben, wenn man eingegriffen hätte statt abzuwarten. Er flog ein weiteres Mal hin, sah die Gräber, besuchte die Menschen in den zerstörten Dörfern, hörte ihre Geschichten, sah das Grauen in den Augen, ein Grauen, das sie nie wieder verlassen würde.

Als er zurückkam, war er ein anderer Mensch. Er konnte nicht mehr schlafen, ohne erschreckt aufzuwachen. Er hatte das Vertrauen in sich und die Welt verloren. Wie hatte das passieren können? Wie hatte er sich so irren können?

Nie wieder wollte er einen solchen Fehler begehen. Die Freunde redeten ihm zu. Er habe schließlich die Entscheidung nicht allein getroffen. Letztlich war es eine Entscheidung der Politik und des Militärs gewesen. Aber ebenso seine Expertenmeinung, die er mit Selbstvertrauen und Überzeugung vertreten und gegen anderslautende Meinungen durchgesetzt hatte.

Die Pfeife war kalt geworden. Er fühlte sich entsetzlich müde und wollte nichts mehr sehen, nichts mehr hören und nicht denken. Er wollte die Sache loswerden. Er griff zum Telefon und rief Barbara Fouquet an. Sie war offenbar noch nicht zu Hause. Der Anrufbeantworter lief.

»Ich kann dir in dieser Angelegenheit nicht helfen«, sagte er. »Tut mir leid.«

Er war erschöpft. Er legte sich auf das Sofa und schlief sofort ein.

Als er aufwachte, war es dunkel geworden. Durch das Fenster schaute er ins Tal und über die Berge. In der Ferne sah er ein paar erleuchtete Fenster im Nachbarort. Ein Auto fuhr die Straße hinunter. Die Scheinwerfer machten die Sträucher und Weidezäune zu beiden Seiten der Fahrbahn sichtbar. Hinter dem Auto verschwanden sie wieder im Dunkeln. Das Auto bog ab und er sah nur noch die roten Rücklichter. Er öffnete ein Fenster. Die kühle, würzige Waldluft zog herein. Eine unglaubliche Stille. Die hatte er gesucht. Er hatte sie in den letzten Jahren geliebt. Jetzt erschreckte sie ihn. War das die Stille des Nichtstuns? Die Stille der Verantwortungslosigkeit? Durfte er das, nichts tun? Wenn er nun etwas täte, wie würde das ausgehen? Konnte er überhaupt noch helfen? Hatte er nicht eigentlich alle Kraft zu handeln eingebüßt?

Das Telefon klingelte. Er schaute auf die Uhr. Kurz nach 21 Uhr. Es war Barbara Fouquet.

»Alfred, tut mir leid, wenn ich störe. Ich muss mit jemandem darüber reden. Sie haben Katarinas Vater gefunden. Er hat sich erhängt. In der Scheune. Ich gehe jetzt zu seiner Frau und seinem Sohn.«

Da war sie wieder, die Angst. Das Gefühl, ins Nichts zu fallen. Die Beine wurden schwach. Er konnte gerade noch sagen: »Gut, dass du für sie da bist.« Dann sackte er auf den Boden und verlor das Bewusstsein.

Als er aufwachte, begann die Morgendämmerung. Es war kurz nach vier Uhr. Der Gesang der Vögel hatte ihn geweckt. Er drang mit erbarmungsloser Schönheit ins Zimmer. Alle Glieder schmerzten. Er hatte die ganze Nacht auf dem Fußboden gelegen. Es war ein Schlaf voller unverständlicher Träume gewesen. Der Kopf fühlte sich an wie nach einer durchzechten Nacht.

Er stand auf, öffnete die Tür zur Terrasse, nahm den Bogen und die Pfeile und ging Kyu-Do, den Weg des Bogens.

Nachdem er in der Dusche gewesen war und einen Kaffee getrunken hatte, stieg von Boyen die Wendeltreppe ins Arbeitszimmer hinauf, schaltete den Computer ein, startete den Browser, rief eine Suchmaschine auf und gab »anaphylaktischer Schock« ein. Er ging den verschiedenen Links nach, stieß auf viel Unsinn, doch nach und nach hatte er die Informationen zusammen, die er brauchte. Das Mädchen hatte sterben müssen, weil der Arzt und dann der Rettungswagen zu spät gekommen waren. Außerdem musste die allergische Reaktion außergewöhnlich stark gewesen sein. Ein anaphylaktischer Schock war lebensbedrohlich, musste jedoch keineswegs so schnell zum Tod führen. Wäre der Arzt rechtzeitig gekommen, wäre dem Kind mit einer Injektion Adrenalin und einer Cortisongabe zunächst geholfen gewesen. Aber das erklärte längst nicht alles. Warum war der Schock so heftig gewesen? Was hatte die allergische Reaktion ausgelöst? Die Eltern hatten gewusst, wogegen ihr Kind allergisch gewesen war, und sie hatten all das vermieden. Ein neuer, unbekannter Stoff konnte es nicht gewesen sein, Allergien entwickelten sich erst nach einem Erstkontakt, brauchten eine gewisse Zeit.

Er dachte zurück an die Beerdigung. Er hatte einfach den Arm um Katarinas Mutter legen müssen, und sicher würde es keiner falsch verstanden haben. Sie war trotz der Hitze des Sommers starr und kalt gewesen, hatte sich steif und mechanisch bewegt, nachdem sie sie am Grab zurückgehalten hatten, als es schien, dass sie hineinspringen wollte. Ob sie die vielen Menschen gesehen hatte, die mit ihr das Kind beerdigten, und ob sie überhaupt gehört hatte, was die Pfarrerin gesagt hatte? Jetzt war sie allein mit der Trauer.

Alfred von Boyen ging zu der Truhe, die in der dunklen Ecke des Arbeitszimmers stand. Er musste erst die Bücher herunterräumen, die sich in den letzten Monaten darauf gestapelt hatten, hob den Deckel hoch und kramte nach dem schwarzen Notizbuch. Er fand es unter dem Ordner mit den Urkunden, zog es hervor, ließ den Deckel der Truhe zufallen, stapelte die Bücher wieder darauf und setzte sich an den Schreibtisch. In das Gastgeschenk eines Kollegen aus Jerusalem hatte er Namen, Adressen und Telefonnummern notiert; der abgegriffene Ledereinband trug hebräische Schriftzeichen. Hier waren die Begegnungen seines Lebens alphabetisch geordnet, der Zusammenhänge beraubt in eine tote Reihenfolge gebracht, der die Erinnerung eine lebendige Ordnung verleihen musste. Er fand, was er suchte, gleich auf der dritten Seite.

Um anzurufen, war es noch zu früh. Sollte er das überhaupt tun? Sollte er sich auf eine Sache einlassen, von der er nicht wusste, was sie mit ihm machen würde? Sollte er die Pfarrerin und Katarinas Mutter in der Hoffnung wiegen, er könne auf irgendeine Weise helfen? Hatten die Menschen damals nicht ebenfalls die Hoffnung auf ihn gesetzt und er hatte sie enttäuscht?

Er zog die Wanderschuhe an, ging hinaus und dann quer durch den Wald den Berg hoch. Er suchte sich die steilsten Wege über das Altholz und durch das Gebüsch. Es sollte schwer sein. Es sollte wehtun. Er wollte sich in aller Intensität spüren. Vielleicht würde er sich dann entscheiden können!

Als er oben angekommen war, stand die Sonne schon einige Grad über dem Horizont. Er ließ sie in den Augen brennen, bis er nicht mehr sehen konnte. Er legte sich auf den Boden und krallte die Hände in die weiche Walderde.

»Man findet sich selbst nur im anderen«, hatte Barbara Fouquet gesagt. Er hatte es als einen klugen Spruch abgetan, fern der eigenen Wirklichkeit. Vielleicht hatte sie recht. Doch selbst wenn sie irrte – war es nicht seine Pflicht, etwas zu tun, etwas, das ein anderer so nicht tun konnte? Sie traute es ihm zu. Vielleicht sollte er solch ein Vertrauen nicht enttäuschen.

Er ging den Weg zurück, den Berg hinunter, stellte sich unter die Dusche, zog sich frische Kleidung an, machte sich einen Tee, setzte sich neben das Telefon und rief sie an.

Dr. Monika Baader arbeitete im Bundesgesundheitsministerium und hatte gerade eine angeregte Diskussion mit dem Vorsitzenden des Hartmannbundes hinter sich. Sie hatte sich im Laufe der fast fünfzehn Jahre auf dem Posten der Staatssekretärin an die Diskussionen mit den unterschiedlichen Interessenvertretern gewöhnt und – so hatte sie ihm einmal erzählt – konnte sie inzwischen schon fast genießen. Irgendwann, es fiel mit der Erkenntnis zusammen, dass man sie nie als Ministerin in Betracht ziehen würde, hatte sie die Haltung »allen wohl und niemand weh« aufgegeben und alle Entscheidungen nur noch nach dem Kriterium »Effizienz zum Wohle der Kranken« geprüft. Das hatte ihr eine große Freiheit im Kampf um die Milliarden des Gesundheitsgeschäftes verliehen, auch gegenüber den alle paar Jahre wechselnden Ministerinnen. Es hatte ihr den Ruf einer harten, dabei fairen Gesprächspartnerin eingebracht. Sie genoss die Freiheit wie all das andere, das ihr das Leben bot, angefangen bei den Genüssen der Küche und der deutschen Braukunst, sodass sie eher dem barocken Schönheitsideal näherkam als dem der Fitnesswelle. Das kümmerte sie wenig, da sie auf solche Weise mit den männlichen Gesprächspartnern in ihrem Geschäft nun nicht nur intellektuell, sondern auch körperlich in einer Gewichtsklasse kämpfte.

Alfred von Boyen hatte nicht zu diesen Männern gehört. Als sie ihn am Telefon erkannte, schlich sich ein Hauch von Melancholie in ihre Stimme. »Wie geht es dem Eremiten? Ist dir nicht langweilig?«

Wenn noch etwas von den Schrecken der Nacht in ihm gesteckt hatte, so war das verflogen, als er die vertraute Stimme hörte, die ihn an sein altes, kraftvolles Leben erinnerte.

»Wie geht es dem alten Schlachtross an der Kostendämpfungsfront?« Von Boyen wusste, dass Dr. Baader das als Ausdruck liebevoller Zuneigung verstehen würde. »Von dir liest man gelegentlich sogar hier in der Provinz etwas.«

»Frau tut, was sie kann, um den Versicherten das Geld zu erhalten. Aber du rufst vermutlich nicht wegen Problemen mit deinem Arzt oder deinem Apotheker an.«

»Getroffen! Ich habe eine Bitte. Kannst du mir einen Spezialisten – oder eine Spezialistin – für anaphylaktischen Schock nennen?«

»Bist du unter die Allergiker gegangen? Das Klima im Binnenland bekommt dir wohl nicht.«

»Es geht nicht um mich, es geht um ein dreijähriges Mädchen, das angeblich an einem solchen Schock gestorben ist – und keiner weiß, warum.«

»Okay.« Dr. Baaders Stimme wurde ernsthafter. »Ich werde mich darum kümmern. Es könnte ein bisschen dauern. Im Moment habe ich leider wirklich keine Zeit, um länger mit dir zu plaudern. Gib mir mal deine Telefonnummer und Adresse.«

Kapitel 4

Am nächsten Tag war Barbara Fouquet mehr als gut beschäftigt. Sie hatte die halbe Nacht bei Katarinas Mutter verbracht. Deren Schwester war gekommen, und sie hatten zu dritt geweint. Die Schwester wollte die nächsten Tage dableiben und sich um Katarinas Mutter und den Sohn kümmern. Der Vater war, ohne ein

Wort zu sagen, beim Abendbrot hinausgegangen. Weil er nicht zurückkam, war sie ihn suchen gegangen. Er hatte seit dem Tod der Tochter nicht einmal geweint.

Barbara Fouquet hatte sich am Morgen mühsam aufgerafft, sich den Pflichten des Tages zu stellen. Am Vormittag traf sich die Pfarrkonferenz in Pirmasens. Das bedeutete eine Autofahrt von fast einer Stunde hin und eine weitere zurück. Sie war früh aufgestanden und um sieben Uhr losgefahren, um vor der Konferenz beim Verwaltungsamt vorbeizuschauen und die Anweisungen für die Rechnungen der letzten beiden Wochen abzugeben, sich über den Spendenstand für die Renovierung des Freskos in der Kirche zu informieren und den Stand der kommunalen Zuschüsse und der Elternbeiträge für den Kindergarten zu überprüfen. Die Kindertagesstätte »Arche Noah« der Kirchengemeinde war eine wunderbare Einrichtung, gut geführt mit einem tollen Team von Erzieherinnen, beliebt bei den Eltern, bei allen Festen der Kirchengemeinde präsent, dabei enorm arbeitsaufwendig für sie als Pfarrerin, die die Geschäftsführung für vier Kirchengemeinden und den Kindergarten wie selbstverständlich neben der Arbeit in Unterricht, Gottesdiensten und vielem anderen erledigen musste. Wie bei ihren meisten Kolleginnen und Kollegen war die Arbeit der Geschäftsführung für sie ein notwendiges Übel, das sie am liebsten losgeworden wäre. Zum Glück hatte sie sich angewöhnt, dies konzentriert und zügig zu erledigen, damit sie ihr nicht zu viel Zeit raubte.

Am Nachmittag stand dann die Arbeit mit den Konfirmandinnen und Konfirmanden an. Damit sie nicht alles viermal machen musste, traf man sich im Wechsel jedes halbe Jahr mal in der einen, mal in der anderen Kirchengemeinde. Die meisten Eltern waren bereit, die Kinder zu fahren, manche kamen mit dem Bus und zwei oder drei nahm sie im eigenen Wagen mit. Trotzdem fehlten meistens ein oder zwei Kinder, weil niemand sie fahren konnte oder weil der Sportverein oder die Jazztanzgruppe einen wichtigen Termin hatten. Solche Nachmittage waren mit die anstrengendsten ihrer Arbeit – und gleichzeitig die, bei denen es immer wieder die schönsten Momente gab. Die Kinder waren oft begeistert bei der Sache und sie verstanden sich einfach gut miteinander. Die Konfirmanden mochten sie, und sie mochte die Kinder, bei allen Überraschungen, die man mit Pubertierenden erleben konnte.

Die Glocke der Christuskirche schlug schon das dritte Mal nach fünf, als sie ankam, den Wagen neben dem Friedhof abstellte und zu Katarinas Grab ging. Der Tod des Kindes und seines Vaters ließ sie nicht los. Möglicherweise würde sie mit ihren Gedanken weiterkommen, wenn sie sich in die Stille des Friedhofs zurückzog.

Es gab zum Glück nicht viele Kindergräber auf dem Friedhof. Sie lagen in einer Ecke unter einem großen Kastanienbaum. Wer immer den Ort gewählt hatte, er hatte sich vermutlich etwas dabei gedacht. Im Herbst regneten die stacheligen Früchte der Esskastanie auf die Gräber. Vielleicht hatten es manche der Kinder, die dort beerdigt waren, wie die anderen Kinder in ihrem Alter gemacht und im Herbst die Esskastanien im Wald gesammelt, sie in Plastiktüten verpackt und sich mit einem Klappstuhl an die Bundesstraße gesetzt, um sie an die Vorbeifahrenden zu verkaufen. Jetzt im Frühsommer war von den stacheligen Früchten noch nichts zu sehen, aber der große Baum warf einen angenehmen Schatten auf die Gräber.

Katarinas Grab war mit lehmiger Erde bedeckt, ein Holzkreuz mit ihrem Namen am Kopfende, die verwelkten Kränze am anderen Ende, zu beiden Seiten die Reste von Blumensträußen. Es war so klein, dass es wehtat.

Barbara Fouquet erkannte den Mann, der hinter sie trat, am Geruch. Es war eine Mischung aus Kuhstall und Alkohol und ging von Kurt Schwäger aus. Er war der Totengräber von Schönbach, allerdings nur im Nebenberuf. Sonst lebte er mehr schlecht als recht von einem kleinen Hof mit Rinderzucht. Er trank den Weinbrand wie andere das Wasser. Eine Therapie hatte er nie machen müssen, weil er immer irgendwie durchgekommen war. Die Menschen im Dorf waren seine Launen gewöhnt, und man sah ihm meist schon von Weitem an, wann es besser war, ihm aus dem Weg zu gehen. Jetzt, gegen Abend, war er selbstverständlich nicht mehr nüchtern, dabei vielleicht noch nicht so betrunken, dass er ausfallend werden würde.

»Ich wollte nach dem Grab der Kleinen schauen«, sagte er, als die Pfarrerin sich umdrehte. »Das war nicht viel Arbeit, so klein, wie es ist.«

Barbara Fouquet nickte.

»Ich muss schon wieder ein neues Grab ausheben.«

»Ich weiß«, sagte Barbara Fouquet.

»Der Vater«, sagte Schwäger.

Fouquet nickte.

Sein Atem war unerträglich, doch Fouquet hielt ihm stand. Schwäger war ein kranker Mann, und sie hatte verstehen gelernt, dass Alkoholsucht nichts mit Schuld zu tun hatte. Alkohol tranken fast alle; den einen erwischte die Sucht und den anderen nicht. Ihn hatte sie beim Wickel und er vertrank den Großteil des Geldes, ließ den Hof herunterkommen und hatte keine Perspektive außer dem allabendlichen Vollrausch. Zum Glück hatte er weder Frau noch Kinder, also schadete er eigentlich nur sich selbst.

»Und noch eines«, sagte er.

Barbara Fouquet schaute ihn fragend ein.

»Einer von auswärts, den kennen Sie nicht. Ist der katholische Pfarrer zuständig, nicht Sie.«

Fouquet nickte wieder.

»Das Grab wird ganz nahe bei der Kirche sein. Ob der das aushält, so als Katholik neben einer evangelischen Kirche?« Er lachte über seine Bemerkung, die er wohl für geistreich hielt.

»Da bin ich sicher«, antwortete Fouquet. »Die Kirche stand schon, als es noch keine Protestanten gab. Außerdem werden wir uns alle vor dem gleichen Gott verantworten müssen.« Fouquet war in der Regel nicht so schnell mit dem Jüngsten Gericht bei der Sache; es waren wohl der Friedhof und die spöttische Art von Kurt Schwäger, die sie diesen Satz sagen ließen.

»Ja, ja, der Gott«, murmelte Schwäger vor sich hin. »Wenn es den nur gäbe. Ohne ihn wären Sie ja arbeitslos, Frau Pfarrerin.« Er trottete leicht schwankend davon. Er ahnte nicht, dass bald sein Grab durch einen anderen würde ausgehoben werden müssen.

Barbara Fouquet blieb am Grab stehen und versuchte, die Gedanken zu ordnen. Hoffentlich würde von Boyen etwas tun. Am Grab eines so kleinen Kindes stellte sich wirklich die Frage, wie Gott zulassen konnte, dass ein Leben so jung endete und so viel Schmerz über die Eltern und Geschwister kam. Die Menschen setzten Kinder aus einer eigentümlichen Mischung von Liebe und Egoismus in die Welt. Dann verloren sie sich meist in ihnen, und mit einem Kind starb ein großer Teil der Eltern. Der Tod eines Kindes hinterließ eine Lücke, die sich das ganze Leben lang nicht mehr schloss. Katarinas Vater hatte wohl nicht mit der Lücke leben wollen. Am Freitag würde sie ihn beerdigen müssen.

Kapitel 5

Von Boyen fuhr nicht gerne Auto, das Vergnügen war mäßig und bei den heutigen Verkehrsverhältnissen selten. Also fuhr er nur, wenn es sich nicht vermeiden ließ. So wie er wohnte, musste er öfter fahren, als ihm lieb war. Sein Haus lag so weit abseits, wie er es sich gewünscht hatte. Das hieß auch, dass nur zweimal täglich ein Bus ins Gebüg fuhr, einmal morgens, um aus der kleinen Ansammlung von Häusern die Menschen abzuholen, einmal abends, um sie wieder zurückzubringen. Wenn man nicht den ganzen Tag drangeben wollte, musste man schon selbst fahren. So hatte er also den alten Wagen behalten – nicht nur aus Not, sondern aus einem gewissen romantischen Sinn für die Technik vergangener Tage. So ein Auto würde heute keiner mehr bauen, nicht so schwer, so solide, mit so viel Holz und Leder und nicht mit einem solchen Motor. Dreieinhalb Liter Hubraum, auf acht Zylinder verteilt, verlangten gerne fünfzehn Liter Benzin auf hundert Kilometer. Das war alles andere als umweltfreundlich. Das sonore Blubbern des amerikanischen Motors in der englischen Karosserie des Rover P5B empfand er jedoch als unvergleichlich.

So hatte er die zwanzig Kilometer bis zur nächsten Bahnstation ein wenig genießen können. Die Dörfer, durch die er fuhr, lagen regelmäßig verstreut in den Bachtälern, überschaubare Flecken in den Wiesen zwischen den dicht mit Laub- und Nadelbäumen bestandenen Bergen des Pfälzerwaldes. Nur in den Bäckereien schien das Leben für den neuen Tag schon begonnen zu haben. Hatte er ein Dorf verlassen, umschloss ihn der Wald, durch den immer wieder die Strahlen der niedrig über dem Horizont stehenden Sonne fielen. Mal ging ein Forstweg ab, mal die Zufahrt zu einem der vielen Parkplätze für die Wanderer, auf denen so früh am Morgen noch kein Wagen stand. Dann kam wieder eine Kreuzung, die die Straßen in vier Himmelsrichtungen verteilte. Hinweisschilder mahnten zur Rücksicht auf die Kröten, die auf dem Weg zu den Laichplätzen und zurück in den Wald die Straßen überqueren mussten, obwohl die Zeit der Krötenwanderung schon seit ein paar Wochen vorbei war. Er ließ das Auto in einer schönen Gleichmäßigkeit über die Straßen rollen, was bei anderer Tageszeit zu einer Schlange ungeduldiger Autofahrer hinter ihm geführt hätte. Er näherte sich Dahn und sah das kleine Gewerbegebiet, das hier genauso wenig dekorativ wirkte wie anderswo, schlängelte sich durch den nur wenig belebten Ort, riskierte einen Blick auf den Jungfernsprung und tauchte wieder in den Wald ein, bis er im nächsten Ort auf die Bundesstraße traf, die parallel zur Eisenbahnlinie verlief.

Dann stellte er den Wagen an dem kleinen, hoch über der Straße gelegenen Bahnhof ab, löste eine Fahrkarte am Automaten, ging auf den Bahnsteig und wartete auf den Zug. Es kamen in den nächsten Minuten noch drei oder vier andere Fahrzeuge die Auffahrt zum Bahnhof hoch, wurden abgestellt oder luden einen

Fahrgast aus, der sich müde neben die Wartenden in die feuchte und kühle Waldluft stellte.

In den Waggons roch es nach dem auf den Heizrohren verbrannten Staub und dem Abrieb der Tausende von gefahrenen Kilometern. Der Zug transportierte die Menschen aus dem Südwesten der Pfalz ins Rheintal zur Arbeit, zur Schule oder zum Einkauf. Er stellte die Verbindung zwischen dem strukturschwachen Westen und den Ballungsgebieten im Osten dar, führte aus den manchmal schwermütigen Wäldern in die vermeintlich lebensfrohe Rebenlandschaft. Von Boyen wechselte in Neustadt den Zug, der vierzig Minuten später auf der anderen Seite des Rheingrabens ins Neckartal einfuhr. Die Reben waren den weiten, mit Folien bedeckten Gemüsefeldern gewichen, bis sich die Städte mit ihren vorgelagerten Einkaufszentren und den vielstöckigen Massenunterkünften ankündigten. Die Gasfackeln der Großindustrie mit den Reflexen der Sonne auf den Schornsteinen leuchteten um die Wette, die Bebauung und der Verkehr verdichteten sich, Autos und Züge wurden mit den Brücken über den Rhein geführt in eine neue Stadt hinein, die sich wieder in Felder verlor, bis der Odenwald auftauchte und das Ziel der Reise ankündigte.

Am Heidelberger Bahnhof nahm von Boyen ein Taxi und ließ sich zum Neuenheimer Feld fahren. Die Semesterferien hatten noch nicht begonnen, die Stadt war voll mit jungen Menschen. Die Kühle des Morgens war verschwunden und die Sonne begann den Dunst des Rheintales aufzuheizen. Wohlstand hat einen Preis, dachte er. Der Preis, den die Menschen von Mainz bis Basel zu zahlen hatten, war ein Klima, das bei vielen die Augen tränen ließ und Allergien produzierte. Das Institut für Allergologie der Universität Heidelberg hatte sein Forschungsfeld also direkt vor den Fenstern.

Professor Thomas Riesenfeld hatte eigentlich bereits am frühen Morgen zu einer Konferenz am Luganer See fahren wollen; Dr. Monika Baader zuliebe hatte er dort angerufen und eine Verspätung angekündigt. Er holte von Boyen an der Pforte ab, nachdem man ihn telefonisch angemeldet hatte. Sie fuhren mit dem Fahrstuhl in den fünften Stock und gingen einen Gang mit einigen kleineren Labors entlang, an dessen Wänden die Fotografien der ehemaligen Institutsleiter die Mode der vergangenen Jahrzehnte spiegelten. Schließlich kamen sie in ein großzügig bemessenes Büro, dessen breite Fensterfront den Blick auf die Rheinebene freigab. An deren Ende konnte man im Dunst die Haardt nur vermuten. Die holzgetäfelten Wände waren mit Bildern zeitgenössischer Künstler geschmückt, unter dem ausladenden Teakholzschreibtisch war diskret ein hochleistungsfähiger Computer untergebracht, von dem lediglich der große Flachbildschirm zu sehen war. Dem Schreibtisch gegenüber befand sich ein moderner Besprechungstisch mit zehn Sesseln.

Dort nahmen Riesenfeld und von Boyen Platz. Riesenfeld bot von den bereitstehenden Getränken an und leitete das Gespräch ein: »Frau Dr. Baader, unsere gemeinsame Freundin, hat mich gebeten, Ihnen für ein Gespräch zur Verfügung zu stehen. Dem bin ich gerne nachgekommen, obwohl meine Koffer für die Konferenz schon gepackt sind.«

Riesenfeld lächelte gewinnend und zog den weißen Laborkittel zurecht. Er war ein gutaussehender Mann Anfang fünfzig, der sich seiner Wirkung offenbar bewusst war. Er hatte vor zwei Jahren die Institutsleitung übernommen, nachdem sein Vorgänger den Ruf an eine amerikanische Universität erhalten hatte und sich nun mit den doppelten Einkünften den Allergien der Kalifornier widmete. Riesenfeld galt bei aller wissenschaftlicher Präzision, die ihn auszeichnete, als ein Mensch, der den Humor im täglichen Kleinkrieg des Wissenschaftsbetriebes nicht verloren hatte. Vielleicht war es außerdem das solide finanzielle Polster, das er schon von seinen Eltern übernommen hatte, das ihm eine gewisse innere Unabhängigkeit verlieh.

»Vielen Dank für Ihr Entgegenkommen«, antwortete Alfred von Boyen mit einem Kopfnicken. »Ich kenne Monika Baader von mehreren gemeinsamen Besuchen der Kriegsgebiete auf dem Balkan. Sie war mitgekommen, um den Bedarf an medizinischer

Hilfe abzuschätzen, und ich war Berater des Auswärtigen Amtes. Es war eine gute Zusammenarbeit bei einer schrecklichen Aufgabe.« Von Boyen schwieg einen Moment. »Woher kennen Sie sie?«, fragte er.

»Nun, wir treffen uns fast regelmäßig auf Kongressen oder Expertenanhörungen. Mein Forschungsgebiet hat in den letzten Jahren enorm an Bedeutung gewonnen, der volkswirtschaftliche Schaden durch Allergien geht in die Millionen, von den individuellen Folgen der Betroffenen, auch psychischer Art, gar nicht zu reden.«

»Mir geht es um ein Individuum – und um die psychischen Folgen bei den Eltern des verstorbenen Mädchens. Der Vater hat es nicht verkraftet. Er hat sich zwei Tage nach der Beerdigung seiner Tochter erhängt.« Von Boyen schilderte den Fall der kleinen Katarina in wenigen Sätzen. »Anaphylaktischer Schock, in der Diagnose sind sich die befragten Ärzte einig und sicher. Nur das auslösende Allergen konnte nicht festgestellt werden.«

»Ein anaphylaktischer Schock erfolgt in den ersten fünfzehn Minuten nach Kontakt mit dem Allergen, und außerdem lösen lange nicht alle Stoffe, gegen die Allergien entwickelt werden können, einen solchen Schock aus. Oft ist es die Reaktion auf Kontakt mit zum Beispiel Penizillin oder dem Gift von Insektenstichen.«

»Das Mädchen hatte weder Medikamente zu sich genommen noch Kontakt mit einem Insekt gehabt.«

»Kommen Sie!« Riesenfeld stand auf und machte eine einladende Handbewegung. »Lassen Sie mich Ihnen ein wenig von unserer Arbeit zeigen, während wir gemeinsam weiter nachdenken.«

Die beiden verließen das Zimmer und gingen am Ende des Ganges eine Treppe aus ausgeblichenem Kunststein hinunter. Das Gebäude des Institutes wirkte ein wenig vernachlässigt, die Eleganz beschränkte sich auf das Zimmer des Institutsleiters. Dafür waren die technischen Einrichtungen auf dem neusten Stand. Professor Riesenfeld war es mit seinem durchsetzungsfähigen Charme in den vergangenen zwei Jahren gelungen, bei der Großindustrie Drittmittel in nicht unbeträchtlichem Umfang einzusammeln. Wenn es mit Freundlichkeit allein nicht gelang, dann genügte bei einem aufgeweckten Gesprächspartner aufseiten der Industrie meist der Hinweis darauf, dass die Vorwürfe gegenüber der Großindustrie wegen der durch sie verursachten Verschmutzung der Umwelt und die daraus aller Wahrscheinlichkeit nach resultierende Zunahme der Allergien in demselben Umfange abgebaut werden könnten, in dem es gelänge, Allergien medizinisch erfolgreich zu begegnen. Nur einmal musste er es auf die kurze Formel bringen: »Je mehr Allergiker wir von ihren Beschwerden befreien, umso weniger Klagen werden Sie wegen Ihrer Verschmutzung der Luft zu hören bekommen.« So hatte er es zu dem Vertreter eines großen chemischen Werkes in Ludwigshafen gesagt. Die Überweisung war nach zehn Tagen erfolgt, wie er lachend bemerkte.

Beim Gang durch die Labore und Versuchsstationen des Institutes erklärte Riesenfeld den grundsätzlichen Denkansatz bei der Bekämpfung von Allergien. »Wir gehen davon aus, dass das körpereigene Abwehrsystem des Menschen auf eindringende Fremdkörper durch die Bildung von Antikörpern reagiert. So bekämpft der Körper Infektionen durch Bakterien oder Viren, zum Beispiel bei Grippe und Windpocken. Bei der Reaktion der Antikörper mit den eingedrungenen Fremdkörpern, die wir Antigene nennen, werden bestimmte weiße Blutkörperchen aktiviert, die dann wiederum Hormone freisetzen, zum Beispiel das bekannte Histamin. Das nun führt zu den körperlich spürbaren Reaktionen, zur Schleimbildung bei Schnupfen und Husten, dem Tränen der Augen und dem Jucken der Haut. So weit ist alles normal und sozusagen gesund. Allergisch und nicht mehr normal wird es, wenn der Körper Stoffe als Fremdkörper identifiziert, als Antigene also, die für den Menschen eigentlich gar nicht schädlich sind, wie zum Beispiel bestimmte Bestandteile von Nahrungsmitteln oder die Pollen bestimmter Pflanzenarten. Dann laufen die gleichen Reaktionen ab wie bei einem Schnupfen, einer Bindehautentzündung oder Asthma. Das kann bei manchen Allergenen so spontan und heftig geschehen, dass es zu Atemnot und zum Zusammenbruch des Kreislaufs kommt.«

Riesenfeld führte von Boyen in einen Laborraum, in dem in vier Meter langen Konstruktionen aus Glasbehältern mehrere parallel angelegte Versuchsreihen aufgebaut waren. »Es gibt also im Grunde zwei Möglichkeiten, einer Allergie zu begegnen: Entweder man setzt sich den Stoffen, den Allergenen, so wenig wie möglich aus, isst also keine Äpfel mehr oder bleibt im Haus, wenn die Birken blühen. Oder man versucht, in die körperlichen Reaktionen einzugreifen, zum Beispiel, indem man versucht, die Bildung des Histamins zu verhindern, das zu den körperlichen Beschwerden führt. Das sind die gängigen Methoden. Wir hier versuchen zu erreichen, dass es erst gar nicht mehr zur Vermehrung der weißen Blutkörperchen kommt, also in die Erkennungswege des Immunsystems einzugreifen und sie so zu beeinflussen, dass Blütenpollen nicht mehr als Fremdkörper definiert werden, die das gesamte Programm der Immunabwehr anspringen lassen.«

Sie waren in ein fensterloses Labor gewechselt, in dem die neu isolierten Botenstoffe an den lebenden Organismen von Ratten ausgetestet wurden. »Es geht also um Grundlagenforschung, was wir hier machen – und auch austesten müssen. Im Übrigen verfolgt eine Gruppe meiner Mitarbeiter einen weiteren Weg. Nach erfolgreicher Abwehr von Fremdkörpern stellt sich unser Immunsystem wieder von selbst ab. Wir überlegen, ob die dahinter stehenden Vorgänge dazu genutzt werden könnten, es bei allergischen Reaktionen erst gar nicht anlaufen zu lassen oder medikamentös wieder abzustellen.« Er wiegte den Kopf skeptisch hin und her. »Wir werden sehen, ob das gelingt.«

Am Ende des Labortraktes angekommen, legten Riesenfeld und von Boyen die Schutzkleidung wieder ab und fuhren mit dem Fahrstuhl ins oberste Geschoss.

»Ich weiß nicht recht, wo wir im Fall von Katarina ansetzen könnten.«

Die beiden hatten sich wieder an den großen Besprechungstisch gesetzt, Riesenfeld hatte sich einen Kaffee eingeschenkt und eine der beiden Arbeiten in die Hand genommen, die auf dem Tisch lagen. »Wenn es ein anaphylaktischer Schock war, ist die Kleine mit einem für sie gefährlichen Allergen in Berührung gekommen. Wenn kein Insektenstich vorlag und sie bisher auf keines der Nahrungsmittel allergisch reagiert hatte, kann es sich nur um einen Stoff handeln, der in den Nahrungsmitteln war. Dabei ist die Auswahl nicht sehr groß. Keineswegs alle Allergene lösen solch starke und spontane Reaktionen aus. Also kommen zum Beispiel Pflanzenschutzmittel, die noch nicht abgebaut oder beim Waschen nicht entfernt worden waren, eigentlich nicht infrage. Außer es war ein unbekannter, hochgiftiger beziehungsweise hochallergener Stoff. Es könnte auch etwas im Fleisch gewesen sein, Medikamente, die dem Tier in überhöhter Dosis gespritzt oder mit dem Futter verabreicht worden waren.«

Riesenfeld schob eine der beiden Dissertationen zu von Boyen hinüber. »Das ist eine Arbeit aus meinem Haus, eine chemische Doktorarbeit, die ich als Korreferent zu betreuen hatte. Der junge Kollege hat sich mit dem Abbau von Antibiotika in lebenden und toten Tierkörpern befasst. Der Hintergrund ist die Überlegung, ob in diesem Bereich gesetzliche Auflagen verschärft werden müssen. Übrigens eine Auftragsarbeit des Bundesgesundheitsministeriums, die wir durch Staatssekretärin Baader erhalten hatten. Das Ergebnis ist eigentlich beruhigend. Wenn alle Auflagen von Dosierung und Zeitpunkt der Verabreichung von Antibiotika bei Schlachtvieh beachtet werden, kann es zu keinen Restbeständen beim Fleisch in der Kühltheke des Metzgers kommen, die in irgendeiner Weise bedrohlich sein können. Allergische Reaktionen auf eventuelle Restbestände von Antibiotika im Fleisch sind somit auszuschließen. Beunruhigend jedoch waren einige Messwerte bei Tieren, bei denen es sich im Nachhinein herausstellte, dass Fristen und Dosierung eben nicht eingehalten worden waren. Das Fleisch war selbstverständlich nicht in den Handel gekommen, aber der Kollege hat längst nicht alle Tiere untersucht, die in den vergangenen zwölf Monaten zur Schlachtbank geführt worden waren, sondern nur Stichproben genommen.«

Riesenfeld verrührte den Zucker in seinem Kaffee und setzte die Tasse an die wohlgeformten Lippen. »Wissen Sie, woher das Fleisch stammte, das die Familie an jenem Tag gegessen hatte?«

Alfred von Boyen war froh, als er die dunstige, schwüle Vorderpfalz hinter sich gelassen hatte und nach dem Verlassen des Zuges durch die frische Waldluft zu seinem Wagen gehen konnte. Der Besuch in Heidelberg hatte ihn ein gutes Stück weitergebracht. Er hatte zwar nicht die Lösung des Problems gefunden, wusste nun jedoch, wo er suchen konnte. Er musste mit Barbara Fouquet sprechen. Die nächsten Schritte wären von ihr zu übernehmen. Mit dem Anruf musste er warten, bis er zu Hause angekommen war. Eine Freisprechanlage hatte er sich wohlweislich nicht ins Auto einbauen lassen. Multitasking war nicht seine Sache. Entweder man fuhr Auto und genoss das Geräusch des Motors und die Landschaft oder man telefonierte. Beides zusammen fand er unpassend.

Er entschloss sich jedoch, auf dem Rückweg ins Gebüg in Schönbach vorbeizuschauen. Vielleicht würde er sie antreffen. Ihr Auto stand in der Einfahrt, das musste jedoch nicht viel heißen. Seine Ehrenamtschefin war oft mit dem Fahrrad unterwegs. Er klingelte. Es rührte sich nichts. Wahrscheinlich war sie bei Katarinas Mutter, vermutete er. Also fuhr er nach Hause und versuchte es von dort mit einem Telefonanruf. Er erreichte sie erst kurz nach 20 Uhr.

»Barbara, ich war in Heidelberg bei Professor Riesenfeld, dem Leiter des Universitätsinstitutes für Allergologie.«

»Wie bist du denn an den gekommen?«

»Das ist mein kleines Geheimnis«, lächelte er.

»Und was hast du erfahren?«

Er berichtete ausführlich von dem Gespräch und war überrascht, wie selbstverständlich die Theologin den medizinischen Ausführungen folgen konnte.

»Nun bist du dran«, sagte er abschließend. »Du musst versuchen herauszubekommen, wo Katarinas Familie die Lebensmittel her hatte.« Er verfiel in einen dozierenden Ton. »Dabei ist die Herkunft des Fleisches besonders wichtig. Vieles spricht dafür, dass der den Schock auslösende Stoff im Fleisch gewesen ist. Sicher ist das jedoch nicht.«

»Aye, aye, Sir, werde ich machen«, antwortete Barbara und schlug die Hacken zusammen. »Ich werde sowieso bei Katarinas Mutter vorbeigehen, vielleicht erst am Sonntag, bestimmt am Montag. Morgen ist Gemeindeausflug und am Sonntag muss ich drei Gottesdienste halten.« Sie nahm wieder eine entspannte Haltung an. »Dann werden wir uns ja wiedersehen, Herr Kirchdiener.«

»Alles klar, Chefin«, frotzelte von Boyen zurück. »Ich werde alles sorgfältig vorbereiten, wie es sich für einen ordentlichen Kirchdiener geziemt. Dann also bis Sonntag.«

»Bis übermorgen – und vielen Dank, dass du dich der Sache angenommen hast«, sagte Barbara Fouquet und machte sich an ihre Predigt.

Kapitel 6

Am nächsten Morgen ging Barbara Fouquet wie immer als Erstes in die Bäckerei und freute sich auf den kurzen Plausch mit Anna Hoger. Viel Zeit hatte sie nicht, denn der Gemeindeausflug sollte um neun Uhr beginnen, möglichst pünktlich. Wie immer dauerte es lange, bis die alten Damen und Herren sich in den Bus bemüht hatten, der – wie immer – nicht wie abgesprochen fünfzehn Minuten früher gekommen war. Als sie durchzählte, fehlte – wie immer – eine Person, die sie dann die Straße herunterkommen sah, ungewöhnlich langsam für jemanden, der bereits verspätet war. Manche Menschen bevorzugen es, einen besonderen Auftritt zu haben, dachte Barbara Fouquet und überlegte, welche Entschuldigung Frau Herzog heute haben würde.

»Ich konnte mein Portemonnaie nicht finden und das brauche ich doch, um die Fahrt zu bezahlen«, sagte sie, als sie am Bus angekommen war. »Haben Sie mir einen schönen Platz freigehalten?«

»Ich weiß nicht, ob Ihnen jemand einen Platz freigehalten hat. Jetzt wäre es schön, wenn wir abfahren könnten. Wir haben geduldig auf Sie gewartet.«

Frau Herzog schaute ein bisschen pikiert drein, als sie den Bus unter Stöhnen erklomm und sich durch die Reihen zwängte. Sie setzte sich, Fouquet nahm den Platz neben dem Fahrer ein und sagte: »Jetzt kann es losgehen.«

Der Bus fuhr an und schlug den Weg Richtung Dahn ein. Als sie am Haus von Kurt Schwäger, dem Totengräber, vorbeikamen, fiel Barbara Fouquet einmal mehr auf, wie heruntergekommen es im Vergleich zu den anderen Höfen im Dorf war. Sie nahm aber nichts wahr von dem, was sich dort gerade abspielte.

Kurt Schwäger hatte die Schubkarre im Stall ans Ende des Mittelganges gefahren. Er tauchte die breite Schaufel mit leichtem Schwanken in das Futtermehl und verteilte es in die Rinnen zu beiden Seiten. Bei jedem Bücken schoss ihm der Schmerz in den Rücken. In dem düsteren Licht des Stalls verschwamm das Blau seines Overalls mit dem hellen Braun des von Stroh durchsetzten Mistes und dem Gelb der Glühbirnen. Die Kälber standen hinter den mit Eisengittern abgetrennten Verschlägen und warteten, bis die Futterrinne vor ihnen gefüllt wurde. Die Luft war stickig, die Fliegen hatten das Regiment übernommen. Sie ließen sich zu Hunderten auf den Tieren und dem Bauern nieder, verteilten den am Boden aufgenommenen Mist in feinen Dosen über Fell, Haare und Wände, erfüllten den Raum mit einem ständigen Gesumme und schienen der Luft den letzten Sauerstoff zu entziehen.

Der Stall hätte schon seit ein paar Tagen ausgemistet werden müssen. Kurt Schwäger zog es so lange wie möglich hinaus. Es stank. Die Jauche konnte nicht mehr abfließen und bildete Pfützen im Mist, durch die Mensch und Tiere waten mussten. Er hatte vor einer Woche ein Rind verkauft und sich seitdem den Lohn seiner Arbeit schmecken lassen. Die leeren Flaschen sammelte er in alten Futtermittelsäcken, irgendwann würde er sie entsorgen. Morgen, spätestens übermorgen musste er den Stall ausmisten, drei Stunden Arbeit unter ständigen Rückenschmerzen, vom Weinbrand ein wenig erträglicher gemacht. In zwei Monaten konnte er das nächste Kalb verkaufen und sich endlich einmal wieder einen richtigen Cognac leisten.

Hoffentlich war dann nicht gerade wieder ein Grab auszuheben wie beim letzten Mal. Für Katarina war es nur ein Kindergrab gewesen, ein kleines, das war schnell gegangen. Das für ihren Vater war schon viel mehr Arbeit. Dann noch das neue, das musste er am Nachmittag ausheben. Auf dem Friedhof hatte er den kleinen Bagger, nicht so viele Rückenschmerzen beim Graben wie im Stall, eigentlich eine saubere Arbeit, freilich nicht besonders gut bezahlt. Er brauchte jedoch das Geld, die Viecher warfen nicht genug ab. So schnell hätten allerdings keine neuen Beerdigungen sein müssen. Irgendwie war das doch trotz allem eine traurige Angelegenheit, und trinken durfte er nichts, wenn er sich auf die Maschine setzte, das hatte ihm der Bürgermeister ausdrücklich gesagt. Er trank also nichts, wenn er als Totengräber seine Arbeit machen musste, auf jeden Fall nicht viel, nun, nicht zu viel. Es war kein anderer da, der die Arbeit machen wollte. Wahrscheinlich waren sie sich dafür zu fein. Der Schwäger, das meinten sie wohl, der war gerade schlecht genug dafür, was sollte man mit dem alten Saufkopf denn sonst machen.

Die Flasche hatte er gleich neben den Eingang des mit Eternitplatten verkleideten flachen Stalls gestellt. Das wohlige Brennen in der Speiseröhre trieb die Schmerzen aus dem Rücken und richtete ihn auf. Da erblickte er den Wagen mit dem schwarzgelben Nummernschild. Er kannte den Transporter und den Fahrer.

Der Wagen stand draußen auf der Dorfstraße vor dem halb geschlossenen Eisentor der Hofeinfahrt. Neben der Einfahrt befand sich das massive Wohnhaus. Es war zur Zeit seiner Erbauung eines der schönsten Häuser in Schönbach gewesen. Das Kellergeschoss aus gesägten Sandsteinen war einen guten Meter über die Ebene der Straße heraus gebaut worden. Das Wohngeschoss und das halbstöckige Dachgeschoss waren aus kunstvoll behauenen Sandsteinen gemauert, die Fensterrahmungen aus Sandsteinquadern zusammengesetzt, von den Steinmetzen schön verziert. Zum Eingang führte ein breiter zweiseitiger Treppenaufgang. Dem Haus sah man an, dass der Bauherr wohlhabend gewesen war. Auch der großzügige alte Schweinestall auf der anderen Seite der Einfahrt ließ vermuten, dass der Hof einmal gute Zeiten gesehen hatte. Ganz im Gegensatz zu dem verwahrlosten Innenhof mit dem unordentlich geschichteten Misthaufen, dem alten Eisenpflug, der von Brennnesseln überwuchert wurde, dem ölverschmierten Motor des Bulldogs und den zersplitterten Brettern des Anhängeraufbaus.

Pierre Haeberlin war aus dem Transporter ausgestiegen und hatte den kleinen, kräftig gebauten Mann in seinem ausgewaschenen Overall bereits gesehen. Er umging auf dem Weg zum Stalleingang geschickt die Pfützen auf dem Hof.

»Was für einen Fusel trinkst du denn heute, Kurt?« Er nahm die Flasche in die Hand und schaute auf das Etikett. »Zu was Besserem reicht es wohl nicht, was?«, fragte er und lachte wenig teilnahmsvoll. Pierre Haeberlin, ein schlanker Enddreißiger mit schwarzem lockigem Haar und einem Schnurrbart, trug die Arbeitskleidung eines französischen Handelsunternehmens für landwirtschaftlichen Bedarf. Sein Deutsch hatte einen leichten elsässischen Akzent.

Kurt Schwäger hatte die herablassende Ironie der Bemerkung getroffen. Der andere wollte ihn verletzen, und er tat es jedesmal, wenn sie sich begegneten. Wenn er nur einen blauen Renault Traffic mit französischem Kennzeichen sah, überkam ihn schon ein Gefühl der Demütigung und des Ausgeliefertseins.

»Ich habe wieder zwanzig Säcke mit Futtermehl für dich dabei, zu den bekannten Konditionen.« Haeberlin baute sich vor Schwäger auf und zündete sich eine Zigarette an.

»Ich brauche kein Futtermehl, ich habe noch fast fünfzig Säcke«, gab Schwäger zurück. »Zu den bekannten Konditionen brauche ich es schon gar nicht.«

»Ich bin der festen Überzeugung, dass du die zwanzig Säcke kaufen wirst.« Haeberlin schaute mit schmalen Augen in das unsichere Gesicht von Kurt Schwäger. »Du hast in der letzten Woche ein Rind verkauft. Du hast genug Geld, und ich werde meinen Teil davon bekommen.«

Kurt Schwäger griff hinter sich.

»Lass deine Mistforke da stehen, wo sie steht!« Haeberlins Ton hatte sich verschärft. »Du wankst schon so stark, du würdest nicht einmal mehr eine Kuh treffen.«

Haeberlin stieß Kurt Schwäger in die Richtung des Transporters. »Komm, pack mit an! Es wird ausgeladen.«

Schwäger öffnete den zweiten Torflügel, Haeberlin setzte den Wagen rückwärts in den Hof und öffnete die Hecktüren. Die beiden Männer trugen die zwanzig Kunststoffsäcke auf den Stapel hinter dem Stall. Schwäger fiel es schwer, der Rücken tat weiterhin weh, der Alkohol im Körper machte ihn keineswegs stärker. Haeberlin achtete dennoch darauf, dass zumindest beim Tragen Gerechtigkeit herrschte und jeder zehn Säcke vom Wagen hinter den Stall schleppte. Anschließend ging Schwäger zur Stalltür und holte seine Flasche. Haeberlin riss sie ihm aus der Hand und warf sie auf den Misthaufen.

»Den Rest besprechen wir in der Küche – bei einem anständigen Kaffee.« Haeberlin ging vor und setzte sich an den Küchentisch. Er hatte sich ausbedungen, nach jedem Geschäftsabschluss einen Espresso zu trinken. Die Kaffeemaschine hatte er geliefert und Schwäger hatte sie bezahlt. Dennoch, der Kaffeegeruch konnte den Gestank nach Mist und Jauche, der in Schwägers Overall hing, nicht überdecken.

»Fünfhundert für die zwanzig Säcke, wie immer.« Haeberlin stellte die Tasse ab.

»So viel habe ich nicht mehr.« Schwäger schaute an die verrußte Decke.

»Ich weiß, dass du so viel hast.« Haeberlins Ton bekam eine leichte Schärfe.

»Ich brauch auch noch etwas für mich.« Schwäger beugte sich zornig über den Tisch.

Haeberlin schlug mit der Faust auf den Tisch, und Schwäger zuckte wie gewünscht zusammen. »Ich weiß, dass du genug hast. Sauf eben ein bisschen weniger! Grab ein paar Gräber mehr! Ich werde die Kuh schon nicht schlachten, die ich melken kann.«

Schwäger zog widerstrebend den Schlüsselbund aus der Hosentasche, holte die Geldkassette aus der Schublade des Küchenschrankes und drehte Haeberlin den Rücken zu, während er das Geld abzählte. Dann schob er ihm die Scheine über den Tisch, nahm seinen ganzen Mut zusammen und sagte mit einem bittenden Unterton: »Das muss das letzte Mal gewesen sein, Haeberlin.«

Haeberlin grinste: »Das wird nicht das letzte Mal gewesen sein!«

»Ich werde ihm davon erzählen.«

Pierre Haeberlin zögerte für einen Moment: »*Pas mal!* Dann habe ich eine weitere Kuh, die ich melken kann.« Er stand auf, beugte sich über den Tisch, machte eine eindeutige Geste mit dem Mittelfinger und verließ den Hof, ohne sich erneut umzudrehen.

Kurt Schwäger sah ihm hinterher und ging zum Misthaufen, um die Weinbrandflasche aus dem Dreck zu retten.

Kapitel 7

Die meisten Schönbacher lagen trotz des herrlichen Morgens noch in den Betten, als Bauer Fabian das Kalb durch die Straßen trieb. Es sollte auch niemand sehen. Auf jeden Fall sollte sich niemand dadurch gestört fühlen, dass am heiligen Sonntagmorgen gearbeitet wurde. Denn das war es, was Bauer Fabian machte, und es war eine angenehme Arbeit für ihn. Weniger wohl für das Kalb, aber das wusste nicht, was auf es zukam. Der Bauer wusste es, denn er trieb das Kalb zum Metzger, der wollte es so, dass es am Sonntagmorgen gebracht wurde. Geschlachtet würde es erst am nächsten Tag, in aller Frühe. Es war einfach besser, wenn sich das Kalb einen Tag ausruhen und er es sich noch einmal genau anschauen konnte. Mit den Rindern und den Schweinen machte er es genauso. Das gehörte für ihn dazu, wenn es darum ging, auf Qualität zu achten. Außerdem war es wichtig, dass er wusste, wo die Tiere herkamen. Fleisch vom Schlachthof – das kam für ihn nicht infrage. Er kaufte seine Tiere von Bauern, die er kannte, so wie von Fabian.

Bauer Fabian wohnte am Ortseingang, sein Hof war schon vor dreißig Jahren aus dem Ort ausgelagert worden. So musste er die ganze Dorfstraße hinunter und an der Kirche links zur Metzgerei abbiegen. Er fiel keinem auf und auch ihm fiel nichts auf. Er bemerkte nicht den blauen Lieferwagen, der unterhalb der Stützmauer der Kirche stand und dort nicht hingehörte. Er trieb das Kalb geduldig vor sich her und das Kalb ließ sich treiben. Das Geld ging in dem kleinen Stall der Metzgerei bar über die Hand. Das Finanzamt wusste nicht von allem, was sich so tat auf der Welt, und musste nicht von allem wissen. Fabian steckte das Geld in die Brusttasche seines blauen Overalls und gab dem Metzger die Hand. Er würde jetzt nach Hause gehen, dachte er, dann zur Feier des Tages in die Kirche, zum lieben Gott sozusagen, denn man war ja nicht undankbar. Anschließend würde er zum Frühschoppen gehen, für sich selbst, denn das hatte er sich verdient, und dann mit der Familie zum Essen in die Gastwirtschaft, damit die sich auch freuen konnte. So hatte jeder etwas von dem Kalb, das umsonst auf ein langes Leben in dem neuen Stall hoffte, während der Metzger überprüfte, ob die Munition für den Bolzenschussapparat im Schlachtraum vorhanden war.

Bauer Fabian verließ als Letzter die Kirche und sah nicht, was Pfarrerin Fouquet und Alfred von Boyen, der Kirchdiener, ungefähr zehn Minuten später sahen. Er konnte es gar nicht sehen, denn es lag dort noch nicht, als er an den Hortensienbüschen an der Südseite der Kirche entlang zur Treppe in den Ort hinunterging. Fouquet und von Boyen hatten die Kollekte gezählt – der blaue Zwanziger war von Fabian gewesen – und das Fresko mit dem Weltenrichter genauer unter die Lupe genommen, denn man musste wahrscheinlich den Restaurator des Landesamtes für Denkmalpflege ein weiteres Mal kommen lassen. Der Putz, auf den das Bild aufgetragen war, schien porös geworden zu sein. So hatte es verhältnismäßig lange gedauert, bis sie die Kirche verließen. Dafür half ihnen der Wind beim Schließen der schweren Kirchentür und schlug sie mit einem lauten Knall zu.

Die Hortensien standen in voller Blüte und waren der Stolz der Gemeinde, sie wurden alle drei Tage gedüngt und täglich gegossen, an heißen Tagen wie diesem Sonntag zweimal. Sie dankten es mit Hunderten von Blüten in allen Schattierungen von Rosa und Blau. Pfarrerin Fouquet schaute nie auf den Weg, wenn sie auf die Treppe zuging, sondern immer auf das Blütenmeer. Deshalb fiel ihr die Unregelmäßigkeit gleich auf. Die Büsche waren auf einer Länge von fast zwei Metern eingedrückt, als wäre jemand mit voller Absicht hindurchgelaufen. Vor dem Gottesdienst war das nicht gewesen. An einen Dummejungenstreich konnte sie nicht glauben, die schliefen am Sonntagvormittag noch. Dass es einer von den Gottesdienstteilnehmern gewesen sein sollte, war ebenfalls nicht sehr wahrscheinlich. Sie trat näher heran und merkte, dass etwas zwischen den Büschen lag. Jemand musste dort etwas hingeworfen haben, das die Büsche niedergedrückt hatte. Die Sonne blendete sie, und sie musste die Hand vor die Augen nehmen und sich hinunterbeugen, um besser sehen zu können.

Mit einem Mal wurde ihr schlecht. Der Mann, der dort wie hingeworfen lag, war schrecklich zugerichtet worden. Der Kopf war unförmig und schwarz von Blut. Auf den ersten Blick konnte sie gar nicht erkennen, ob er mit dem Gesicht oder dem Hinterkopf zu ihr lag. Selbst die eigene Mutter hätte ihn nicht mehr erkannt. Sein Overall war weitgehend sauber geblieben. Eine Fliege erst hatte die Gelegenheit zur Eiablage entdeckt. Er konnte wirklich noch nicht lange da liegen.

Barbara Fouquet rief Alfred von Boyen heran. Er hatte schon viele zerschossene und massakrierte Menschen gesehen und sich an deren Anblick nie gewöhnen können. Dem Mann, der dort lag, war der Schädel gespalten worden, mit einem einzigen Schlag, so schien es. Bis zur Hälfte des Kopfes ging der Spalt, ein blutverschmierter Klumpen war geblieben. Niemand war zu sehen, dabei konnte der Mann weder vom Himmel noch vom Kirchendach gefallen sein.

An diesem Sonntag kam niemand in Schönbach so richtig zur Ruhe. Barbara Fouquet hatte die Polizei gerufen und war dann zum Gottesdienst nach Ludwigswinkel aufgebrochen. Von Boyen war bei der Leiche geblieben. Beide redeten mit niemandem darüber und verhielten sich möglichst unauffällig, um keine Unruhe zu verbreiten. Als jedoch die Polizei anrückte und die Spurensicherung in weißen Overalls um die Kirche herum mit der Arbeit begann, war das Lauffeuer der Gerüchte nicht mehr aufzuhalten. Das rote Absperrband am Kirchengelände lud regelrecht dazu ein, sich an den Schauplatz polizeilicher Untersuchungen zu begeben.

Barbara Fouquet kam nach einer guten Stunde aus Ludwigswinkel zurück und sah das halbe Dorf um die Kirche versammelt – fast so viele wie bei der Beerdigung von Katarina, mehr als beim Weihnachtsgottesdienst. Man ließ sie durch die Absperrung, als sie darauf hinwies, dass sie den Toten gefunden hatte, und schickte sie zu einem großen Mann in einer fast dandyhaften Aufmachung, der nahe der Kirchentür stand.

Der weißblonde Mann wirkte alles andere als aufgeräumt. Mürrisch dirigierte er den Erkennungsdienst und die Kollegen von der Ermittlung mit einem unüberhörbaren Bärenbass auf dem abgesperrten Gelände umher. Entweder hatte er schlecht geschlafen, sehr schlecht geschlafen, oder er hatte keine Lust, seinen Job zu tun. Er erteilte jedoch Anweisungen mit einer derartigen Präzision und einem deutlich spürbaren Überblick, dass es keine Unlust sein konnte. Dann doch wohl eher eine ungemütliche Nacht, dachte Fouquet, was immer die Ursache gewesen sein mochte.

Es war nicht nur der sonore und durchdringende Bass der Stimme, die sie unüberhörbar machte, es war auch der alles andere als passende Tonfall, das Platt, das bei fast jedem Wort durchkam, das man eher auf einem nordfriesischen Fischkutter erwartet hätte als auf einem südpfälzischen Kirchberg. Mit seinem leichten Sommeranzug über dem pastellfarbenen T-Shirt, so meinte Fouquet, passte er zudem besser auf eine Yuppie-Party als auf einen abgesperrten Tatort.

Barbara Fouquet ging auf ihn zu. »Fouquet. Ich bin hier die Pfarrerin.«

Der Mann schaute sie kurz an. »Ach deshalb das fröhliche Schwarz an einem strahlenden Sommermorgen. Ich hatte schon gedacht, da käme die trauernde Witwe.«

Ganz schön kess für einen Kriminalbeamten, dachte Barbara Fouquet. »Ich hatte schon gedacht, ich wäre plötzlich im Urlaub an der Nordsee, als ich Sie reden hörte«, gab sie zurück.

»Na, wenigstens eine positive Gedankenverbindung. Die meisten anderen sagen gleich: Aha, ein Nordlicht.«

»So kann es einem gehen. Was hat Sie denn hierher verschlagen, Herr …?«

»Bernd Peters ist mein Name. Was mich hierher verschlagen hat? Im vorliegenden Fall Ihr Anruf in Pirmasens. Eine männliche Leiche mit gespaltenem Schädel, hieß es. Völlig zutreffend, hätte aber nicht an einem Sonntagmorgen sein müssen.«

»Ich wollte ihn eben nicht bis morgen hier liegen lassen. Wegen der Fliegen, wissen Sie!«

»Schon gut. Kann ich nachher mit Ihnen sprechen? In der Kirche vielleicht? Ich warte auf einen Kollegen.«

»Kommen Sie doch ins Pfarrhaus. Das liegt nur zweihundert Meter von hier, die Straße hinauf. Da gibt es einen Kaffee. Oder trinken Sie lieber Tee?«

»Ostfriesenmischung, meinen Sie? Mal sehen, vielleicht doch einen Kaffee.«

»Also dann, bis später«, sagte Barbara Fouquet und machte sich auf den Weg nach Hause. Nach zwei Gottesdiensten und dieser Entdeckung brauchte sie eine Dusche und etwas zu trinken.

Peters begab sich zum Tatort zurück. Wenn es denn der Tatort war. Ihm waren inzwischen große Zweifel gekommen. Eigentlich sprach alles dagegen. Der Kopf der Leiche war in Blut getränkt, dennoch gab es um den Fundort herum kaum Blutspuren. Der Mann war schon mindestens acht Stunden tot, aber keiner der Kirchgänger hatte ihn dort liegen gesehen. Es sprach alles dafür, dass er erst kurz vor dem Auffinden dorthin gebracht worden war. Also würde er sich an die Arbeit machen – und das mit den Kopfschmerzen.

Peters ärgerte sich, dass der Kollege Scheller immer noch nicht eingetroffen war. Er hatte nur den Anrufbeantworter erreicht, was an einem Sonntag eigentlich nichts Ungewöhnliches war. Peters konnte sich des Verdachts nicht erwehren, dass Scheller wieder einmal die letzte Nacht und den frühen Morgen in seiner Lieblingsdiskothek verbracht hatte, um sich anschließend bei irgendeiner Disco-Mieze zum Kaffee einladen zu lassen. Scheller verfuhr immer nach demselben Schema. Erst versuchte er es auf die Softie-Tour, verständnisvoll, einfühlsam, sensibel. Sowas ließ sich im Lärm einer Diskothek freilich schlecht herüberbringen. Dann schaltete er auf die coole Masche um, und wenn er mit der nicht weit genug kam, dann erzählte er, er sei Polizist bei der Mordkommission, und markierte den Helden. Wenn die Auserwählte ihm nicht glaubte, zog er sogar den Dienstausweis heraus oder fragte, ob er ihr seine Dienstwaffe zeigen solle, die liege bei ihm zu Hause. Dabei war es Scheller eigentlich lieber, wenn die Nacht bei der Frau endete, dann musste er kein Frühstück und kein Bett machen. Den Helden der Nacht konnte Peters nun hier brauchen, doch der Herr hatte das Handy ausgestellt. Er versuchte es erneut und Scheller meldete sich hörbar verschlafen.

»Na, wo waren Sie denn wieder?« Peters wusste, dass Scheller auf den väterlichen Ton allergisch reagierte, aber er reagierte ebenso allergisch auf den pubertären Lebenswandel des jungen Kollegen. Er wartete die Antwort nicht ab und fragte: »Welche Körbchengröße hatte sie?« Anfangs hatte er immer gefragt, welche Haarfarbe sie gehabt hatte; da bekam er inzwischen keine neuen Antworten mehr. Scheller stand auf Schwarzhaarige. Zum Glück war er nicht wach genug, um seinerseits einen Machospruch loszulassen, und brummte nur in das Telefon.

»Wann kann ich mit Ihnen rechnen?«, fragte Peters und fuhr fort: »Ich denke, dreißig Minuten müssten Ihnen genügen.« Er hörte Scheller nicht fluchen und war sich dennoch sicher, dass er genau das im Augenblick tat.

Alfred von Boyen hatte kurz mit dem Polizisten gesprochen, seine Karte übergeben und war dann zurück ins Gebüg gefahren. Vor vier oder fünf Jahren hätte ihn ein dermaßen übel zugerichteter Mensch für Tage aus dem Gleichgewicht gebracht. Auch jetzt konnte er den Anblick nicht so einfach verdrängen. Er musste zunächst an das denken, was er bei seinem geheimen Besuch im Kosovo gesehen hatte – ganze Dörfer sinnlos zerstört, die Menschen auf die vielfältigsten grausamen Weisen zu Tode gebracht. Da wirkte der Tote im Blütenmeer der Hortensien fast nur wie ein Schönheitsfehler. Hier war der Mord offensichtlich, aber wie war es bei der kleinen Katarina gewesen?

Er hatte sich Fisch zum Mittagessen gemacht und hinterher alle Fenster aufgerissen. Fisch aß er gerne, wobei er den Fischgeruch in der Wohnung nicht mochte. Er war in das Dachgeschoss gestiegen, das er sich als Arbeitszimmer eingerichtet hatte. Die Hitze staute sich jetzt im Sommer unter der Schräge, und es fiel ihm schwer, sich an die Arbeit zu machen. Er wusste, dass er mit dem Buch nur weiterkäme, wenn er sich streng an den selbstauferlegten Arbeitsplan hielte. Der sah für den Sonntag vier Stunden vor, von denen er zwei jetzt absolvieren wollte, den Rest am frühen Abend.

Neben dem Schreibtisch hatte er ein Regal für den Handapparat aufgestellt. Hier standen griffbereit in der obersten Reihe die wichtigsten Bücher, die er immer wieder einsehen musste. In den anderen Fächern lagen thematisch geordnet Dutzende von Aufsatzkopien und Exzerpten, die auf ihre kritische Sichtung und Bearbeitung warteten. Ein wissenschaftliches Buch zu schreiben, hatte viel mit einer Expedition in unentdeckte Gebiete gemeinsam. Der Weg war mühsam und man kam langsam voran. Für Außenstehende mochte das ganze Unternehmen sinnlos oder gar verrückt erscheinen. Es erforderte viel Kraft und Zeit, und immer wieder kamen ihm Zweifel, ob beides nicht bei anderen Tätigkeiten sinnvoller eingesetzt wäre. Außerdem wusste man nicht, wo der Weg endete. Gelänge es, die Ausgangshypothese plausibel darzulegen und zu unterfüttern? Fände er einen Verlag? Würde das Buch gelesen werden? Würde es die Sache vorantreiben, um die es ihm ging?

Alfred von Boyen hatte sich entschieden, diesen Weg zu gehen, und er wollte ihn zu Ende gehen. Nein, bereut hatte er den Schritt nicht, von Berlin wegzugehen und sich hierher zurückzuziehen. Obwohl er gelegentlich unter der Einsamkeit litt. Der Trubel der Universität und der politischen Beratertätigkeit waren jedoch keine wirkliche Alternative mehr für ihn. Charlotte, seine verstorbene Frau, fehlte ihm. Die beiden Kinder waren zu Weltreisenden geworden wie die Eltern. Die Tochter hatte einen Griechen geheiratet und lebte mit ihm zusammen in den USA. Der Sohn war der chinesischen Freundin nachgezogen, die in Neuseeland studierte. Sie hatten die Kinder nie festbinden wollen und es auch nie getan. Über das Telefon stand er nach dem Tod der Mutter gelegentlich mit ihnen in Verbindung.

Er setzte sich an die Arbeit. Die Konzentration fiel ihm schwer. Es war nicht die Wärme im Arbeitszimmer unter dem Dach, es war auch nicht der tote Mensch neben der Kirche, um den kümmerte sich die Polizei. Es waren Katarina und ihre Eltern, die ihm immer wieder vor Augen traten. Vielleicht käme er übermorgen in Straßburg einen Schritt weiter.

»Ziemlich viel Platz für eine einzelne Person«, war sein erster Kommentar, als ihn die Pfarrerin hereingebeten hatte. Bernd Peters hatte wie verabredet am Pfarrhaus geklingelt. Der Blick auf die nur spärlich behängte Garderobe hatte ihn vermuten lassen, dass die junge Frau im großen, alten Pfarrhaus allein lebte.

»Ich brauche längst nicht alle Zimmer, aber ich habe mir das nicht ausgesucht. Im Pfarrhaus zu wohnen gehört zu den Dienstpflichten einer Pfarrerin.«

Sie lud ihn mit einer Handbewegung zum Weitergehen ein. »Die meisten alten Pfarrhäuser sind für Familien mit vielen Kindern und vielleicht sogar noch Personal gebaut. Einer meiner Vorgänger zu Beginn des letzten Jahrhunderts hatte neun Kinder. Dann gab es vermutlich noch ein Hausmädchen, das der Pfarrfrau half. Da brauchte man so viel Platz.« Man merkte Pfarrerin Fouquet an, dass sie die Bemerkung über ihre Wohnverhältnisse schon oft gehört hatte.

»Möchten Sie etwas trinken? Da oben in der prallen Sonne vor der Kirche ist es doch kaum auszuhalten.« Mit zurückhaltender Höflichkeit versuchte sie das Gespräch von ihrem Beruf abzulenken. Sie wollte nicht schon wieder hören, wie ungewöhnlich es doch sei, dass eine so junge Frau allein ein Pfarramt verwalte, ob sie denn keine Angst in dem großen Haus habe, wie die Leute im Ort denn darauf reagierten und so weiter und so weiter. Zu oft hatte sie solche Fragen und Bemerkungen schon gehört, und sie war es müde, darauf zu reagieren.

»Vielen Dank, sehr freundlich, am liebsten einen Espresso und ein großes Glas Wasser«, nahm Kommissar Peters das Angebot an. Während die Pfarrerin ihm Mineralwasser holte und die Kaffeemaschine anwarf, inspizierte er das Amtszimmer, in das sie ihn geführt hatte. Als Erstes fielen ihm die Bücher auf, die die Wände fast komplett bedeckten. An einem Regal hing der lange schwarze Talar. In einer Ecke stand eine Aktentasche, in der Nähe des Fensters ein Schreibtisch, außerdem Aktenschränke, nichts Auffallendes eigentlich. Die Gardinen waren geschmackvoll, die Sammlung von alten Lochern und Briefwaagen zog die Blicke an.

»Haben Sie etwas Verdächtiges in meinem Zimmer entdecken können?« Pfarrerin Fouquet war zurückgekommen, gab Kommissar Peters ein Glas und lächelte ihn an.

»Ich frage mich, wieso die anderen, die heute in der Kirche waren, die Leiche nicht bemerkt haben. Der Gottesdienst war doch noch nicht lange zu Ende, als Sie die Kirche verließen.« Peters runzelte ungläubig die Stirn. »Keinem von den anderen soll etwas aufgefallen sein? Wie viele Menschen waren denn heute im Gottesdienst?«

Barbara Fouquet fühlte sich bei dem unverhohlen norddeutschen Tonfall des Polizisten in den letzten Urlaub in St. Peter-Ording zurückversetzt. »Schätzungsweise fünfzig. Jetzt im Sommer ist der Besuch nicht besonders gut. Wollen Sie sich setzen?« Peters schüttelte den Kopf.

»Nach dem Gottesdienst habe ich mit dem Kirchdiener zusammengestanden«, fuhr Fouquet fort. »Wir haben die Kollekte gezählt und über eines der Fresken geredet. Dann haben wir zusammen alle Lichter ausgemacht und die Türen verschlossen.«

Der Kommissar fingerte in der Anzugtasche herum, drückte eine Tablette aus der Verpackung, warf sie mit Schwung in den Mund und leerte das Glas. Etwas unruhig ging er in dem nicht gerade großen Zimmer umher.

»Wie lange waren die letzten Gottesdienstbesucher weg, als Sie die Kirche verließen?«, schloss Kommissar Peters eine Frage an. Er griff in die andere Tasche des Jacketts, holte ein kleines Döschen heraus, schüttete sich ein Häufchen dunkelbraunes Pulver auf den Handrücken und zog es nacheinander in beide Nasenlöcher ein.

»Zehn Minuten vielleicht. In den zehn Minuten muss die Leiche dort hingelegt worden sein.«

»Sie scheinen den Täter überrascht zu haben. Er hatte wohl gedacht, es seien schon alle gegangen.«

»Er oder sie!«, wandte die Pfarrerin ein und strich sich mit der Hand durch die rotblonden Haare.

Peters wusste nicht, wie er den Einwurf zu beurteilen hatte. War das lediglich das Bemühen um Präzision oder hatte die Frau eine feministische Anwandlung? »Nein, es war wohl keine Frau – oder eine recht starke. Denn der Mann ist nicht dort getötet worden, wo Sie ihn entdeckt haben. Er war wahrscheinlich schon seit acht Stunden tot. Es ist gar nicht so leicht, einen leblosen Körper zu tragen.« Er dachte einen Moment nach. »Vielleicht waren es auch zwei oder drei, die ihn dorthin gebracht haben.«

Wo zwei oder drei in meinem Namen versammelt sind ..., ging es der Pfarrerin durch den Kopf. In seinem Namen war das sicher nicht geschehen. Die Zeiten, in denen man Menschen im Namen Gottes umbrachte, waren zum Glück vorbei.

»Der Mann hatte keine Papiere bei sich. Wir wissen noch nicht, wer er ist. Wir werden versuchen, ein einigermaßen akzeptables Foto von ihm zu machen. Vielleicht kommen wir so weiter.« Peters machte Anstalten zu gehen. »Die Spurensicherung wird bald fertig sein, dann kann der Kirchhof wieder geöffnet werden. Danach werden wir uns heute ein bisschen bei den Leuten im Dorf umhören.« Er war zur Tür gegangen und schien in Gedanken versunken. »Ich werde mich morgen noch einmal bei Ihnen melden. Auf Wiedersehen.«

»Kommen Sie nicht vor fünfzehn Uhr!« Barbara Fouquet öffnete ihm die schwere Eichenholztür. »Vorher bin ich viel unterwegs.« Sie reichte ihm die Hand und sah ihm nach, wie er mit eiligen Schritten den Weg zum Tor des Vorgartens nahm. Den Espresso hatte er wohl vergessen.

Kapitel 8

In jedem Haus, das die Ermittlungsbeamten betraten, wusste man schon Bescheid. Schneller als ein Lauffeuer hatte sich die Nachricht von dem Toten in den Hortensienbüschen an der

Kirche herumgesprochen. Eine Mischung aus Furcht und Neugier bewegte die meisten Einwohner Schönbachs. Einen gewaltsamen Tod im Ort, das hatte es seit der Nachkriegszeit nicht gegeben. Damals freilich, da war einige Jahre lang noch manches unsicher gewesen, obwohl der Krieg vorbei war. Nur fünf Kilometer waren es zur Grenze nach Frankreich kurz hinter Hirschtal. Die Gegend war erst amerikanisch, dann französisch besetzte Zone. Später waren in Fischbach, einem Nachbarort, nach der Gründung der Bundesrepublik riesige Lager durch die Amerikaner errichtet worden. Was die dort deponierten, das erfuhr man nie. Ob es Giftgas oder Atomsprengköpfe waren? Immer wieder tauchten derlei Gerüchte auf. In den ersten Jahren nach dem Krieg gab es außerdem immer ein paar Tollkühne, die es nicht lassen konnten. Sie schmuggelten alles, was sich nur irgendwie lohnte, nachts über die Berge hinweg. Das hatte in der ganzen Gegend für Unruhe gesorgt.

Gesehen hatte niemand etwas von denen, die an diesem Sonntag befragt wurden, gehört auch nicht. Nicht, dass man nichts sagen wollte, man wusste eben nichts. Niemand hatte kurz vor der Mittagszeit nach dem Gottesdienst eine oder mehrere Personen gesehen, die sich auffällig benommen hatten. An der Kirche nicht und sonst nirgends im Ort. Es war ein ganz normaler Sonntagvormittag gewesen. Morgens um acht waren die Fußballer mit einem Bus abgefahren. Wenig später starteten die Pkws der Fangemeinde. Dann gingen die Getreuen zur Kirche. Ein paar Wanderer, Feriengäste, Fahrradfahrer, Motorradfahrer, die wie an jedem Wochenende über die schönen Waldstraßen hier im Grenzland gleiten wollten. Einige Männer, die zum Frühschoppen gingen. Sonst nichts, nur die brütende Hitze der Junisonne.

Die Männer von der Polizei gaben auf, nachdem sie die Häuser in den Straßen um die Kirche herum abgeklappert hatten. Ohne ein passables Foto des Toten kamen sie nicht weiter. Damit dauerte es ein wenig. Zunächst musste der Arzt den Kopf des Toten untersuchen und ihn dann wieder ein wenig zurechtmachen, damit ein Foto geschossen werden konnte. Vor dem nächsten Morgen konnte das nicht fertig sein.

Der blaue Lieferwagen stand immer noch unterhalb der Kirche, als Kommissar Peters sich mit seinem Kollegen dem Gasthaus *Zum Hirschen* näherte. Schon draußen auf der Straße wurde er daran erinnert, dass am Abend ein Europapokalspiel stattfand. Das Auf- und Abschwellen der Ahs und Ohs eines Chores aus Männerstimmen, der vom Verlauf des Spieles im Fernsehen dirigiert wurde, klang durch die geöffneten Fenster ins halbe Dorf, gelegentlich unterstützt durch Nebenchöre aus einzelnen Wohnzimmern.

Peters hatte es nicht so mit Fußball. Sport, ja das war ihm wichtig, Wandern zum Beispiel und Segeln, vor allem Segeln. Fußball im Fernsehen, das schien offenbar erst so richtig Spaß zu machen, wenn ein wenig von der Massenhysterie des Stadions durch eine angemessen große Gruppe Gleichgesinnter nachempfunden werden konnte.

Die Schwaden vom Rauch der Zigaretten und Zigarren schlugen Peters und Scheller entgegen, als sie den *Hirschen* betraten. Hier nahm man es mit dem Rauchverbot in Gaststätten wohl nicht so genau. Es hatte wenig gebracht, die Fenster weit offenstehen zu lassen. Da der lang gezogene Gastraum nur auf einer Seite Fenster hatte, war das Lüften mühsam, erst recht, wenn die Luft draußen mit einer ungewohnten Schwüle zwischen den Häusern stand. Peters wollte sich die Zigaretten abgewöhnen und war auf Schnupftabak umgestiegen, deshalb störte ihn der Qualm besonders. Es hatte lange gedauert, bis er über das Verlangen nach nikotingeschwängerter Luft hinweggekommen war. Umso unangenehmer war es ihm heute. Als militanter Gegner des Rauchens wurde man jedoch schnell einsam, also ertrug er, was er ertragen musste. Er stellte sich mit seinem Kollegen an den letzten freien Meter der Theke und bestellte Bier.

Die Dorfkneipe war voll. Sie war eine von zwei Gaststätten im Ort. Eine Pizzeria und der *Hirschen*. Wenn man wissen wollte, was los war, dann durfte man nicht in die Pizzeria gehen, da trafen sich vor allem die jungen Leute aus dem Dorf. Der *Hirschen* war die letzte von ehemals vier Kneipen im Ort. Er stand an der Durchgangsstraße und so konnte der Wirt tagsüber auch sein Geschäft mit den Wanderern und Touristen machen. Es war ein altes, schön renoviertes Gebäude aus Sandsteinquadern im Erdgeschoss und einem ersten Stock aus Fachwerk. Nur die wenigsten der alten Gebäude des Dorfes waren so solide gebaut. Die Menschen, die in Schönbach wohnten, waren nie reich gewesen. Sie hatten von der Landwirtschaft gelebt, wobei die kargen Sandböden nicht viel hergegeben hatten. Sie hatten im Wald gearbeitet, aber da hatten die Maschinen immer mehr die Menschen ersetzt. Sie hatten in der Schuhfabrikation gearbeitet, aber die kleinen Fabriken und Zulieferbetriebe auf dem Land hatten zugunsten der großen Firmen in Pirmasens und Hauenstein schließen müssen. So konnten die meisten hier nur wohnen bleiben, wenn sie täglich große Strecken zur Arbeitsstelle auf sich nahmen. Reich waren die meisten also nie gewesen, aber vom Trinken und der Geselligkeit konnten so lange vier Gasthäuser leben, bis die Fernseher die Menschen in die Wohnstuben bannten.

Der *Hirschen* war eines der Kommunikationszentren des Dorfes geblieben. Hier wurde über Gott und die Welt diskutiert – in der Regel mehr über die Welt als über Gott –, hier wurde über den Ortsbürgermeister geschimpft und über den Landrat, hier wurden Gerüchte geboren und verbreitet. Die Wirtsstube, nicht allzu groß, bot vielleicht achtzig Gästen Platz an Theke und Tischen. In der Einrichtung unterschied sie sich in nichts von anderen Gaststätten der Gegend. Jetzt im Sommer konnte zusätzlich der Biergarten auf dem Hof benutzt werden, der war ebenfalls voll. Im Fernsehen lief das Fußballspiel, Schönbach hatte seinen Mord, und keiner wusste, wer es gewesen war. Denn dass es sich um Mord handelte, war allen klar. Ein Schädel spaltete sich nicht von selbst. Doch warum hatte der Tote an der Kirche gelegen? Manche Unverfrorenen witzelten über ein Werk des Teufels und zeigten sich damit nicht weniger ratlos als alle anderen.

Das Fußballspiel war eine Enttäuschung, es gewannen die Falschen. Der Pulk um den Fernseher löste sich auf und man ging wieder auf seine Plätze. An einem Tisch in der Nähe des Eingangs saß Bauer Fabian. Der Wirt brachte ihm einen Literkrug Bier. Das Kalb wollte weiterhin begossen werden. Mit ihm am Tisch saßen drei Freunde und droschen Doppelkopf. Fabian zog einen länglichen Gegenstand aus der Tasche und reichte ihn dem Wirt.

»Selbst im Sommer darf es kein kaltes Bier sein?«, fragte einer von denen am Tisch mit einem leichten Kopfschütteln, während er seine Karten taxierte.

»Josef, du weißt, wenn der liebe Gott gewollt hätte, dass wir das Bier so kalt trinken, wie es da aus dem Zapfhahn kommt, dann hätte er uns einen anderen Magen gemacht. Erstens bekommt einem das Bier besser, wenn es nicht so kalt ist, und zweitens schmeckt es besser. Nur schlechtes Bier, das nicht schmeckt, soll man kalt trinken – oder besser gar nicht.« Es war eine der Angewohnheiten von Fabian, dass er nie kaltes Bier trank. Bier wurde nicht besser, wenn es gekühlt wurde, war er fest überzeugt. Deshalb war eines seiner wichtigsten Besitzstücke ein Bierwärmer, den er von einem Urlaub im Bayerischen Wald mitgebracht hatte. Das zigarrengroße Gefäß führte er stets bei sich, wenn es zum Biertrinken ging. Der Wirt füllte es mit heißem Wasser und Fabian hängte es in den Krug.

Peters und Scheller hatten sich zunächst einmal im Gastraum umgesehen und sich bestaunen lassen. Dass die beiden keine normalen Touristen waren, fiel auch denjenigen auf, die Peters und Scheller noch nicht gesehen hatten. Dann gingen sie von Tisch zu Tisch. Sie hatten Fotografien des Toten bei sich, auf dem der Kopf aus guten Gründen nicht zu sehen war. Meistens ernteten sie ein Kopfschütteln. Keiner hatte etwas gesehen, keiner konnte mit der Kleidung des Mannes etwas anfangen.

Kurt Schwäger saß am Tisch der eingefleischten Fußballfans. Die versuchten, ihre Depression angesichts des Spielergebnisses im Alkohol zu ersaufen und hatten eine Runde Obstler bestellt. Sie wollten gerade den Alkohol vernichten, als Peters an den

Tisch trat und das Bild herumgab. Dabei beobachtete er genau die Reaktionen der Männer, wenn sie auf die Fotografie schauten. Bei Kurt Schwäger bemerkte er ein leichtes Zucken, das genausogut auf eine gewisse Wankelmütigkeit als Folge des Alkohols zurückgeführt werden konnte.

Trotzdem fragte er nach: »Sie kennen den Mann wirklich nicht?«

»Wie kommen Sie da drauf? Den kann man doch kaum erkennen.« Schwäger gab ihm ärgerlich das Bild zurück.

Peters und Scheller hatten für den Tag genug getan. Ein Ergebnis hatten sie nicht. Der Mann war offensichtlich mit einem Spaten oder einem ähnlichen Gegenstand in der Nacht zum Sonntag ermordet worden. Wo, das wussten sie nicht. Dann hatte er für einige Zeit an einem Platz gelegen, den man noch nicht gefunden hatte, um anschließend in die Blumen neben der Kirche geworfen zu werden, wobei er vermutlich woanders hingebracht werden sollte. Außerdem schien niemand im Ort den Mann zu kennen. Das war nicht viel.

Die beiden verließen die Gaststätte und gingen zurück zu ihren Fahrzeugen in der Nähe der Kirche.

»Sie sind doch von der Polizei, oder?« Der Mann schien ziemlich aufgeregt und seine Fistelstimme drohte sich zu überschlagen. »Darum sollten Sie sich mal kümmern.«

Peters und Scheller gingen auf den eigentümlichen kleinen Mann in kurzärmeligem Hemd und kurzen Hosen zu. Der stand neben der geöffneten Fahrertür seines Wagens und fluchte in einem eigentümlichen Singsang in die Nacht hinaus.

»Was ist denn los?« Scheller versuchte, einen beruhigenden Ton zu finden.

»Der da steht nun schon seit zwei Tagen hier und ich komme nicht in meine Einfahrt. Irgendein Franzose hat den abgestellt.« Der Mann tänzelte um sein Auto herum und zeigte auf einen blauen Lieferwagen, der auf dem Platz unterhalb der Kirche stand und tatsächlich die Hofeinfahrt blockierte.

»Der stand schon Samstagnacht dort. Keiner weiß, wem der gehört.« Die Stimme überschlug sich. »Ich hatte gehofft, dass er spätestens am nächsten Morgen weg ist, aber jetzt ist er immer noch da.« Das Tänzeln war schon eher ein Hüpfen geworden.

Peters und Scheller schauten sich das Auto genauer an. Der dunkelblaue Renault Traffic trug die Aufschrift »Agromarché Haguenau«. Nun begann der Mann, um die beiden herumzulaufen.

»Seit Samstagnacht, sagen Sie, steht der Wagen hier?« Peters versuchte, durch die Heckfenster des Kastenwagens zu sehen. »Lassen Sie uns einen Tag Zeit. Wir kümmern uns morgen früh darum.«

»Der Wagen muss weg«, kiekste der Mann. »Ich habe das nicht gerne, wenn ich meine Sachen in aller Öffentlichkeit über die Straße schleppen muss. Ich hoffe, Sie lassen ihn bald abschleppen.« Der kleine Mann stieg aufgeregt in seinen Wagen, parkte ihn am Straßenrand, verschloss sorgfältig die Tür, öffnete den Kofferraum und trug ein Ballkleid ins Haus.

Peters und Scheller schauten sich ein wenig verdutzt an und fuhren nach Pirmasens zurück.

Barbara Fouquet hatte am Sonntagabend eigentlich zu von Boyen fahren wollen, aber sie kannte dessen Tagesablauf. Am Abend, wenn die Welt still geworden war, konnte er am besten arbeiten. Sie wusste, dass er die Abhandlung über Kriege, die verhindert werden konnten, fertigstellen wollte. »Man kann aus der Geschichte lernen«, hatte er immer wieder gesagt. »Wenn wir den Kindern in der Schule immer nur von Kriegen erzählen, werden sie meinen, dass es ohne Kriege nicht gehe. Sie müssen eine andere Perspektive gelehrt bekommen. Die Perspektive der Friedensmacher, der Menschen, denen es gelungen ist, eine kriegerische Auseinandersetzung zu vermeiden, und wie es ihnen gelungen ist. Wenn wir die Geschichte nicht neu schreiben, wird sich die Zukunft nicht ändern.« Das war seine feste Überzeugung, die er mit einer historischen Untersuchung zu untermauern suchte. Dabei wollte sie ihn nicht stören.

Außerdem war sie müde. Es war jedoch sicher wichtig, sich im Dorf zu zeigen, ansprechbar zu sein für die Menschen in ihrer Erregung über den Mord. Deshalb war sie durch die Straßen Schönbachs spazieren gegangen und hatte sich hier und dort zu den Grüppchen gesellt, in denen die Menschen vor den Häusern standen. Manche hatten Angst, andere waren auf eine eigentümliche Weise erregt durch die Gewalttat. Es wurde viel spekuliert, niemand wusste wirklich etwas. Es tat einfach gut, miteinander zu reden.

Kapitel 9

Der nächste Tag begann für Barbara Fouquet wie jeder Werktag mit dem Gang in die Bäckerei.

»Das muss ja ein schrecklicher Anblick gewesen sein«, begrüßte sie Anna Hoger. Es duftete herrlich nach frischem Brot und Brötchen.

»Du hast recht. Mir ist fast schlecht geworden, als ich ihn da liegen sah.«

»Weiß man inzwischen, wer er ist?«

»Gestern Abend wusste die Polizei noch nichts. Seitdem habe ich nichts Neues erfahren.«

»Es ist keiner aus dem Dorf, oder?«

»Ja, so viel steht wohl fest. Warum hier jemand eine fremde Leiche ablegt, ist mir freilich rätselhaft.«

»Und dann mitten in die Büsche an der Kirche. Wo jeder es gleich sieht.«

»Das war wohl nicht so beabsichtigt. Wahrscheinlich haben Boyen und ich ihn überrascht, als wir etwas verspätet aus der Kirche kamen. Der Wind knallte die Tür unüberhörbar zu. Das war wohl die Warnung.«

»Und wo wollte er hin?«

»Na, vielleicht wie es sich für eine Leiche gehört, auf den Friedhof.« Barbara Fouquet zwang sich ein Lächeln ab.

»Makaber, trotzdem möglich«, stimmte Anna Hoger zu.

»Heute Morgen muss ich jedoch erst einmal zu Katarinas Familie. Vorher braucht es ein ordentliches Frühstück.«

»Also wie immer?«

»Wie immer!«

Anna Hoger packte die Roggenbrötchen ein und reichte sie über die Theke. Fouquet bezahlte, warf Anna eine Kusshand zu und verließ den Laden.

Im Flur waren noch die Schuhe des Vaters. Das Bild von Katarina stand in einem Regalfach der Wohnzimmerschrankwand, der Rahmen war schwarz, auf der einen Seite ein Blumenstrauß, auf der anderen ein Kuscheltier. An der Wand hing ein Hochzeitsfoto und daneben ein Bild von Katarina und ihrem großen Bruder. Er sah sehr stolz aus, und sie schien sich zu freuen, von ihm so sicher gehalten zu werden. Sonst war alles, wie es sein musste im Wohnzimmer des kleinen Einfamilienhauses: der große Fernseher mit dem DVD-Player, die Stereoanlage und der Kaminofen. Sie hatten alles, was sie brauchten. Das meiste war wohl noch nicht endgültig abbezahlt und das Haus nicht verputzt, aber man hatte ein Heim für die Familie mit den beiden Kindern. Mit einem Kind nur noch. Und ohne Vater.

Es war bisher für Tanja und ihren Johannes alles so gelaufen, wie es laufen sollte. Nicht immer auf Anhieb und nicht immer so, wie sie es sich als Kinder und Teenager vorgestellt hatten, dabei immerhin so, dass sie damit zufrieden sein konnten, sodass eigentlich gar nichts dagegen sprach, glücklich zu sein. Tanja hatte nicht mehr gewollt als die mittlere Reife, warum sollte man so lange zur Schule gehen. Um Erzieherin zu werden, brauchte sie nur die mittlere Reife. Also fand die große Feier nach dem zehnten Schuljahr auf der Realschule in Dahn statt, erst die Feier mit den Eltern und dann wurde die Nacht mit den Freundinnen und Freunden am Weiher durchgemacht. Die Stelle für das Vorpraktikum im katholischen Kindergarten hatte sie auch schon in der Tasche. Zur Schule musste sie die zwei Jahre jeden Tag nach Pirmasens fahren, eine Stunde mit dem Bus hin und am Nachmittag wieder eine Stunde zurück, zwei anstrengende Jahre und zwei schöne Jahre mit den Freundinnen in der Klasse, der Clique am Wochenende, den Jungs am Weiher und in der Dorfkneipe. Am liebsten hätte sie den Stefan gehabt, der sah gut aus und die Eltern hatten eine Schreinerei, die gut lief. Den hatte die Karla sich geschnappt, die war halt eine Nummer schlanker und konnte besser reden. Bei dem Michael hatte sie ebenfalls keine Chancen gehabt, der hatte sie eigentlich gar nicht richtig angeschaut, hatte allerdings bis heute keine, saß lieber zu Hause und ließ sich von der Mutter die Wäsche waschen. Dann wurde es also der Johannes. Am Anfang war der nicht gerade ihr Traummann, besonders groß war er nicht geraten, für seinen Beruf als Automechaniker war das ganz hilfreich, aber dass er selbst in der Freizeit die Finger nicht von den Autos lassen konnte und Rallyes fahren musste, gefiel ihr nicht. Die ersten drei Jahre ging es ganz gut, dann war er immer häufiger weg und ließ sie mit den Kindern allein. Aber es war schon gut, dass sie geheiratet hatte, denn nach dem Anerkennungsjahr hatte sie damals keine Stelle gefunden, zu viele wollten Erzieherin werden und man hatte die Personalschlüssel für die Kindertagesstätten gerade wieder einmal gesenkt. Es ist eben nicht alles finanzierbar, was wünschenswert ist, hatte der Landrat immer wieder gesagt, doch damit hatte sie keine Arbeitsstelle bekommen. Also kamen erst der Junge und dann zwei Jahre später das Mädchen, und jetzt war das Mädchen wieder weg und Johannes auch.

Sie freute sich, als die Pfarrerin vor der Tür stand. Ihre Schwester war einkaufen gegangen. Sie saß nun allein zu Hause und wusste nicht, was sie tun und denken sollte.

Die beiden Tassen Kaffee stellte sie auf den Tisch. Stumm saß sie da und Fouquet wollte sie nicht drängen. Sie ließ die Blicke im Zimmer kreisen, aufgeräumt war es und vollständig, nicht protzig, dabei so, dass man mit den Nachbarn mithalten konnte, und dann waren da die Bilder von den Kindern und der Hochzeit und das Bild von Katarina.

»Sie hatte Ihre Augen, nicht wahr?« Fouquet bemühte sich um einen Anfang.

Die Mutter schaute auf das Bild mit dem schwarzen Rahmen. »Ja, das sagen die meisten. Mein Vater war ganz verrückt nach ihr. Er sagte immer, sie sähe genauso aus, wie ich als Kind ausgesehen habe.«

»Warum hatten Sie sie Katarina genannt?«

»Der Name klingt so schön mit den vielen a, es gibt so hübsche Abkürzungen, Kati oder englisch Kate, und der Name ist nicht so häufig wie meiner. Tanja, so heißt doch jede zweite. Na ja, und manchmal habe ich gedacht, vielleicht wird aus ihr einmal eine Katarina die Große, aber die war wohl in einem Palast geboren und nicht in einem Kreiskrankenhaus.« Sie wärmte sich die Hände an der heißen Tasse und starrte vor sich hin.

»Möchten Sie noch etwas Kaffee?«

Fouquet wollte nicht ablehnen. »Ja, vielen Dank, das wäre nett. Ich trinke aber erst den Rest aus.«

»Sie war ein ganz besonderes Kind«, sagte Tanja. »Vermutlich sagen das alle Eltern über ihre Kinder. Für uns war sie ein ganz besonderes Kind – so neugierig, so fröhlich, so offen für alles.« Katarinas Mutter begann zu erzählen – von der schwierigen Geburt, den Krankheiten, von Katarinas Verhalten gegenüber dem Bruder und der Großmutter. Sie hörte nicht auf. Fouquet musste eigentlich nur zuhören, manchmal nachfragen, in die Freude einstimmen oder in die Sorgen, von denen Tanja erzählte. Eine ganze Stunde ging das so und man konnte Katarinas Mutter förmlich ansehen, dass sie nach und nach entspannter wurde.

Irgendwann konnte Barbara Fouquet dann ihre Frage unterbringen und sagen: »Katarina war Allergikerin, nicht wahr?«

»Ja, das fing schon kurz nach der Geburt an. Als ich aus der Flasche zufütterte, bekam sie einen Ausschlag.« Es fiel ihr schwer, darüber zu reden. »Dann vertrug sie manche Badezusätze nicht.

Dann brach sie plötzlich die Äpfel wieder aus, die sie erst gut vertragen hatte. Auf einmal bekam sie Ausschlag nach Penicillin und dann wieder dicke Pusteln auf der Haut, wenn sie einem Pferd zu nahe kam. Manchmal war es schlimm, aber mit der Zeit bekamen wir heraus, was sie vertrug und was nicht.«

»Es soll mit ihrer Allergie zu tun haben, woran sie gestorben ist?«, fragte Fouquet nach.

Tanja putzte sich die Nase und sagte: »Das sagen die Ärzte, weil ihnen nichts Besseres einfällt. Wissen Sie, was ich glaube?« Ihre Augen wurden zu schmalen Schlitzen, durch die sie aus dem Fenster in die Ferne schaute. »Die haben ein schlechtes Gewissen, weil es so lange gedauert hat, bis jemand gekommen ist.«

»Am Essen kann es also nicht gelegen haben?« Fouquet tat es selbst etwas weh, so penetrant nachfragen zu müssen.

»Nein«, kam es ungeduldig zurück, »das kann es gar nicht, es gab lauter Sachen, die sie gut vertrug: Rinderbraten von der Metzgerei hier aus dem Dorf, frisches Gemüse aus dem Garten meiner Eltern und Kartoffeln vom fahrenden Händler. Das alles hatte es in diesem Jahr schon zwei- oder dreimal gegeben.«

Sie stand auf und stellte sich ans Fenster. »Wissen Sie, ich möchte gar nicht mehr wissen, woran sie gestorben ist. Das ändert sowieso nichts mehr. Jetzt bin ich auch noch allein.«

Aber ich möchte es wissen, dachte Fouquet, ich möchte wissen, warum Katarina sterben musste. Ich möchte wissen, warum kleine Mädchen auf dieser Welt sterben müssen. Ich möchte wissen, warum Väter ihrem Leben ein Ende machen wollen.

Katarinas Mutter drehte sich um. »Vielen Dank, es hat mir gutgetan, was Sie in den Gottesdiensten gesagt haben. Vielen Dank auch an Herrn Boyen oder wie er heißt. Dass er mich gehalten hat. Durch die Medikamente kann ich mich an vieles nicht mehr erinnern.« Sie schwieg eine Weile und sagte dann: »Ich weiß nicht, wie es weitergehen soll.«

Als Fouquet zur Gartenpforte ging, sah sie zwei kleine Schaufeln, die in einem Hügel im Sandkasten steckten.

Kurz darauf hörte Alfred von Boyen die Haustürklingel. Barbara Fouquet war nach dem Besuch zu ihm gefahren. So hatten sie es verabredet. Sie erzählte ihm von dem langen Schweigen und der Erzählung der Mutter.

»Ich habe die Nacht schlecht geschlafen«, sagte er. »Da waren die Bilder von dem gespaltenen Schädel und dem kleinen Kindersarg. Und wieder die Bilder von den toten Männern in den Massengräbern. Immer wieder muss ich an die letzten Jahre denken.«

Er stand auf und begann auf und ab zu gehen. Dann sagte er: »Ich bin schon einmal einem Kind begegnet, das Katarina hieß. So hatte es die alte Frau dem Dolmetscher jedenfalls gesagt, der uns in das Dorf begleitete, nachdem die Serben abgezogen waren. Die Alte musste es wissen, sie war die Nachbarin gewesen, eine von den dreien im Dorf, die sich schnell genug verstecken konnten und nicht gefunden wurden.« Nachdenklich fügte er hinzu: »Ein ungewöhnlicher Name für ein muslimisches Mädchen. Sie hatten damals keine Unterschiede mehr gemacht zwischen Muslimen und Christen. Katarina, so hatte eine Klassenkameradin der Mutter geheißen, eine der Freundinnen. Nach der hatte das Kind seinen Namen erhalten.«

Er blieb am Fenster stehen und schaute über das Meer des Pfälzerwaldes. Dann drehte er sich um und sagte: »Es war mir damals nur mithilfe zweier Journalisten gelungen, ins Kosovo zu kommen. Ausländische Diplomaten hatten keinen Zutritt mehr. Man hatte mir eine Akkreditierung besorgt und uns mit Hilfe der UCK eingeschleust. Ich wollte sehen, was da passierte. Ich wollte sehen, ob das stimmte, was man sagte, das, was ich für völlig ausgeschlossen gehalten hatte. Milosevic würde denselben Fehler nicht noch einmal machen, davon war ich fest überzeugt gewesen. Die Gespräche zwischen Orthodoxen und Muslimen in den letzten Jahren waren positiv verlaufen. Die orthodoxen Mönche in den alten Klöstern lebten harmonisch mit den alles andere als fanatischen Albanern zusammen. Es hatte gut funktioniert, das Zusammenleben zweier Religionen. Die muslimische Mehrheit hatte die orthodoxe Minderheit nicht unterdrückt. Es gab wirklich keinen Grund, eine Wiedergutmachung für die verlorene Schlacht auf dem Amselfeld vor 600 Jahren zu fordern. Ich hatte jedoch die Starrsinnigkeit des Milosevic und die Bereitschaft der Menschen unterschätzt, sich über die schlechte wirtschaftliche Lage durch einen Krieg hinwegzutrösten. Ich hatte die falsche Prognose abgegeben und den falschen Rat erteilt. Nun sah ich die Folgen. Tagelang waren wir, meist bei Nacht, ins Kosovo vorgedrungen. An der albanischen Grenze hatte man uns abgeholt, unserem Jeep einen Tarnanstrich verpasst, dann waren wir drei Tage gefahren. Danach ging es zu Fuß weiter. Man wollte uns zeigen, was die serbischen Spezialeinheiten nach den offiziellen Stellungnahmen angeblich nicht machten, dabei eben doch taten. Ich wollte es unserem Außenministerium berichten. Nach zehn Tagen erreichten wir Prekaz.«

Wieder machte er eine Pause und seine Stimme klang gebrochen, als er fortfuhr: »Das Mädchen saß mit dem Rücken an die Zimmerwand gelehnt und schaute auf die Tür. Das Baby auf ihrem Arm – es war vielleicht der kleine Bruder oder die Schwester – hatte die Augen geschlossen. Der Gestank nach verfaulenden Exkrementen und Verwesung stach in die Nase. Die schwarzen Haare des Mädchens waren vom geronnenen Blut gestärkt. Sie standen ab und wirkten wie eine Perücke. Die linke Hand hielt eine Saugflasche für das Kleine, die Milch darin hatte einen grünlichen Überzug. Der Rollstuhl der Alten war aufgrund der Wucht der Geschosse durch den Raum getrieben worden und hatte am Kamin Feuer gefangen, der Oberkörper der Frau war schwarz. Ihre Tochter lag im Schlafraum auf dem Bett, den Rock über dem Kopf. Das Blut zwischen den Beinen hatte sich mit dem Blut aus der klaffenden Wunde auf der Brust vermischt und die Decke schwarz gefärbt. Ihr Mann hing draußen an den Telegrafenmasten zusammen mit den anderen Männern des Dorfes, die Augen ausgestochen. Es war grauenhaft.«

Er setzte sich auf einen der dicken Ledersessel gegenüber von Barbara, rückte ganz nach vorn auf die Kante des Sessels, stützte angespannt beide Unterarme auf die Beine und schaute ihr in die Augen.

»Die serbische Spezialpolizei hatte den Auftrag zum Terror im Kosovo – allen anderslautenden Behauptungen zum Trotz. Im Morgengrauen wurden die Dörfer mit Granaten zugedeckt. Dann kamen die Scharfschützen, die auf alles schossen, was sich bewegte. Wenn die Bewohner der Dörfer schnell genug fliehen konnten, versteckten sie sich tagsüber in den Wäldern oder in den Höhlen der Berge. Nachts schlichen sich dann einige in die Dörfer, um Nahrungsmittel zu holen. Wenn sie jedoch nicht schnell genug geflohen waren, kamen die Spezialeinheiten in den dunklen Uniformen und machten mit Macheten und Skorpiongewehren alles nieder, was sich ihnen in den Weg stellte. Sie sollten Angst und Schrecken verbreiten. Das Kosovo sollte ethnisch gesäubert werden. Neunzig Prozent der Bevölkerung, muslimische Albaner, sollten vertrieben werden, um das Land den restlichen zehn Prozent der orthodoxen Serben zu überlassen. Das Mädchen hatte wohl die Schreie der Mutter aus dem Schlafraum nicht mehr gehört, da war es schon tot. Es hatte vielleicht gesehen, wie der Rollstuhl der Großmutter nach der Salve aus der Maschinenpistole nach hinten fuhr und die Großmutter in den Kamin fiel, vermute ich. Die Kleine hatte vielleicht auch noch gesehen, wie man den Vater an den Telegrafenmast hängte, dann hatte sie den Tod erwartet. Das war am 10. März 1998. Am 15. März bat ich um ein Urlaubssemester und mit gleicher Post um meine vorzeitige Emeritierung zum folgenden Wintersemester.«

Bisher hatte Alfred von Boyen ihr gegenüber nur sehr allgemein von der Zeit im Kosovo erzählt. Als er sich entschlossen hatte, unentgeltlich die Arbeit des Kirchdieners zu übernehmen, hatte sie ein bisschen über ihn erfahren wollen. Er hatte ihr einiges erzählt, es waren eigentlich nur Andeutungen. Sie hatte ein wenig verstanden, was so in ihm vorging. Das wirkliche Grauen des Krieges hatte er ihr erspart.

»Das muss schlimm gewesen sein für dich«, war alles, was sie über die Lippen bekam. Dann schwieg sie mit ihm zusammen.

Von Boyen holte schließlich eine Flasche Rotwein und schenkte beiden ein. »Wir Menschen können einander wirklich Grausames antun. Das darf weder ungesühnt bleiben noch vergessen werden. Ich möchte wissen, warum die kleine Katarina in Schönbach gestorben ist und wer ihr das angetan hat. Ich werde der Sache nachgehen. Wir haben jetzt einen Anhaltspunkt.«

»Was meinst du?«

»Da war ein gemeinsames Stichwort in dem, was mir Professor Riesenfeld erzählt hat, und in dem, was du von Katarinas Mutter gehört hast: Penicillin.«

»Penicillin?«

»Penicillin. Katarina hatte schon einmal allergisch darauf reagiert und Penicillin kann einen anaphylaktischen Schock auslösen. Es muss Penicillin gewesen sein. Die Frage ist nur, worin es sich befand.«

Sie saßen eine Weile zusammen, oft nur schweigend, und dachten an Katarina, den Vater, die restliche Familie und das Entsetzen der Menschen im Dorf. Irgendwann stellte Barbara Fouquet die Frage, die sie schon lange einmal hatte stellen wollen: »Wie bist du eigentlich darauf gekommen, dich als Kirchdiener zur Verfügung zu stellen? Kirche ist doch eigentlich gar nicht so deine Sache, habe ich den Eindruck.«

Von Boyen dachte einen Moment nach und sagte dann: »Ja, das stimmt. Mit Kirche habe ich manche schlechten Erfahrungen gemacht. Aber eigentlich geht es weniger um mich selbst. Eigentlich geht es überhaupt weniger um Kirche oder die Kirche. Es geht um Religion und das, was sie mit den Menschen machen kann. Wenn man gesehen hat, wie fanatisch und unbarmherzig orthodoxe Christen auf Muslime losgehen können, dann kann man die Botschaft von der Nächstenliebe irgendwie nicht mehr glauben. Das macht doch keinen Sinn. Da wird einerseits groß von Nächstenliebe geredet, manchmal sogar von Feindesliebe, und dann metzelt man Menschen ab, nur weil sie einer anderen Religion angehören. Das ist absurd. Das ist unmenschlich.«

»Ich kann mir nicht vorstellen, dass gleichzeitig von Feindesliebe geredet und Menschen abgeschlachtet wurden. Wenn ich in die wahrlich nicht immer vorbildliche Geschichte meiner Kirche zurückschaue, dann hatten die, die zum Krieg aufriefen, offenbar vergessen, um was es im Christentum eigentlich ging. Da waren sie nationalistischen Ideologien verfallen und hatten den Kern des Christentums aus den Augen verloren.«

»Das ist doch keine Entschuldigung!«

»Es soll keine Entschuldigung sein. Allenfalls eine Erklärung. Ich will deutlich machen, dass derjenige, der im Namen des Glaubens zum Krieg aufruft, die Basis des Glaubens verlassen hat. Damals wie heute und egal wo auf der Welt.«

»Die Geschichte der Kirche, der christlichen Kirche, ist voller dunkler Flecken. Hat sie dann nicht das Recht verloren, sich immer wieder zum moralischen Besserwisser aufzuschwingen?«

»Das Recht hat sie nicht – und sie tut es auch nicht. Die Zeiten sind vorbei. Die Kirche ist eine Stimme unter vielen anderen in unserer Gesellschaft und sie versucht den christlichen Standpunkt so überzeugend wie möglich in die öffentliche Diskussion einzubringen. Wohl wissend, dass sie irren kann und schon gewaltig geirrt hat.«

»Aber wenn man zurückschaut in die Geschichte der vielen christlichen Kirchen, dann ist da so viel vorgefallen, dass sie die Glaubwürdigkeit verspielt haben.«

»Ich wünsche mir eigentlich, dass man mit der Kirche nicht unbarmherziger umgeht als mit den Naturwissenschaften oder der Medizin«, antwortete Barbara. »Was haben die Naturwissenschaften nicht schon alles behauptet, was sich hinterher als falsch erwiesen hat – dass die Erde eine Scheibe ist oder dass sie im Zentrum des Universums steht. Sogar die Medizin ist erst in den letzten hundert Jahren langsam zu einer Wissenschaft geworden. Vorher hat man bei allen erdenklichen Möglichkeiten zur Ader gelassen, weil den Ärzten nichts Besseres einfiel. Das tragen wir den heutigen Ärzten doch auch nicht mehr nach.«

»Die Ärzte haben nie den Anspruch auf Unfehlbarkeit erhoben.«

»Das hat die Kirche ebenfalls nicht, wenn man genau hinschaut. Meine Kirche schon gar nicht. Man sollte die Kirchen heute bei dem nehmen, was sie heute sagen und tun. Und man sollte nie vergessen, dass Kirche genauso ein Menschenwerk ist wie die Kunst, die Literatur oder die Wissenschaften.« Barbara spürte eine leichte Ungeduld in sich. Wie oft hatte sie schon solche Diskussionen führen müssen!

»Sie behauptet jedoch, mit der Autorität Gottes zu reden oder zumindest in dessen Namen.«

»Nein, das tut sie nicht. Sie redet von Gott und versucht ihn zu verstehen. Das, was sie verstanden hat, versucht sie weiterzusagen. Eigentlich nicht mehr.«

»Viele interessiert das überhaupt nicht!«

»Das stimmt und das finde ich schade. Gott hat keine Konjunktur, weil er sich nicht messen und berechnen lässt, weil man ihn nicht beweisen kann.« Barbara beugte sich nach vorn zu ihm hin. »Dabei kann man so vieles nicht beweisen, was trotzdem enorm wichtig ist. Versuche doch einmal, jemandem zu beweisen, dass du ihn oder sie liebst. Du kannst dich noch so anstrengen und einfallsreich sein. Wenn der andere Mensch dir nicht vertraut und dir deine Liebe nicht glaubt, dann hast du keine Chance.«

»Gott ist für dich eine Sache des Vertrauens?« Von Boyen wirkte ein wenig irritiert.

»Des Vertrauens auf etwas, das man nicht sehen kann, das man nicht beweisen kann. Genau wie die Liebe.«

Wieder schwiegen sie eine Weile miteinander.

Kapitel 10

Für Bernd Peters begann der folgende Dienstag im Büro in Pirmasens. Es war ein zunächst durchaus erfolgreicher Tag. Vielleicht war das der Grund dafür, dass er ausnahmsweise einmal nicht über das viel zu harte Wasser in Pirmasens fluchte, als er sich den Elf-Uhr-Tee aufbrühte. Tee braucht weiches Wasser, damit er schmeckt, pflegte er zu sagen, und nicht einen ekligen Film auf der Oberfläche bildet. Die Menschen hier tranken allerdings sowieso nur Kaffee und hatten für die Leiden eines Norddeutschen kein Verständnis.

Drei wichtige Erkenntnisse hatte er in den letzten beiden Stunden gewonnen. Erstens wusste er nun, dass der Lieferwagen der Firma Agromarché aus Haguenau von einem gewissen Pierre Haeberlin gefahren wurde, der damit Futtermittel und andere Produkte auslieferte, und der am Montag und am heutigen Dienstag nicht zur Arbeit gekommen war. Mithilfe des Kennzeichens hatten die Kollegen in Haguenau das schnell herausbekommen.

Außerdem war ihm nun klar, dass nicht jedes Kopfschütteln im *Hirschen* am gestrigen Abend der Wahrheit entsprochen hatte. Haeberlin war nicht gerade ortsbekannt, jedoch hatte ein anonymer Anrufer die Vermutung geäußert, dass zwei oder drei Damen aus dem Ort den arg mitgenommenen Herrn auf dem Foto doch sehr gut kannten oder gekannt hatten, nicht ganz zur Freude der Ehemänner. So ein charmanter Franzose sei doch ein idealer Strohwitwentröster, sagte der Anrufer, er könne da zwei Namen nennen – und hatte das dann schließlich getan.

Schließlich war er zu der Erkenntnis gekommen, dass es unausweichlich war, sich Zeit für ein weiteres Gespräch mit der Pfarrerin zu nehmen. So blickte er nun zuversichtlich in den Tag.

Das Dorf kam nicht zur Ruhe. Der Tod der kleinen Katarina hatte die Menschen völlig aus der Bahn geworfen. Das Kind tat ihnen leid. Der Vater tat ihnen leid und noch viel mehr die Mutter mit dem kleinen Sohn. Ihnen war auch wieder einmal klar geworden, wie mangelhaft die ärztliche Versorgung auf dem Land war. In der Stadt musste man nicht über eine halbe Stunde auf den Arzt warten, dort wäre in zehn Minuten der Notarztwagen da gewesen. Junge Ärzte wollten eben nicht aufs Land – Hausbesuche mit weiten Entfernungen, nur wenige Privatpatienten und weite Wege bis ins nächste Theater, die nächste Szenekneipe oder zu den alten Freunden. Nun war zu der bitteren Erkenntnis der grausame Mord gekommen, ein Mann mit gespaltenem Schädel, den man an der Kirche abgelegt hatte.

Pfarrerin Fouquet hatte einen anstrengenden Sonntagabend und Montag gehabt. Wo sie auch hingegangen war, hatte man sie in lange Gespräche verwickelt. Die einen hatten einfach Angst. Für manche war es ein Zeichen der immer größeren Gewaltbereitschaft, von der sie gehofft hatten, sie würde sich auf die Städte beschränken. Für andere war es nur eine gruselige Abwechslung. Als sie zu Hause angekommen war, klingelte bis spät in den Abend das Telefon.

Als sie am Dienstagvormittag in die Bäckerei kam, empfing Anna Hoger sie mitleidvoll. »Na, wie geht es dir denn? Die Leute haben dich ganz schön in Beschlag genommen, oder?«

»Ich bin zu nichts gekommen, was ich mir vorgenommen habe. Erst hatte die Polizei viele Fragen und dann fragten die Leute aus dem Ort.«

»Wir haben halt ein paar ganz Neugierige«, warf Anna Hoger ein und versuchte, dem Gespräch ein wenig mehr Leichtigkeit zu geben.

»Wo wir beide doch überhaupt nicht neugierig sind.«

»Ich finde, neugierig ist bei uns beiden der falsche Ausdruck. Wir sind wissbegierig und interessiert, würde ich sagen.«

»Das hast du vornehm ausgedrückt«, antwortete Barbara Fouquet.

»Und, wer war's?« Anna Hoger warf der Freundin den gespielten Blick einer Amateurdetektivin zu.

»Der Tote oder der Mörder, wen meinst du?«

»Ich bin bescheiden, mir würde zunächst einmal der Tote genügen, wenn du natürlich schon den Mörder kennst, darfst du ihn mir ruhig nennen.«

»Vielen Dank für die Großzügigkeit, aber ich kann weder mit dem einen noch mit dem anderen dienen. Der Tote war nicht zu erkennen und der Mörder hat sich bis jetzt nicht bei mir gemeldet.«

»Auf die Mörder von heute ist auch kein Verlass mehr!« Anna Hoger schien man durch nichts aus der Ruhe bringen zu können. »The same procedure as every day?«

»Oh yes please.«

Die Tüte mit den Brötchen wanderte über die Theke.

»Die Polizisten haben vorgestern Abend im *Hirschen* die Leute befragt. Sag mal, stimmt das, dass der große Blonde schon bei dir war?«

»Wer sagt das?«

»Du weißt, in einem Dorf bleibt nichts verborgen, was im Pfarrhaus geschieht. Wenn dort ein Mann über die Schwelle tritt, schon gar nicht. Die Leute passen gut auf ihre Pfarrerin auf.«

»Zu gut, wenn du meine ehrliche Meinung hören willst.«

»Wie darf ich das verstehen – vor allem in Bezug auf den großen attraktiven blonden Mann?« Anna Hoger hatte sie am Haken.

»Wer behauptet, dass Kommissar Peters attraktiv ist?«

»Na ja, die Leute sagen das. Ein stattlicher, nicht allzu alter Mann. Nur soll er einen grauslichen Dialekt haben, den man kaum versteht. Wie früher im Ohnsorg-Theater.«

»Ich finde den Dialekt gar nicht so grauslich. Andere finden unser Pfälzisch nicht so toll.«

Anna Hoger lächelte. »Hört, hört!«

Barbara Fouquet legte das Geld auf die Theke: »Sonst noch was, Frau Bäckerin?«

»Für heute genügt es – aber vergiss nicht: Big sister is watching you!«

Barbara Fouquet wusste, dass der Blick ein liebevoller war – im Gegensatz zu manch anderen, denen es vor allem darum ging, das Pfarrhaus zu einem Hort der Jungfräulichkeit zu machen. Sie lachte beim Hinausgehen und sagte: »Dann kann mir ja nichts passieren.«

Kaum war sie zu Hause angekommen, klingelte es an der Haustür. Barbara Fouquet erwartete niemanden, aber das hieß ja gar nichts. Seit dem Fund des Toten an der Kirche war es vorbei mit dem Rest von Ruhe, der ihr gelegentlich geblieben war.

»Guten Tag, schöne Frau.« Vor der Tür stand der Kollege von Kommissar Peters, der junge Mann mit dem kessen Lächeln.

»Sagen Sie das immer, wenn sich Ihnen eine Tür öffnet?«, fragte sie.

»Nur dann, wenn es der Wahrheit entspricht.«

»Welche Wirkung erwarten Sie sich von einer solchen Begrüßung?«

»Eine positive, eine entgegenkommende«, antwortete Scheller und setzte einen Fuß in die Tür.

»Nun, ich werde Ihnen nicht in besonderer Weise entgegenkommen, falls Sie das erhofft haben.«

»Dann beginnt unsere Begegnung mit einer Enttäuschung für mich.«

»Enttäuschungen sind gut und hilfreich, denn sie decken eine Täuschung auf.«

»Welche sollte das in diesem Falle sein?«

»Sie täuschen sich, wenn Sie meinen, dass ich auf eine solche plumpe Anmache hin anspringe.«

»Das ist tatsächlich schade. Vielleicht sollte ich es auf eine andere Weise versuchen.«

»Am besten versuchen Sie es gar nicht. Das erspart Ihnen weitere Enttäuschungen und mir eine Reihe mühsamer Abwehrmaßnahmen. Ich mag keine aufdringlichen Männer.«

»Schade, dann war das wohl nichts.«

»Und wird nichts werden!«

»Okay, dann zu der Nebensächlichkeit, mit der ich Sie belästigen muss. Mein Chef, der Peters, wollte eigentlich heute Morgen kurz bei Ihnen vorbeikommen, ist aber verhindert. Deshalb müssen Sie jetzt mit mir vorliebnehmen. Wir hätten da noch einige Fragen.«

»Das ist zwar nun meinerseits eine gewisse Enttäuschung. Aber setzen Sie sich! Möchten Sie einen Kaffee, einen Tee oder irgendetwas anderes zu trinken?«

»Da ich mich hier wohl mit dem Trinken zufriedengeben muss, wähle ich den Kaffee.«

»Dann werden Sie zumindest in dieser Hinsicht keine Enttäuschung erleben. Mein Kaffee ist gut.«

Alfred von Boyen hatte sich auf den Beifahrersitz des Taxis gesetzt, so konnte er mehr von der Stadt sehen. Es war das erste Mal, dass er Straßburg mit dem Zug erreichte. Die letzten Besuche hatten immer im Auftrag des Außenministeriums stattgefunden und man war gemeinsam von Berlin mit dem Flugzeug gekommen. An diesem Morgen war er kurz nach Sonnenaufgang von zu Hause losgefahren, hatte den Weg durch das Sauertal nach Wissembourg genommen, um den ersten Zug nach Straßburg zu nehmen. Auf der ganzen Autofahrt hatte ihn ein ungewöhnlich gleichmäßiger Sommerregen begleitet, unangenehm für das Fahren, aber doch nicht so stark, dass die Scheibenwischer des Rover nicht damit zurechtgekommen wären. Der alte Wagen machte leider immer wieder einmal Probleme, die ihn meistens Geld kosteten, eigentlich zu viel Geld. Aber er liebte ihn, ein Überbleibsel aus einer besseren Autowelt.

Als sich der Blick auf die Rheinebene öffnete, hatte der Regen nachgelassen, und mit jeder Viertelstunde des sich durchsetzenden Tages wurden die Lücken zwischen den Wolken größer.

Er genoss die Zugfahrt, obwohl der Zug immer voller wurde, je mehr sie sich der Hauptstadt des Elsass näherten. Die Ebene weitete sich, Vogesen und Schwarzwald schienen auseinanderzulaufen und entschwanden in den Niederungen, die sich die Gleise in der hügeligen Landschaft gesucht hatten, dem Blick. Das Stroh lag in großen Rollen auf den Feldern und wartete auf den Herbst, die Kühe drängten sich um die Trinkschalen an den Gattern und der Bussard stand in der Luft und fixierte die Maus, die sich aus dem Bau wagen wollte. Die Dörfer fransten um die alten Ortskerne herum in die Felder aus und hatten manchmal schon die Bahnhöfe eingeholt, die man ursprünglich in die freie Landschaft gebaut hatte. In einer Linie ging es durch den Wald von Haguenau, die Bäume genauso gerade wie die Gleise. An einer Stelle hatte ein Sturm sein Fressen gefunden und eine große Schneise geschlagen, in der der Farn über die verfaulenden Stämme hinauswuchs. Der Zug umfuhr die Festungsanlagen von Haguenau, um dann direkt auf den Schwarzwald zuzuhalten. Hinter Bischwiller wandte er sich Straßburg zu und fügte sich ein in das Geflecht der Straßen, Stromleitungen und Gleise, die alle nur ein Ziel zu haben schienen – Straßburg.

Die Menschen standen auf den Gängen des Zuges, als sie den Hauptbahnhof erreichten, ein Gemisch aus Elsässisch und Französisch mit arabischen und vietnamesischen Einsprengseln sprudelte durch die Abteile, um dann auf den Bahnsteig zu fließen und in dem Gemenge von Stimmen aufzugehen, das die von Eisenträgern gehaltene Bahnhofskuppel erfüllte und sich auf die Bürgersteige und in die Busse und Straßenbahnen verteilte. Hektisch umsteuerten die dunkelblau Gekleideten in den Businessanzügen oder den kniefreien Röcken die aufgeregt plaudernden Schülerinnen, um an den Fußgängerampeln auf die bedächtig wartenden bunt gekleideten Verkäuferinnen aufzulaufen.

Alfred von Boyen nahm ein Taxi, denn er wollte der Enge in den Bussen und Bahnen vor Geschäftsbeginn entgehen, und es hätte viel zu viel Zeit gekostet, bis er die Verbindung zum Generalsekretariat des Europäischen Parlaments herausgefunden hätte. Der Wagen brachte ihn in die Allée du Printemps. Didier Frank erwartete ihn bereits an der Rezeption des Generalsekretariates. Sie begrüßten sich wie alte Freunde, dabei hatten sie sich erst drei- oder viermal im Leben gesehen. Gemeinsam gingen sie in sein Büro.

Alfred von Boyen kannte Didier Frank von einem Besuch der österreichischen Europaabgeordneten beim Auswärtigen Amt in Berlin. Es war um die Krisen auf dem Balkan gegangen, und man hatte von Boyen wie schon so manches Mal als Berater hinzugezogen. Didier Frank hatte die Delegation als leitender Beamter aus dem Generalsekretariat des Europäischen Parlaments begleitet. Insofern gehörten beide nicht zum engen Kreis derer, die sich bei diesem Treffen begegnen wollten, und man setzte sich beim gemeinsamen Abendessen nebeneinander. Auf dem Weg vom Aperitif zum Dessert entdeckten sie immer mehr Gemeinsamkeiten. Beide waren sie Protestanten, beide stammten sie aus hugenottischen Familien, die einst Frankreich verlassen mussten, und beide hatten sie Vorfahren in Ostpreußen. Nach der Aufhebung des Edikts von Nantes waren die Vorfahren von Didier Frank wohl vor dem Jahr 1700 zunächst in die österreichischen Erblande ausgewandert. Als Maria Theresia den Protestanten in ihrem Reich das Leben schwer machte, zogen sie weiter in den Norden nach Preußen und dann in dessen Osten. Alfred von Boyens Vorfahren waren auf direktem Weg, wenn auch bei Nacht und Nebel, gegen das ausdrückliche Ausreiseverbot des französischen Königs nach Preußen gezogen. Die beiden Männer hatten in den wenigen Stunden, die sie zusammen verbrachten, nicht herausfinden können, ob sich irgendwelche Vorfahren schon einmal getroffen hatten, denn die Zeit zur Ahnenforschung hatte ihnen bislang gefehlt.

So unterschiedlich der Weg ihrer Familien vom gemeinsamen Ausgangspunkt nach Ostpreußen gewesen war, so unterschiedlich war der Weg von dort zurück ins französische Straßburg. Didier Franks Vorfahren waren Händler und überzeugte Bürger gewesen. Sie hatten die Erinnerung an die französische Heimat nie verloren, wozu die Wahl des Familiennamens ihren Teil beitrug. So waren sie, als die politischen Verhältnisse sich zu Beginn des neunzehnten Jahrhunderts grundlegend änderten, wieder zurückgezogen und hatten sich in Paris niedergelassen. Die Franks stellten seitdem immer wieder Männer in einflussreichen Positionen des Staates, auch Didier hatte die für einen Absolventen der École Nationale d'Administration übliche Karriere gemacht.

Alfred von Boyens Vorfahren hatten immer auf dem Land gelebt, in der ursprünglichen Heimat Frankreich wie in Ostpreußen. Die von Boyens besaßen zuletzt ein großes Gut im Raum Allenstein, das Alfred nie gesehen hatte, weil er im Krieg auf jenem anderen Gut geboren wurde, auf dem der Vater als Gutsverwalter arbeiten musste. Die Mutter war die Tochter eines kleinen Bauern gewesen, Grund genug für den gutsherrlichen Großvater, sich von seinem Sohn loszusagen. Es brauchte zwei Weltkriege, bis der überholte Ehrenkodex abgeschafft wurde. Alfred hatte seinen Vater nie gesehen, er fiel als Unteroffizier für Führer und Vaterland im russischen Winter. An die Mutter, der ein englischer Tiefflieger auf der Flucht in den Westen das Leben nahm, hatte er ebenfalls keine Erinnerungen mehr. Dafür an die ältere Schwester seines Vaters, die ihn in Berlin aufnahm und aufzog. Sie hatte in ihm immer den geliebten Bruder gesehen, auf dessen Verstoßung durch den Vater sie mit dem Auszug aus dem Elternhaus reagiert und sich in Berlin eine Stellung als Gouvernante gesucht hatte. Sie brachte ihn zum Abitur und saß bei seiner Antrittsvorlesung in München im Auditorium. Der Historiker Alfred von Boyen wurde zum Spezialisten für die Geschichte des Mittelmeerraumes und lehrte an verschiedenen Universitäten Deutschlands, der Vereinigten Staaten von Amerika und in Jerusalem. Wenn es darum ging zu verstehen, was sich heute zwischen den Völkern im ehemaligen Gebiet des antiken Römischen Reiches abspielte, dann wurde er von den Politikern des Westens zu Rate gezogen. Das hatte ihn in viele Städte der Welt geführt. So war auch Straßburg zu einer der vielen Stationen seines diplomatischen Nebendienstes geworden.

»Cher ami«, begann von Boyen, nachdem sie sich im Büro von Didier Frank niedergelassen hatten. »Ich habe, wie ich Ihnen schon am Telefon gesagt habe, ein Ansinnen an Sie. Vielleicht keine einfach zu erfüllende Bitte, eventuell eine, die zu erfüllen ein wenig Ihre Kompetenzen zu überschreiten erfordert, aber eine, von der ich hoffe, dass Sie sie mir nicht abschlagen müssen, und von der ich überzeugt bin, dass Sie sie mir erfüllen können.«

Didier Frank bot ihm eine der schwarzen Zigaretten an, die einstmals Synonym für französischen Tabakgenuss gewesen waren. Man hatte ihnen inzwischen kleine weiße Filtermundstücke verpasst; wer das nicht wollte, konnte sie ohne Filter bekommen und sich nach wie vor die Tabakkrümel mit der Zunge von den Lippen schnippen. Frank war in dieser Hinsicht ein unvernünftiger Purist. Vielleicht war das Beharren auf den Filterlosen auch nur Ausdruck einer gewissen Traditionsverbundenheit. Von Boyen rauchte selten und dann nur Pfeife, dennoch war es ihm immer wieder opportun erschienen, sich diesbezüglich den Gewohnheiten des jeweiligen Gesprächspartners anzupassen. Zwar ging es in dem Gespräch mit Didier Frank nicht um die Beilegung eines bilateralen Konfliktes, jedoch wollte er mit ihm allein als Ausdruck der Sympathie gemeinsam dem Laster des Rauchens frönen.

»Nun, Monsieur von Boyen, Sie machen mich jetzt schon neugierig. Ihrer Bitte scheint ein wenig der Hauch des Gesetzlosen anzuhängen, was mich in Ihrem Fall sehr überrascht, dabei mein Interesse nur erhöht.«

»Vielleicht erscheint Ihnen meine Bitte deshalb ein wenig ungewöhnlich, weil sie so wenig zu tun hat mit dem, was uns bisher immer zusammengeführt hat. Ich will es ganz kurz darstellen. Seit zwei Jahren wohne ich in einem kleinen Dorf in der Südwestpfalz, nicht weit von der Grenze zum Elsass. Dort ist vor ungefähr zwei Wochen ein Mädchen aufgrund eines allergischen Schocks gestorben, und keiner weiß, welcher Stoff die plötzliche allergische Reaktion ausgelöst hat. Eine der möglichen Erklärungen, die ich bisher gefunden habe, ist die, dass sich in dem Fleisch, das das Kind kurz zuvor gegessen hatte, Stoffe befanden, die die Allergie ausgelöst haben. Infrage kommen eigentlich nur Antibiotika. Das Rind stammte von einem schlecht geführten Bauernhof im Dorf, dort wurde wiederum Tiermehl verfüttert, das von der Firma Agromarché in Haguenau gekauft worden war. Ich bin dort gewesen. Eine Verkäuferin sagte mir, die Lieferung sei von der Firma

Comcoop aus Straßburg gekommen. Hier setzt nun meine Bitte ein. Ich habe nichts über Comcoop erfahren können. Der Name klingt nach einer genossenschaftlichen Handelsfirma. Ich habe die Firma im Telefonbuch gefunden, sehe jedoch keine Mittel und Wege, an weitere Informationen zu kommen.«

»Nun, lieber Freund.« Didier Frank klang fast ein wenig erleichtert. Er streifte die Asche von der Zigarette. »Da wird es zunächst viele legale Wege geben, etwas zu erfahren, und ich werde Ihnen gerne dabei behilflich sein. Welche Informationen wären Ihnen denn nützlich?«

»Zunächst einmal die rein formalen.« Alfred von Boyen zählte auf: »Der oder die Inhaber, Art und Umfang des Handels, mit wem Handelsbeziehungen unterhalten werden, und wenn es möglich wäre, konkrete Informationen über das Tiermehl. Ich habe Ihnen das, was ich bisher weiß, auf einem Blatt zusammengefasst.«

»Alors, es wird ein wenig dauern, bis ich die Informationen zusammengetragen habe. Ich werde mit den Mitarbeitern der Kommission für Landwirtschaftsfragen hier am Europäischen Parlament Kontakt aufnehmen sowie mit entsprechenden Stellen in der Stadt.«

Frank beugte sich vor, besprach mit von Boyen die Details des weiteren Vorgehens und notierte die einzelnen Schritte. Sie überlegten außerdem, welche Möglichkeiten es gäbe, die Hypothese mit den Antibiotika zu verifizieren.

Kapitel 11

Alfred von Boyen hatte erst am Abend zuvor bei Didier Frank angerufen und war überrascht und erfreut zugleich, dass der alte Bekannte für ihn gleich am nächsten Tag einen Termin gegen Mittag freigemacht hatte.

Nachdem ihm Barbara Fouquet vom Besuch bei Katarinas Mutter erzählt hatte, setzte er sich auf die Terrasse, um nachzudenken. Sein Blick ging dabei zwischen den beiden Gipfeln des Maimont hin und her, dann stieg er in den Wagen und fuhr nach Schönbach.

Sein zweiter Besuch am Nachmittag galt Kurt Schwäger. Als er die Tür zum Stall öffnete, schlug ihm ein unerträglicher Gestank entgegen. Das hatte sicher etwas mit der Sonne zu tun, die den ganzen Tag auf das Blechdach des Stalls knallte und die Temperatur zwischen den eisenvergitterten Kojen auf weit über dreißig Grad trieb. Es lag aber vor allem daran, dass der Stall längst ausgemistet gehörte. Das Ammoniak in den Ausdünstungen der Jauche brannte ihm in den Augen, und er fragte sich, warum Kurt Schwäger nicht wenigstens die großen Tore zu beiden Seiten offenstehen ließ, um es den Tieren etwas erträglich zu machen.

»Ich suche mir meine Lieferanten sorgfältig aus.« Das hatte ihm der Metzger gesagt, als er ihn nach der Herkunft seines Fleisches fragte. »Die meisten Tiere kommen sogar aus unserem Dorf.«

Mit einigen Nachfragen war es von Boyen gelungen herauszubekommen, dass die Kalbsleberwurst, die nun wirklich appetitlich hinter der Glasfront der Kühltheke lag, aus dem Kalb vom Schönbacher Bauern Fabian hergestellt worden war. Er hatte auch erfahren, dass das Schweinefleisch der letzten Lieferung von einem Hof im französischen Niederbronn stammte und das letzte Rind vom Hof von Kurt Schwäger.

Er hatte an Schwägers Wohnhaus geklingelt – aber nichts hatte sich getan. Dann war er auf den Hof gegangen und hatte gerufen, aber keine Antwort erhalten. Er hatte im alten Schweinestall und beim Silagegraben nachgeschaut und sich gefragt, weshalb sich hinter dem Rinderstall die Säcke mit Tierfutter stapelten, wenn doch mehr als genug Silage vorhanden war. Dann hatte er die Tür zum Stall geöffnet.

Kurt Schwäger saß am anderen Ende auf dem Boden, an das Tor angelehnt und in sich zusammengesunken. Von Boyen hielt sich die Nase zu und durchquerte den Stall. Die leere Flasche neben Schwäger auf dem Boden war umgefallen, er atmete ganz flach. Hatte er sich selbst in diese Lage gebracht oder hatte jemand nachgeholfen?

Von Boyen riss den Oberkörper mit der einen Hand ruckartig nach vorn und öffnete mit der anderen das Tor, an das der Ohnmächtige sich angelehnt hatte. Dann griff er ihm von hinten unter die Arme und zog ihn an die frische Luft. Er trat beim Rückwärtsgehen in eine Jauchepfütze, schleifte Schwäger durch die Pfütze bis an die Wand des Silagegrabens, rüttelte ihn, bis er die Augen aufschlug, und versuchte ihn dann auf die Beine zu stellen, damit sein Kreislauf in Gang käme. Danach schleppte er ihn ins Haus, setzte ihn an den Küchentisch, fand schließlich ein sauberes Glas, um ihm Wasser zu geben, und versuchte sich an der Kaffeemaschine.

Es dauerte eine ganze Weile, bis Kurt Schwäger imstande war zu verstehen, was um ihn herum passierte. Von Boyen schaute sich inzwischen ein wenig in der Wohnküche um. Der Gestank war nicht viel besser als im Stall, dabei lange nicht so giftig. Das Brot vom Frühstück stand noch auf dem Tisch, das Glas mit Pflaumenmus war nicht geschlossen worden, die Kaffeetasse auf den Teller gestellt. Es war vermutlich dieselbe, die er an den Tagen zuvor benutzt hatte, die er immer benutzte, denn in der Spüle standen zwar einige Teller und zwei Töpfe, aber keine Tassen. Er entdeckte keine Familienfotos, nirgends das Foto einer Frau oder das von Kindern, nur ein Foto von sieben Männern, Schwäger war der älteste von ihnen. Das Bild mochte schon dreißig, vierzig Jahre alt sein. Schwäger war vielleicht Ende zwanzig, als es aufgenommen wurde, die anderen Männer so um die zwanzig. Einer fiel besonders auf, er war groß und sportlich und hatte leuchtend rote Haare. Die Männer standen in einer Reihe und hatten einander die Arme auf die Schultern gelegt. Sie lachten in die Kamera wie eine Fußballmannschaft nach einem gewonnenen Spiel. Außer einem Kalender vom Heizöllieferanten war das Bild der einzige Schmuck der Küche.

Schwäger schien sich gefangen zu haben. Seine Alkoholfahne überdeckte sogar den Jauchegeruch, der in den Kleidern der beiden Männer hing. »Scheiße! Können Sie mir noch einen Kaffee geben?« Er versuchte mit schwankendem Erfolg, sich auf dem Stuhl zu halten. Nachdem die zweite Tasse getrunken war, entfuhr seinem Mund mürrisch: »Vielen Dank!«

»Sie haben Glück gehabt. Eine halbe Stunde später, und das wäre die letzte Flasche Ihres Lebens gewesen.« Von Boyen hatte sich auf den Stuhl gegenüber von Schwäger an den Tisch gesetzt.

»Und wenn schon!« Schwäger fuhr sich durch die zerzausten, dreckigen Haare. Mit klugen Bemerkungen brauchte ihm sein Lebensretter nicht zu kommen. »Trotzdem, vielen Dank«, setzte er kaum hörbar nach.

»Wie ist das passiert? Hat Ihnen jemand den Schnaps eingeflößt oder haben Sie die Unmenge freiwillig getrunken? Das hätte Sie das Leben kosten können.«

»Ich weiß es nicht. Ich habe einen Filmriss.« Schwäger lallte. »Das Letzte, woran ich mich erinnere, ist, dass ich in den Stall gehen wollte.«

»Na ja, Sie hatten mehr Glück als Verstand, vermute ich«, sagte von Boyen und stellte Schwäger eine weitere Tasse Kaffee hin. Er ließ ihm etwas Zeit, zu sich zu kommen.

»Wie viele Tiere haben Sie denn im Stall?« Von Boyen versuchte, sich an die benötigten Informationen heranzuschleichen.

»Das ist unterschiedlich, mal vier, mal sechs.«

»Und wie viele können Sie pro Jahr verkaufen?«

»So ungefähr – vier. Die Viecher werden ja nun leider nicht schneller schlachtreif.« Schwäger fiel das Zählen offensichtlich schwer.

»Rechnet sich das denn bei den vielen Kosten, die Sie haben, für den Tierarzt und so?«

»Bei mir muss der Tierarzt nur einmal kommen, mein Stall ist gesund und das Fleisch hervorragend«, sagte Schwäger immer noch lallend. Er versuchte aufzustehen, fiel jedoch gleich wieder zurück auf den Stuhl.

»Und das Futter?«

»Was soll mit dem Futter sein?«, fauchte Schwäger von Boyen an. »Die Maissilage mach ich selbst und das Zusatzfutter bekomme ich günstig aus dem Elsass, allererste Qualität, kann ich Ihnen sagen.« Schwäger machte eine kurze Pause. Er stöhnte. »Es reicht trotzdem nicht, sonst müsste ich nicht noch den Totengräber spielen.« Er versuchte es erneut mit dem Aufstehen. »Möchten Sie auch einen Kaffee?«

Das Angebot war fast freundlich, angesichts des Zustands des Geschirrs in der Küche lehnte von Boyen allerdings lieber ab. »Ich glaube, ich muss jetzt gehen.« Von Boyen stand auf und schüttelte die feuchten Hosenbeine glatt.

»Schade um die schöne Hose.« Schwäger bemühte sich um einen mitfühlenden Ton. »Na ja, Sie können sich die Reinigung sicher leisten.«

Von Boyen atmete tief durch und enthielt sich eines Kommentars. Er stand schon in der Tür, als Schwäger ihn fragte: »Was wollten Sie eigentlich bei mir?«

»Wir sammeln Geld für die Restaurierung des Freskos in unserer Kirche. Da wollte ich Sie bitten ...«

»Das tut mir leid, ich habe völlig vergessen, Geld bei der Raiffeisenbank abzuheben.« Er schüttelte bedauernd den Kopf. »Vielleicht ein anderes Mal.«

Von Boyen verließ den Hof und fragte sich, wie er den Gestank aus dem Sitz des Autos bekommen sollte, wenn er sich mit der von Jauche durchnässten Hose daraufsetzte. Zu Fuß war der Weg zu weit, also ließ er den Motor an und rollte ins Gebüg hinauf. Er parkte den Wagen vor der Garage, ließ die Fahrertür offen, damit Luft ins Innere kam, zog die Hose schon im Flur aus und ging unter die Dusche.

»Sie waren lange nicht mehr in Straßburg, haben Sie mir erzählt.« Didier Frank war aufgestanden und hatte die Notizen sorgfältig im Schreibtisch abgelegt. »Dann bietet es sich ja an, dass ich Sie zum Essen nach Petit France einlade. Ich habe einen

Tisch im *Le Vieux Moulin* reserviert in der Hoffnung, dass Sie mir ein paar Stunden Ihrer Zeit gönnen werden. Mein Fahrer kann Sie dann anschließend zum Bahnhof bringen oder wo immer Sie hinwollen.«

Alfred von Boyen nahm dankend an, klemmte sich die schwarze Aktenmappe unter den einen Arm, legte den Trenchcoat über den anderen und fuhr mit Didier Frank ins Erdgeschoss. Der dunkelblaue Dienstpeugeot stand schon vor der Tür und brachte die beiden an das Ufer der Ill.

Die *Alte Mühle* war ein Restaurant am Anfang des Gerberviertels in der Nähe der Ponts Couverts. Obwohl der Himmel sich immer wieder zuzog und es ein ganz normaler Dienstag war, strömten die Touristen durch die Gassen der Altstadt. Jetzt um die Mittagszeit waren die Tische vor den Restaurants bis auf den letzten Platz besetzt. Ein Wirt, dessen Restaurant nicht direkt im Strom der Fußgänger lag, lockte mit einem Akkordeonspieler in sein Haus in einer Seitengasse, Blumenverkäufer gingen an den Tischen vorbei und die Polizei vertrieb unauffällig die nordafrikanischen Händler mit ihren Gürteln und Taschen.

Im *Le Vieux Moulin* traf man viele Mitarbeiter des Europäischen Parlaments, sicher nicht für das normale Mittagessen, dafür nahm man den Weg in die Innenstadt nicht auf sich. Wenn man Gäste hatte, entführte man sie allerdings gerne in das alte Fachwerkhaus, das liebevoll mit kleinen Tischen für zwei oder vier Personen eingerichtet war, mit hellblauen Stoffservietten und einer Reihe von Gläsern an jedem Platz, ein Haus, in dem die Bedienungen auf die oft hochrangigen Gäste aus vielen Ländern Europas und deren manchmal spezielle Bedürfnisse eingestellt waren. Man setzte sich nicht auf die Terrasse vor dem Haus, die überließ man den Touristen, aber im ersten Stock speiste es sich hinter den Butzenscheiben mit Blick auf die Ill vorzüglich.

Es musste nicht Choucroute garnie sein, wenn man im Elsass war, Didier Frank konnte es in diesem Fall allerdings nur empfehlen. Der Riesling war genauso gut wie typisch. Ihr Gespräch pendelte zwischen der gemeinsamen Vergangenheit ihrer Familien mit deren Auswirkungen auf ihrer beider Biografien und den aktuellen Problemen hin und her. Frank vermied es, von Boyen auf die Probleme des Balkans anzusprechen, denn sein plötzlicher Rückzug aus der Beratertätigkeit und dessen Grund hatten sich schnell herumgesprochen.

Als jedoch der Espresso kam und sich das gemeinsame Essen dem Ende näherte, versuchte Didier Frank einen Vorstoß: »Monsieur von Boyen, bitte verzeihen Sie es mir, dass ich mich zu einer Angelegenheit äußere, die Ihre ganz persönliche ist, und das, zumal ich der Jüngere von uns beiden bin«, sagte er in vorsichtigem Ton. »Ihre Emeritierung war bedauerlich für Ihre Studenten und Studentinnen. Für die Wissenschaft, so hoffe ich, sind Sie noch nicht verloren. Ihre Entscheidung freilich, den Politikern unserer Länder nicht mehr als Ratgeber zur Verfügung zu stehen, hat eine große Lücke hinterlassen. Nicht nur ich bedauere das – und nehmen Sie dieses Bedauern bitte als Zeichen einer ungebrochenen Hochachtung vor Ihrer Person.« Er machte eine kurze Pause. »Paul Valery, einer unserer Dichter, hat einmal gesagt: *Würde der Mensch niemals irren, er fände nichts*. So denke ich, dass auch in dem, was Sie als Irrtum empfinden, ein Sinn liegt.«

»Ich danke Ihnen für die einfühlsamen Worte.« Alfred von Boyen wollte das, was Didier Frank ihm gesagt hatte, nicht als Besserwisserei auffassen, sondern als gut gemeinte Ermutigung. »Es ist mir bisher nicht gelungen, mich von einer Mitverantwortung freizusprechen.« Er umschloss die Espressotasse mit seinen schlanken Fingern. »Ich habe mir eine neue Aufgabe gestellt. Ich will an der Versöhnung der Religionen mit meinen Mitteln arbeiten und versuche mich mit einem möglichst allgemeinverständlichen Buch über die Gemeinsamkeiten von Judentum, Christentum und Islam, einem Buch, das ihre gemeinsame Geschichte darstellt. Zugleich soll es darum gehen, die Geschichte der angeblich religiös motivierten Kriege ein wenig aufzuarbeiten.«

Die beiden saßen sich einen Moment schweigend gegenüber, dann ging Frank an die Theke aus dunkler Eiche, um die Rechnung zu begleichen. Von Boyen erhob sich und wollte den Mantel holen, als ihn ein lautes Lachen an einem der Tische dorthin blicken ließ. Die Frau, die gelacht hatte, schaute im selben Moment etwas unsicher um sich, wohl ahnend, dass kaum einer in dem Raum sie nicht gehört hatte. Dabei fiel ihr Blick auf den hochgewachsenen Mann, der gerade aufgestanden war. Sie stutzte einen Moment, dann legte sie die Serviette aus der Hand, stand langsam auf und ging mit erstauntem Blick auf den Mann zu. Alfred von Boyen drehte für einen Moment den Kopf nachdenklich zur Seite, ging einen Schritt auf sie zu und sagte dann: »Hallo, Anne.« Sie blieben voreinander stehen und er fragte: »Was machst du hier?«

Sie lachte fast genauso laut und fröhlich wie vor wenigen Augenblicken. »Keine besonders kluge Frage, Herr Professor! Was macht wohl eine Europaabgeordnete in Straßburg?« Sie nahmen einander in die Arme und hauchten Begrüßungsküsse auf die Wangen.

»Entschuldigung, wie dumm von mir.« Alfred von Boyen lachte gelöst. »Ich freue mich, dich zu sehen.«

»Was machst du hier? Die Frage ist wohl eher berechtigt.«

»Ich habe einen alten Bekannten besucht und um einen Gefallen gebeten, Didier Frank, vielleicht kennst du ihn?«

Frank kam von der Kasse zurück, ging auf die beiden zu und reichte Anne Mathissen die Hand. Sie war eine Frau Mitte fünfzig mit haselnussfarbenen schulterlangen Haaren, lebendigen braunen Augen und charmanten Grübchen in den Wangen. Sie strahlte die bewusst gewählte Vitalität einer Frau aus, die wusste, dass das Leben nicht dadurch leichter wurde, dass man es schwernahm. In ihrem Blick auf Alfred von Boyen lag ein Zug von sehnsuchtsvoller Erinnerung.

»Selbstverständlich, wer kennt Monsieur Frank nicht. Er ist der Mann, der alles möglich macht.«

»Vielen Dank für das Kompliment. Das Generalsekretariat tut, was es kann – und manchmal mehr.« Er wandte sich von Boyen zu: »Es tut mir leid, ich muss zurück ins Büro. Mein Angebot bleibt bestehen, mein Fahrer steht zu Ihrer Verfügung.«

Alfred von Boyen schaute auf Anne Mathissen.

»Du musst schon wieder fahren, Alfred?« Sie sah ihn fragend an.

»Nein, ich habe durchaus Zeit. Es fahren sicher auch später noch Züge zurück.« Er reichte Didier Frank die Hand. »Ich danke Ihnen sehr herzlich für Ihre Zeit, Hilfsbereitschaft und freundliche Einladung. Ich werde etwas später fahren als geplant.«

Als Anne Mathissen und Alfred von Boyen auf die Straße traten, stieg Frank gerade in den Dienstwagen.

»Wie viel Zeit hast du?«, fragte sie ihn.

Beinahe hätte er gesagt: »Ein ganzes Leben!« Er reduzierte: »Den ganzen Nachmittag.«

»Dann lass mich schnell einen Anruf machen und anschließend zeige ich dir ein bisschen von Straßburg.«

Als sie das Handy wieder in die Tasche zurückgesteckt hatte und von der Ufermauer der Ill, an die sie sich zum Telefonieren gestellt hatte, zurückgekommen war, hakte sie sich bei ihm unter und sagte: »Wie schön, dich zu sehen! Komm, lass uns einfach ein bisschen spazieren gehen.«

Sie gingen in das Gerberviertel hinein und schlängelten sich durch die Touristen. »Fünf Jahre haben wir uns nicht gesehen, ist das richtig?«

»Ja«, antwortete von Boyen, »fünf Jahre könnten es sein – Anhörung zum Balkankonflikt im Bundestag, davor Parteitag der Grünen in München zum Thema Bundeswehr, davor Symposion der Freien Universität zu Konfliktlösungsstrategien im ausgehenden zwanzigsten Jahrhundert, außerdem ein paar Treffen im Auswärtigen Amt – und die regelmäßigen Abonnementkonzerte, bei denen wir nebeneinander gesessen haben.«

Sie gingen durch eine schmale, von Fachwerkhäusern gesäumte Gasse. Die unteren Geschosse der Häuser hatte man aus stabilem Sandstein gemauert, die Eingänge waren im Laufe der Jahrhunderte unter dem sich nach und nach erhöhenden Niveau des Straßenbelags zurückgeblieben, sodass nun zwei oder drei Stufen ins Erdgeschoss hinunterführten. Fast jedes Haus war als Laden genutzt – für Postkarten und Zeitschriften, für Töpferwaren und Trachtenpuppen, für Restaurants oder Eiscafés. Als sie am Maison des Tanneurs vorbeigegangen waren, öffnete sich wieder der Blick auf den Fluss und die kleinen Schleusen. Sie stellten sich auf eine der Brücken über den Wehren der Ill. »Nicht zu vergessen die unvergleichlichen Gartenpartys im Hause Boyen mit der Möglichkeit, im Kreise Gleichgesinnter über so manchen Vertreter unserer sogenannten politischen Elite herzuziehen.« Anne Mathissen lächelte. »Wie geht es deiner Frau?«

»Sie ist vor gut zwei Jahren gestorben.« Alfred von Boyen starrte in das Wasser des Flusses.

»Das tut mir leid«, konnte sie nur sagen und schwieg.

»Ich habe außerdem um meine Emeritierung gebeten und bin aus Berlin fortgezogen.«

An einigen der Häuser hatte man hölzerne Terrassen über der Wasseroberfläche angelegt. Auf einer von ihnen saßen zwei Kinder und schienen zu spielen. Das Mädchen würfelte und zog mit einem triumphierenden Lachen seine Figur über das Brett. Der Junge heulte auf und schlug die Faust auf den Tisch, sodass alle Figuren durcheinanderflogen.

»Ich hatte mich schon gewundert, als du sagtest, du seist mit dem Zug gekommen. Wo wohnst du jetzt?«

»In einem Dorf in der südwestlichen Pfalz, ein paar Häuser im Wald, eine wunderschöne Landschaft und viel Ruhe. Eigentlich nicht weit von hier. Auf jeden Fall deutlich näher als Berlin.«

»Und keine Professur mehr, keine Arbeit für das Auswärtige Amt?«

»Nein, damit habe ich Schluss gemacht. Ich konnte nicht mehr.« Von Boyen drehte sich zu Anne Mathissen um und schaute ihr in die Augen. »Davon kann ich dir ein anderes Mal mehr erzählen. Erzähl du mir lieber, wie es dir geht.«

Sie reihten sich unter die Touristen und nahmen sich Zeit für all das, was von Boyen bisher nur im Vorbeifahren gesehen hatte. Vom Gerberviertel Petite France ging es zum Münster. Sie schauten von dessen Turm auf die Rheinebene und reihten sich danach in die Schlange vor der astronomischen Uhr ein, in der sich die Geschichte der vergangenen Jahrhunderte spiegelte. Das Elsass war immer ein Zankapfel zwischen denen gewesen, die auf der rechten Seite des Rheins herrschten, und denen, die jenseits des Vogesenkamms die Macht ausübten.

Sie setzten sich in ein Eiscafé am Place Klébèr und suchten die Ruhe des Kreuzganges von Saint-Pierre-le-Jeune. Hier hatten über Jahrhunderte hinweg die Mönche Bewegung als Ausgleich zum Sitzen des Studierens und Betens gesucht, hier drang ein Stück der Schöpfung hinter die Klostermauern, ließ den Pflanzen und Vögeln einen Raum und spüren, dass die Kreaturen nicht nur ängstlich auf den Jüngsten Tag harrten, sondern auch täglich ihren Schöpfer lobten.

Anne Mathissen lebte, wie sie erzählte, in drei Städten. In ihrer Heimatstadt München, als Abgeordnete des Europäischen Parlaments zwei Wochen im Monat in Brüssel bei den Ausschusssitzungen und mindestens eine Woche im Monat für die Plenarsitzungen in Straßburg. Sie war aus der Arbeit in der Friedensbewegung zu den Grünen gestoßen und hatte sich als Ziel ihrer Arbeit gesteckt, eine gemeinsame Außenpolitik der EU unter der Kontrolle des Parlamentes auf den Weg zu bringen. Sie nahm allerdings an, dass dieses Ziel erst Jahre nach dem Erreichen ihrer Altersgrenze umgesetzt werden würde, denn die nationalen Regierungen gaben nicht so gerne Kompetenzen ab. Europa war eben ein langer Weg geduldiger Beharrlichkeit.

»Du hast dich also in die Klausur des Waldes zurückgezogen?« Sie saßen zwischen den Säulen des Kreuzganges und schauten den Insekten zu, die um die Blüten im Innenhof schwirrten.

»Ja, und ich habe das Gefühl, dass mir nichts fehlt. Noch nicht auf jeden Fall. Trotzdem, ich würde mich freuen, wenn du mich einmal besuchst. Es ist wirklich nicht weit von hier. Du kannst mit dem Wagen kommen, oder ich hole dich in Wissembourg am Bahnhof ab.«

»Und was hat dich hierhergetrieben, in die Großstadt?«

»Der Tod eines Mädchens, gestorben an einem allergischen Schock, vielleicht weil das Rind, von dessen Fleisch es gegessen hatte, mit durch Antibiotika verseuchtem Futter gefüttert worden war.« Er fuhr sich mit der Hand nachdenklich über die Stirn. »Vielleicht nur, weil der Arzt zu spät gekommen war.«

Später gingen sie zusammen zum Bahnhof, von Boyen setzte sich in den Zug und Anne Mathissen fuhr mit dem Taxi in ihr Appartement im Europaviertel.

Kapitel 12

Barbara Fouquet lag noch im Bett, als es an der Haustür klingelte. Sie schaute auf den Wecker, es war kurz nach acht. Eigentlich wäre sie um diese Zeit schon in der Schule, Religionsunterricht mit den Viertklässlern. Eine nicht immer leichte Arbeit, denn irgendwie hatte man den Eindruck, Grundschulkinder zeichneten sich seit einigen Jahren durch eine starke Zunahme an Individualität aus – eine recht euphemistische Umschreibung der Wirklichkeit. Tatsächlich hatte die Zunahme von Einzelkindern dazu geführt, dass sich der Erziehungsstil in den Familien änderte. Vielleicht war es nur die Familienkonstellation. Da wuchs ein Kind mit zwei Erwachsenen auf – manchmal war es auch nur einer – und es hatte zu Hause keine anderen kindlichen Ansprechpartner. Es redete immer mit Erwachsenen und kam sich wie ein Erwachsener vor, ohne es jedoch zu sein. Die Eltern nahmen viel Rücksicht auf das Kind, erfüllten zu viele Wünsche, und in der Verwandtschaft hatte das Kind den Status eines kleinen Prinzen oder einer kleinen Prinzessin, die darauf vorbereitet wurde, die Thronnachfolge für gleich mehrere Generationen zu übernehmen. Den Eindruck hatte Barbara Fouquet von manchem der Schüler. In der vierten Klasse sollten die Kinder schon gelernt haben, dass auch außerhalb der Familie bestimmte Regeln gelten.

Manche Eltern kamen jedoch ständig in die Sprechstunden, um der Besonderheit der eigenen Kinder zur Durchsetzung zu verhelfen. Sehr zum Leidwesen der Lehrerinnen, deren Hauptaufgabe darin zu bestehen schien, aus fünfundzwanzig Individualisten eine Gruppe zu formen, in der man gemeinsam lernen konnte. Barbara Fouquet arbeitete gerne mit den Kindern, war allerdings froh, dass das nur ein kleiner Teil ihrer Arbeit war.

Heute jedoch war in der Schule Wandertag, und man hatte mit Rücksicht auf ihre anderen Verpflichtungen die Pfarrerin davon entbunden, daran teilzunehmen. Sie hatte gehofft, das sei die Möglichkeit, einmal auszuschlafen, nachdem sie seit drei Wochen keinen freien Tag gehabt hatte. Jetzt klingelte es jedoch an der Haustür. So früh läutete es selten. Vielleicht einmal, wenn in der Nacht jemand gestorben war und die Angehörigen ungeduldig darauf gewartet hatten, dass der neue Tag anbrechen möge. Normalerweise meldete man sich zu allen Tages- und Nachtzeiten und an allen Tagen der Woche, aber morgens um acht ein Klingeln an der Haustür, das kam selten vor.

Also warf sie sich den Morgenmantel um, ging mit den Fingern durch die Haare, tastete sich schlaftrunken durch den Flur, legte die Türkette ein und öffnete die Haustür einen Spaltbreit.

Draußen stand der blonde Hüne von der Kriminalpolizei.

»Ihr Espresso vom Sonntag ist leider inzwischen kalt.« Barbara Fouquet ärgerte sich über die frühe Störung.

»Ich möchte eigentlich keinen Kaffee«, erwiderte Kommissar Peters.

»Aber ich!« Fouquet ließ die Türkette da, wo sie war.

»Ich komme wohl ungelegen«, sagte Peters.

»Sagen wir mal so: Heute hätte ich seit drei Wochen einmal ausschlafen können.«

»Ich komme später noch einmal vorbei. Wann würde es passen?«

»Ich habe eine bessere Idee«, sagte Fouquet. »Jetzt bin ich sowieso schon wach. Sie gehen zu der kleinen Bäckerei da vorn, richten der Bäckersfrau schöne Grüße von mir aus, dann weiß sie schon, was sie Ihnen geben muss. Dann suchen Sie für sich etwas aus. Ich mache inzwischen den Kaffee und wir frühstücken zusammen.«

»Eine gute Idee, Frühstück habe ich noch nicht gehabt«, sagte Peters ein wenig verlegen.

»Genau genommen sehen Sie so aus, als hätten Sie gar nicht geschlafen«, sagte Barbara Fouquet mit einem vielsagenden Lächeln und schloss die Tür.

Peters schaute etwas verdutzt an sich hinunter und stellte fest, dass seiner Meinung nach allenfalls das Hemd ein wenig zerknittert aussah. Im Übrigen sah er eigentlich doch ganz ordentlich aus. So machte er sich langsam auf den Weg und tat, wie ihm geheißen worden war.

Er erledigte den Auftrag bewusst langsam und war erst nach einer Viertelstunde wieder am Pfarrhaus. Es öffnete ihm eine ordentlich frisierte und strahlende Pfarrerin.

»Setzen Sie sich schon einmal. Der Kaffee ist fertig, ich decke gerade den Tisch.«

Er schaute sich in der Küche um und fand, dass der rustikale Fichtenholzstil gut in die Gegend passte. Er betrachtete die blauen Steinguttöpfe auf dem Schrank, die grünen Weinkelche im Schrank, das Bild auf der Anrichte und die Kuchenform an der Wand, aber immer wieder wurde sein Blick von der Frau abgelenkt, die Butter, Marmelade und Honig auf den Tisch stellte. Er kam mit sich selbst überein, dass ihr die engen Jeans ausgezeichnet standen.

Dann schenkte sie den Kaffee ein, schob die Milch zu ihm rüber, setzte sich und fragte: »Was führt Sie zu mir? Sie müssen früh in Pirmasens aufgebrochen sein.«

»Ich muss mich wohl entschuldigen, dass ich so unangemeldet hereingeplatzt bin. Wir haben inzwischen einiges erfahren und ich wollte das mit Ihnen besprechen. Sie kennen die Leute hier doch besser als ich.«

»So viel besser nicht. Es dauert lange, bis die Menschen sich öffnen. Vielleicht sind wir zu zweit trotzdem etwas klüger als jeder allein.«

»Wir wissen, wer der Tote ist. Ein gewisser Pierre Haeberlin. Er arbeitete bei der Firma Agromarché in Haguenau.«

»Ein Franzose also?«

»Ja, könnte das der Grund sein, warum er umgebracht wurde? Haben Sie ihn schon einmal gesehen?«

»Ich erinnere mich nicht. Ab und zu ist ein Auto von Agromarché im Ort. Ich erinnere mich jedoch nicht, den Fahrer gesehen zu haben.«

Peters schnitt sich mit einer kräftigen Bewegung ein Brötchen auf, sparte nicht mit der Butter und bestrich dann beide Hälften sorgfältig mit Honig. Nach dem ersten Bissen zog ein gewisses Wohlbehagen über sein Gesicht, er nahm das Glas in die Hand und las das Etikett. »Der ist von hier?«

»Ja, aus einem Nachbarort. Hier gibt es hervorragenden Waldhonig«, antwortete Fouquet.

»Gibt es so etwas wie Feindschaft zwischen Deutschen und Franzosen?«

»Na ja, er könnte auch von einem Franzosen umgebracht worden sein, der ihn hier lediglich verstecken wollte.«

»Ja, wir vermuten, in dem bereits ausgehobenen Grab auf dem Friedhof. Wir haben festgestellt, dass es deutlich tiefer ist als üblich. Da muss jemand nachgearbeitet haben, wohl um den Toten dort hineinzulegen und dann mit Erde zu bedecken. So wäre er nie gefunden worden.«

»Boyen und ich haben ihn oder sie nach dem Gottesdienst gestört. Das haben wir schon vermutet.«

»Also, gibt es hier so etwas wie Fremdenhass?«

»Bei einigen gibt es das sicher. Der Prozentsatz von Wählern der ganz rechten Parteien ist hier höher als im Durchschnitt Deutschlands. Wie übrigens im Elsass drüben der Anteil der Wähler des Front National ebenfalls auffallend hoch ist.«

»Also doch noch alte Feindschaften?«

Fouquet dachte einen Moment nach und schnitt sich ebenfalls ein Brötchen auf. »Hier gibt es wie überall Menschen, denen zum Beispiel die Flüchtlinge aus dem Süden Angst machen. Die fremden Gesichter, die eigentümliche Kleidung. Das gebrochene Deutsch. Alles das löst die ganz normalen Abwehrhaltungen gegen Fremdes aus. Dann wird, wie so oft, zu wenig nachgedacht und es werden Parolen gegrölt.« Ihr Gesicht hellte sich auf. »Es gibt allerdings viele andere, die sich rührend um die Migranten kümmern. Denen gelingt es, sich selbst in ihnen zu entdecken und zu verstehen, wie es einem Menschen gehen muss, der eine derartige Flucht hinter sich hat.«

»Gibt es Fremdenhass auch gegenüber den Franzosen?«

»Mag sein. In den drei letzten Kriegen zwischen Deutschland und Frankreich hat man der jeweils anderen Seite manchmal übel mitgespielt. Aber normalerweise ist davon nichts mehr zu spüren. Man macht hier so seine Witzchen über die Elsässer, wie die Pfälzer Witze über die Saarländer machen – und umgekehrt.«

»Ausschließen kann man Fremdenhass also nicht.«

»Ausschließen kann man ihn nicht, doch ich halte das nicht für wahrscheinlich.« Barbara Fouquet wurde etwas ungeduldig. »Wissen Sie, eigentlich verstehen sich die Menschen auf beiden Seiten der Grenze recht gut. Deutschland hat Frankreich dreimal überfallen: 1870, 1914 und 1940. Von 1871 bis 1918 gehörte Elsass-Lothringen zu Deutschland. Das war eine Zeit wirtschaftlicher Blüte für diese Gebiete, die bis dahin am Rande Frankreichs gelegen hatten. Nach den beiden letzten Kriegen gehörte die Pfalz jeweils zur französisch besetzten Zone. Da ging es den Menschen hier nicht immer gut. Deutschland war eben der Aggressor gewesen. Nach einer Reihe von Jahren wurden die linksrheinischen Gebiete zurück an Deutschland gegeben und es hat sich dann wirklich so etwas wie Freundschaft entwickelt.«

»Vielleicht sind da alte Rechnungen offen.«

Fouquet fand den eigentlich sympathischen Hünen etwas penetrant mit der Fragerei. So mussten Polizisten wohl sein. »Möglich«, sagte sie. »Letztlich waren die Menschen auf beiden Seiten der Grenze allerdings immer den jeweiligen Machthabern ausgeliefert. Das hat sie auch miteinander verbunden. Sie haben sich keineswegs immer gerne für die Ideen ihrer Regierungen umbringen lassen. Die meisten Menschen in der Gegend waren kleine Leute, die den Kopf für den Kriegswahn anderer hinhalten mussten.«

»Sehen Sie das nicht vielleicht etwas zu blauäugig?«

»Ich glaube nicht«, antwortete sie entschieden. »Es gab sicher Soldaten, denen das Töten gefiel. Die meisten haben das jedoch getan, weil sie es tun mussten. Anderenfalls wären sie selbst getötet worden. Vom Feind – oder vom Freund.«

Peters schaute Fouquet nachdenklich an und schenkte sich Kaffee nach. Wahrscheinlich hat sie recht, dachte er. Wenn erst einmal Krieg ist, halten Propaganda und Lügen die Soldaten bei der Stange. Wer nicht freiwillig schießt, wird dazu gezwungen oder anderenfalls erschossen.

»Die Menschen hier waren meistens arm. Sie haben eher dazu geneigt, aus persönlichem Nutzen heraus über die Grenze hinweg zu kollaborieren. Besonders in den Zeiten des Schmuggels.«

Peters erhob sich. »Ich danke Ihnen für die Nachhilfestunde in Lokalgeschichte und für den Kaffee.« Er schaute nachdenklich. »Wir werden weitersuchen müssen.«

Fouquet begleitete ihn zur Haustür.

»Ach übrigens«, sagte Peters. »Haeberlin galt als Schürzenjäger. Haben Sie davon einmal gehört?«

»Schürzenjäger gibt es einige im Pfälzerwald. Aber wie gesagt, der Name Haeberlin sagt mir nichts.«

»Eines der Jagdobjekte soll die Frau des Schreiners Herkommer aus Bundenthal gewesen sein.«

»Na ja, zumindest hatte er Geschmack, der Monsieur Haeberlin«, erwiderte Barbara Fouquet lächelnd. »Frau Herkommer ist eine durchaus attraktive Frau.«

Peters trat vor die Tür. »Darf ich Sie gegebenenfalls nochmals in dieser Sache stören?«, fragte er.

»Gerne«, antwortete Fouquet, »vor allem dann, wenn Sie vorher die Brötchen holen.«

»Nein, so früh werde ich nicht mehr klingeln. Vielleicht haben Sie ja mal an einem Abend Zeit?«

»Durchaus möglich«, lächelte Barbara Fouquet, wobei ihre Sommersprossen Peters wie viele kleine Sonnenstrahlen anleuchteten.

Peters musste nach Bundenthal. »Cherchez la femme«, das war ein alter, sehr alter kriminalistischer Grundsatz und offenbar auch das Hobby Haeberlins gewesen. Für diesen Besuch war jetzt keine Zeit. Zuerst würde er mit den Kollegen jenseits der Grenze sprechen müssen. Das mit Frau Herkommer könnte Scheller übernehmen. Der war in solchen Dingen sowieso deutlich besser bewandert. Zumindest erzählte man sich das im Kommissariat. Vorher sollte Scheller bei von Boyen vorbeischauen.

Peters war sich später nicht mehr sicher gewesen, ob es eine gute Idee war, Scheller zu von Boyen zu schicken, um die offenen Fragen zu klären, aber er hatte wenig Zeit. Bei diesem Besuch würden zwei Welten aufeinanderstoßen.

»Sagen Sie mal, sind Sie freiwillig hier ans Ende der Welt gezogen, oder haben Sie nichts Besseres gefunden?« Von Boyen hatte den jungen Mann mit dem bunten Hemd hereingebeten und ihm einen Platz im Wohnzimmer angeboten. Wie alle Besucher, die zum ersten Mal in von Boyens Haus kamen, schaute Scheller wie gefesselt aus dem großen Fenster des Wohnzimmers in die Weite der Berge und Wälder. »Der Ausblick hier hat schon was, das muss ich zugeben«, fügte er hinzu.

Von Boyen musste lächeln. »Durchaus freiwillig, kann ich Ihnen versichern.«

»So ein bisschen wie ein Einsiedler leben Sie hier schon, oder?«

»Einsiedler leben freiwillig in der Einsiedelei.«

»Für mich wäre das nichts. Hier lebt ja sonst kaum jemand. Nur die paar Leute. Und nachts besucht Sie hier wahrscheinlich der Fuchs.«

»Der Fuchs kommt tagsüber. Nachts kommen die Wildschweine.«

»Keine angenehme Gesellschaft!« Scheller wiegte den Kopf hin und her.

»Sie ist mir in der Regel lieber als die Gesellschaft von Menschen«, erwiderte von Boyen.

»Das soll jetzt kein Rausschmiss sein, oder?«

»Nein, bleiben sie ruhig. Sie müssen es ja nicht zu lange machen.«

»Das ist eine klare Ansage. Aber das bin ich in meinem Beruf gewöhnt. Wer redet schon gerne mit der Polizei?«

»Die Polizei ist mir nicht weniger lieb als andere Menschen. Deshalb biete ich Ihnen gerne etwas zu trinken an. Ein Kaffee?«

»Kaffee Marke Einsiedelei, vermute ich.«

»Lassen Sie sich überraschen.«

Von Boyen verschwand in der Küche und Scheller schaute sich im Zimmer um. In einer Ecke entdeckte er einen Bogen und Pfeile. Er ging zu von Boyen in die Küche.

»Sie machen Jagd auf die Wildschweine? Ich habe da den Bogen und die Pfeile im Wohnzimmer gesehen.«

»Ich jage nicht mit dem Bogen, ich meditiere mit ihm.«

»Wie bitte?«

»Kyu-Do. Der Weg des Bogens. Haben Sie noch nichts davon gehört?«

»Ich kenne nur Judo.«

»Fast getroffen. Ju-Do, das ist der sanfte Weg. Kyu-Do ist eine alte asiatische Kunst, bei der es darum geht, durch genau festgelegte Bewegungsabläufe mit Pfeil und Bogen zu innerer Ruhe und Übereinstimmung mit sich selbst zu kommen. Man muss es lange üben, möglichst täglich.«

»Na ja, ich bevorzuge da andere Wege der Entspannung.«

»Jeder geht seinen eigenen Weg.«

»Okay. Sie sind also ein Einsiedler mit Pfeil und Bogen?«

»Wenn Sie so wollen.«

»Ich habe eigentlich nur eine kleine Frage«, sagte Scheller, als der Kaffee vor ihm stand. »Der Tote in den Hortensien hieß Pierre Haeberlin. Haben Sie ihn gekannt? Oder haben Sie den Namen schon einmal gehört?«

»Der Name sagt mir nichts. Klingt ein bisschen nach Elsass.«

»Ja, er hat bei der Firma Agromarché in Haguenau gearbeitet.«

»Agromarché, das sagt mir etwas. Ich bin auf der Suche nach dem Futtermittellieferanten des Bauern Schwäger. Von dessen Hof stammte das Rind, dessen Fleisch in der Familie der kleinen Katarina verzehrt wurde, die vor Kurzem gestorben ist. Der Bauer Schwäger hatte Lieferungen von Agromarché erhalten.«

»Schwäger, sagen Sie?«

»Ja, Schwäger in Schönbach. Den Hof erkennen Sie schon am Geruch. Er ist ziemlich verwahrlost.«

»Vielen Dank«, sagte Scheller. »Vielleicht hilft uns das weiter. Also war mein Besuch in der Einöde doch nicht umsonst.«

»Der Besuch in einer Einöde ist nie umsonst, kann ich Ihnen sagen«, antwortete von Boyen und begleitete Scheller hinaus.

Kapitel 13

Das Tagesgeschäft von Barbara Fouquet führte sie eigentlich nicht ins Gebüg. Sie hatte von Boyen jedoch über das Telefon nicht erreichen können. Wenn er an seiner Arbeit saß, nahm er das Telefon oft nicht ab, das wusste sie, und von einem Anrufbeantworter hielt er nicht viel. Er würde aber öffnen, wenn sie bei ihm klingelte. Also dieselte sie mit dem alten Golf gegen Mittag zu der kleinen Ansammlung von Häusern am Fuß des Maimont und läutete. Tatsächlich tat sich nach einer Weile etwas im Haus und die Tür wurde geöffnet.

»Wieder tief versunken in den Büchern?«, fragte sie zur Begrüßung.

»Sehr tief«, antwortete von Boyen. »Es wäre allerdings sowieso Zeit für eine Pause.« Er führte Barbara ins Haus. »Heute Morgen hatte ich übrigens schon einmal Besuch. Der junge Mann von der Polizei, ein origineller Typ.«

»Ein aufdringlicher, kann ich dir sagen. Freilich ein harmloser.«

Sie erzählte von Boyen beim Tee von dem Gespräch mit Peters.

»Ein Franzose also«, sagte von Boyen, »Angestellter von Agromarché. Vielleicht war er es, der den Bauern Schwäger mit Futtermitteln beliefert hat.«

»Er soll eine unstillbare Vorliebe für Frauen haben, behauptet Kommissar Peters.«

»Klingt ein wenig nach dem typischen Klischee eines Franzosen. Alles charmante Schürzenjäger, die mit ihrem sympathischen Akzent die Frauen um den Finger wickeln.«

»Soll es tatsächlich geben«, sagte Barbara Fouquet.

»Aha, schon eigene Erfahrungen gemacht?«

»Gegen solche Art von Charme bin ich zum Glück immun.«

»Eine Frauengeschichte also?«

»Vielleicht.«

»Oder eine Landwirtschaftsgeschichte?«

»Würde das passen?«

»Ich weiß nicht«, sagte von Boyen. »Es könnte nicht schaden, in diese Richtung weiterzudenken. Das mit den Frauen liegt irgendwie zu nahe.«

»Eifersucht ist ein starkes Motiv. Das kannst du in jedem zweiten Krimi lesen.«

»Stimmt.« Von Boyen stand auf und fing an, im Zimmer auf und ab zu gehen. Nach einer Weile blieb er stehen. »Ich würde sagen, das mit den Frauen überlassen wir der Polizei. Ich kümmere mich um das andere.«

»Na, dann viel Erfolg«, sagte Fouquet. Sie besprachen noch eine Weile die anstehenden Arbeiten an der Kirche, dann machte Barbara sich auf den Weg.

Scheller war auch an diesem Morgen nicht pünktlich aus dem Bett gekommen. So musste er sich nach dem Besuch bei von Boyen beeilen, um vor der Mittagspause bei der Schreinerei in Bundenthal zu sein.

Die Männer in der Schreinerei trugen Gehörschutz, dicke blau-gelbe Kappen, die wie Kopfhörer aussahen – alle, bis auf einen. Der Lärm war wirklich ohrenbetäubend, darum sollte das eben gerade nicht passieren. Die Schreinerei Herkommer in Bundenthal war die größte Schreinerei im Dahner Felsenland, seit über hundert Jahren in Familienbesitz, mit viel Fleiß und Geschäftssinn und der notwendigen Portion Glück immer weiter ausgebaut. Klaus Herkommer, der Juniorchef, war der typische erfolgreiche Handwerksmeister, zielbewusst und durchaus vertrauenerweckend, dabei zugleich so geschäftstüchtig, dass man ein erstes Angebot nie unwidersprochen annehmen durfte. Er war ein Mann, von dem man gute Arbeit erwarten konnte, bei dem man jedoch zugleich auf den Gedanken kam, dass er dann am besten zu haben sei, wenn es auch einen soliden Konkurrenzbetrieb gab.

Scheller fragte sich in dem Lärm zum Büro durch. Klaus Herkommer tippte gerade ein Angebot in den Computer. Als er Scheller sah, sprang er auf und fragte freundlich: »Womit kann ich Ihnen dienen?«

»Mit einer ehrlichen Auskunft.« Scheller machte keine nötigen Umwege. »Kennen Sie diesen Mann?«

Herkommer nahm das Bild in die Hand, das Scheller ihm hinhielt, betrachtete es eine Weile und fragte dann: »Ist das der Mann, den Sie in Schönbach gefunden haben? Ist ja übel zugerichtet.«

»Kennen Sie ihn?«

»Wie kommen Sie darauf, dass ich ihn kennen sollte? Fragen Sie alle in der Gegend?«

»Es genügt völlig, wenn Sie meine Frage beantworten.« Scheller wurde trotz der unleugbaren Freundlichkeit von Herkommer etwas ungeduldig.

»Nein, ich glaube, ich kenne ihn nicht.«

»Was heißt das: Ich glaube?«

»Ich bin mir nicht sicher. So gut ist er ja gerade nicht mehr zu erkennen.«

»Er heißt Pierre Haeberlin und war Angestellter der Firma Agromarché in Haguenau.«

»Tut mir leid, mit der Firma habe ich keine Geschäftsbeziehungen.«

»Hatten Sie private Beziehungen zu Herrn Haeberlin?«

»Unterhalte ich keine.«

»Ihre Frau?«

Herkommer stutzte. »Wie kommen Sie darauf?«

»Wir hatten einen Anruf. Der Anrufer behauptete eine Beziehung zwischen Herrn Haeberlin und Ihrer Frau.«

»Aha, daher weht der Wind.« Herkommer drehte sich zum Fenster. »Sie suchen einen Mörder.«

»Habe ich ihn gefunden?« Scheller kannte die rhetorischen Tricks intelligenter und weniger intelligenter Verdächtiger.

»Haben Sie nicht, auf jeden Fall nicht in meinem Büro. Mit einem Mörder kann ich Ihnen nicht dienen, jedoch mit Fenstern und Türen in hervorragender Qualität.«

»Kein Bedarf im Moment. Haben Sie Pierre Haeberlin gekannt?«

»Ich habe ihn nicht gekannt.« Herkommer drehte sich zu Scheller und schaute ihm in die Augen.

Dann drehte er sich wieder zum Fenster. Plötzlich kam Bewegung in ihn. Er murmelte: »Entschuldigen Sie einen Moment!« Er riss die Tür des Büros auf und rannte auf den Platz vor der Schreinerei. Durch das Fenster im Büro konnte Scheller beobachten, wie Herkommer wild gestikulierend mit einer Frau sprach. Franziska Herkommer stand mit einem kleinen Koffer in der Hand an einem Auto und wollte einsteigen. Herkommer wollte ihr den Koffer aus der Hand nehmen, doch sie hielt ihn fest. Ein Weilchen wurde der Koffer hin und her gezerrt, dann warf Franziska Herkommer ihn auf den Rücksitz, schlug die Wagentür zu, stieg ein und fuhr los. Ihr Mann stand irritiert auf dem Hof und schaute dem Wagen nach.

Herkommer kam wieder ins Büro zurück.

»Nun erübrigt sich meine Frage, ob Ihre Frau zu Hause ist«, sagte Klaus Scheller und verabschiedete sich.

Peters erwartete Scheller im Büro in Pirmasens. Er arbeitete nun schon einige Monate mit ihm zusammen. Aber er hatte sich irgendwie nicht an die Eigenarten des Kollegen gewöhnen können. Andererseits musste er, wenn er sich bemühte, unvoreingenommen auf die Arbeit von Scheller zu schauen, zugeben, dass dessen Ergebnisse oft recht respektabel waren. Er war ganz anders als er und arbeitete ganz anders. Darin war er eben ein Kind der Gegend, des Grenzlands zu Frankreich. Hier baute man im Osten Wein an und braute im Westen Bier, hier gab es im Osten den Rhein und die Industrie und im Westen den Wald, die Landwirtschaft und eine lange Geschichte der Armut. Man hatte hier gelernt, dass es leichter war zu überleben, wenn man sich an dem erfreute, was einem die Natur schenkte, selbst wenn man es ihr manchmal mühsam abringen musste. Das Essen, das Bier, den Wein, die gute Luft. Wenn er ehrlich war, waren die Menschen im Norden nicht viel anders. Da gab es keinen Wein, aber man hatte den Tee lieben gelernt. Es gab keine Wälder, aber man hatte das Meer. Vielleicht war man bei ihm zu Hause etwas verschlossener gegen Fremdes. Vielleicht redete man etwas weniger, manchmal nicht mehr als nötig. Letztlich waren die Menschen überall gleich.

Scheller hatte ein gestörtes Verhältnis zur Pünktlichkeit. Das konnte man sich an der Nordsee nicht leisten. Eine halbe Stunde zu früh oder zu spät, und Ebbe oder Flut hatten einen Strich durch die Rechnung gemacht. Vielleicht hatte das die Menschen Frieslands geprägt. Scheller war ein junger Mann, aber er konnte ihn nicht grundsätzlich ändern. Auch nicht dessen Hang, die Frauen als ein Geschenk der Natur anzusehen wie andere den Wein oder das Bier. Vielleicht würde sich das mit der Zeit oder mit der Einfahrt in den Hafen der Ehe legen. Falls Scheller diesen Hafen jemals fand. Es machte keinen Sinn, sich länger über die Andersartigkeit Schellers zu ärgern. Er beschloss, ihn so zu nehmen, wie er war, und das Beste draus zu machen.

Deshalb ging er in Schellers Büro, als der angekommen war, und fragte ihn: »Ist es möglich, dass Sie heute Abend keine Verabredung haben? Dann hätte ich einen Vorschlag.«

Scheller schaute ihn misstrauisch an. »Ich habe mir zwar vorgenommen, es eine Zeit lang nach Dienstschluss etwas entspannter angehen zu lassen, und habe heute darum nichts vor. Ein dienstlicher Auftrag für heute Abend müsste jedoch nicht sein. Das Schöne am Wort Dienstschluss ist dessen zweite Hälfte.«

»Sie wissen, dass ein Beamter seine ganze Kraft und Zeit dem Dienstherrn zur Verfügung zu stellen hat?«

»Ich widme den Interessen unseres Bundeslandes alle meine Kraft und Zeit und werde die Verfassung des Landes Rheinland-Pfalz und der Bundesrepublik Deutschland immer beachten«, antwortete Scheller und hob die Hand wie zum Schwur. Dabei setzte er ein freches Grinsen auf.

»Ich freue mich, dass Sie sich daran erinnern, was Sie einmal gelobt haben. Aber es geht gar nicht um einen dienstlichen Auftrag. Ich wollte Sie bitten, mir Ihre Lieblingskneipe zu zeigen. Ich würde Sie gerne auf ein Bier einladen – oder zwei.«

»Das klingt gut und passt perfekt in meine Planung.«

»Also dann, in einer halben Stunde? Ich bezahle auch das Taxi.«

»Prima. Taxi klingt nach mehr als zwei Bier.«

Schellers Lieblingskneipe war in einer kleinen Nebenstraße nahe beim Exerzierplatz. Sie tranken Pirmasenser Bier, dessen Brauerei nun allerdings zum Leidwesen aller Pirmasenser in saarländischem Besitz war. Scheller fragte Peters aus, wie er denn hierher in den Süden gekommen sei. Peters erzählte von der gescheiterten Ehe und seinem Versagen bei der Kindesentführung und schwärmte nach dem dritten Bier von der Nordsee, dem Wind und den Wolken. Scheller erzählte von der Kindheit in einer Mühle des nahe gelegenen Schwarzbachtales, der Zeit auf dem Zweibrücker Gymnasium sowie der Polizeischule und schwärmte von der Schönheit des Pfälzerwaldes und der französischen Frauen. Nach dem vierten Bier und dem zweiten Schnaps bot Peters Scheller das Du an, und der Alkohol erfüllte seine Aufgabe, über das Trennende hinwegzusehen und das Gemeinsame zu erkennen. Es war fast Mitternacht, als die beiden in ein Taxi stiegen, das erst Scheller nach Hause brachte und dann Peters.

Kapitel 14

Es knarzte in den Privaträumen hinter dem Laden wie jeden Morgen, wenn Barbara Fouquet die Eingangstür öffnete, um sich Brot und Brötchen für den Tag zu holen.

»Aha, die Frau Pfarrerin«, begrüßte Anna Hoger sie in einem Ton, der nichts Gutes verhieß. »Haben gnädige Frau jetzt schon Dienstboten?«

»Wie bitte? Was meinst du?«

»Na ja, man ließ Grüße von dir ausrichten. Dasselbe wie immer, hieß es dann.«

Barbara Fouquet war offenbar nicht wach genug, um ihre Freundin zu verstehen.

»Ich weiß nicht, wovon du sprichst.«

»Na, von gestern selbstverständlich. Da kam so ein blonder, großer Mann herein und bestellte Grüße von dir.«

»Ach, das meinst du.«

»Ja, das meine ich. Etwas unsicher wirkte der Kerl, als hätte man ihm kurz zuvor die Leviten gelesen.«

Barbara Fouquet musste lächeln, als sie an ihren Auftritt im Morgenmantel an der Tür dachte.

»Möglich. Wie war denn dein Eindruck von ihm?«

»Na, vor allem war er groß. Sehr groß. Und sehr blond.«

»Das soll bei Norddeutschen vorkommen.«

»Und dann der komische Dialekt. War das ein Asylbewerber aus Schleswig-Holstein, der dir im Rahmen einer Arbeitsbeschaffungsmaßnahme zugeteilt worden ist?«

»Interessante Theorie, aber leider falsch.«

»Dann muss es wohl der neue Kommissar aus Pirmasens gewesen sein, von dem die Leute im Dorf sprechen.«

»Du kommst der Sache deutlich näher. Gratulation!« Barbara Fouquet streckte einen Daumen nach oben.

»Und der kauft dir jetzt deine Brötchen? Landesbeamter auf Abwegen?«

»Nein, eher eine kleine Strafaktion für ungehörig frühes Klingeln an einer Pfarrhaustür.«

»Ich hätte nichts dagegen, wenn der mal an meiner Tür klingeln würde. Sieht wirklich gut aus.«

»Anna, du bist verheiratet!«

»Du nicht! Umso mehr irritierte es mich, dass der dir die Brötchen kauft. Bist du sicher, dass der erst am Morgen an deiner Tür geklingelt hat und nicht vielleicht doch schon am Abend zuvor?«

»Daran würde ich mich vermutlich erinnern. Nein, es war am Morgen und dafür etwas zu früh.«

»Dann will ich das einmal glauben«, lachte Anna Hoger und fuhr mit nachdenklichem Gesicht fort. »Irritiert hat mich außerdem, dass er nach Rosinenbrötchen fragte. Rosinenbrötchen, die isst hier doch kein Mensch.«

»Aber vielleicht in Deutschlands Norden, wo es immer kalt ist und die Menschen schon am Morgen einen kräftigen Energieschub brauchen.«

»Wo man gerne Süßes isst. Dabei hat er doch mit unserer süßen Pfarrerin gefrühstückt.«

»Stimmt – aber er hat nicht die Pfarrerin gefrühstückt.«

»Was nicht ist, das kann noch werden«, gab Anna Hoger zurück.

»Oh, entwickelst du wieder einmal hellseherische Fähigkeiten?«

»Vertrau dem großen Erfahrungsschatz einer Bäckersfrau.«

»Dem würde ich jetzt gerne vertrauen und dich bitten, mir die beiden besten Brötchen zu geben, die du hast.«

»Du bekommst immer meine beiden besten Brötchen, meine Süße!«

»Da bin ich aber froh.«

»So, und nun mal ernsthaft. Was war denn das?«

»Das war der allzu frühe Besuch eines Kriminalkommissars bei der Ortspfarrerin mit der Bitte um Hilfe beim Verstehen der Bevölkerung der stark bewaldeten Südwestpfalz.«

»Das werde ich dann wohl mal als eine weitere Hypothese zur Erklärung der Vorkommnisse so stehen lassen müssen.«

Barbara Fouquet hatte Glück, denn eben knarzte es wieder und eine weitere Kundin betrat die Bäckerei. Anna würde die Inquisition nicht fortführen können. Sie nahm ihre Brötchen, bezahlte und verließ mit einem triumphierenden Lächeln den Verkaufsraum.

Als Barbara Fouquet am späten Nachmittag nach Hause kam, zeigte der Anrufbeantworter zwei Nachrichten an. Eine war von der Dekanin aus Pirmasens, die sich eigentlich nur erkundigen wollte, wie es ihr ging. Sie hatte von dem Mord in der Zeitung gelesen und wollte wissen, wie die Stimmung im Dorf und inwieweit die Pfarrerin damit befasst war. Das war sicher gut gemeint, doch sie musste nicht sofort zurückrufen. Der zweite Anruf war von Bernd Peters. Er wollte mitteilen, sein französischer Kollege Lemaitre aus Haguenau habe angerufen, um zu sagen, dass am nächsten Tag die Beerdigung von Pierre Haeberlin in Lembach stattfinde. Er fragte, ob sie Zeit und Lust habe mitzukommen. Er müsse auf jeden Fall dorthin, und vielleicht sei es für sie von Interesse, denn sie habe schließlich den Toten neben ihrer Kirche gefunden.

Das ging nicht, stellte Fouquet nach einem Blick in den Terminkalender fest. Außer dem Unterricht in der Grundschule am Vormittag standen zwei weitere Termine an, die sie weder absagen noch verschieben konnte oder wollte. Vielleicht war es jedoch etwas für Alfred von Boyen, dachte sie und versuchte, ihn telefonisch zu erreichen.

Diesmal funktionierte es. Von Boyen hatte für den nächsten Tag allerdings andere Pläne.

»Das mit dem Toten an der Kirche war schrecklich«, sagte er. »Aber weißt du, mir geht der Tod des Mädchens mehr unter die Haut. Da ist mehr dran, als es auf den ersten Blick scheint. Dem möchte ich auf die Spur kommen. Ich möchte den finden, der dieses Kind auf dem Gewissen hat.« Er machte eine kleine Pause und sagte dann: »Der Tod eines Kindes ist genauso wichtig wie der Mord an einem Erwachsenen.«

»Ehrlich gesagt freut es mich, dass du dich der Sache angenommen hast«, sagte sie. Sie hatte aus den wenigen Worten seinen Leidensdruck gespürt. Er wollte etwas wiedergutmachen, das er nicht wiedergutmachen konnte. Vor allem wollte er jetzt nichts übersehen und keinen Fehler machen.

So musste sie bei Peters absagen. Er hatte eine Handynummer hinterlassen, aber sie erreichte nur den Anrufbeantworter.

»Tut mir leid, mitkommen kann ich nicht«, sprach sie auf das Band. »Hier steht zu viel an. Aber an einem kleinen Bericht hinterher wäre ich schon interessiert.« Dann versuchte sie es bei der Dekanin.

Kapitel 15

Bernd Peters musste also ohne weibliche Begleitung ins Elsass. Das hatte immerhin den Vorteil, dass er den Spötteleien Schellers entging und wohl auch einer Reihe neugieriger Fragen der anderen, denen er begegnete. Vielleicht war es einfach eine Schnapsidee gewesen, deren Umsetzung zum Glück nicht geklappt hatte.

Er ging zusammen mit Lemaitre zur Beerdigung und dem anschließenden Kaffeetrinken. Die Leiche von Pierre Haeberlin war inzwischen freigegeben worden. Hier war es üblich, nach der Beerdigung die Gäste zum Kaffeetrinken in eine Gaststätte einzuladen. Diesmal war es der Wirt selbst, der einlud. Die Eltern von Marie Haeberlin baten ins *Le Coq au Vin*. Zwar galt das Restaurant als eines der besten des Elsass und konnte manche berühmte Persönlichkeit zu seinen Gästen zählen. Das hieß aber nicht, dass es nicht mitten in einem Dorf lag und die Familie zu den Menschen dort gehörte. Deshalb war es selbstverständlich, dass man alle, die zur Beerdigung gekommen waren, zu sich einlud.

Wer im Ort wohnte, sah dessen Schönheit wohl schon nicht mehr. Die Dörfer an der Grenze hatten es in der Vergangenheit immer etwas schwer gehabt. Wenn die Reisenden nur von Süden kamen, weil im Norden eine Grenze war, dann war mit Handel nicht viel Geschäft zu machen. Die engen Täler des nördlichen Elsass hatten nie größere Siedlungen begünstigt. Man konnte also nur von dem leben, was die Gegend bot. Das unterschied das Elsass nicht von der Pfalz. Mühsamer Ackerbau, ein wenig Viehwirtschaft, vor allem der Wald und hier und da Erzvorkommen in den Bergen. Wenn die Menschen es im Laufe von Generationen zu etwas gebracht hatten, kam mit ziemlicher Sicherheit ein Krieg, der das meiste wieder zunichtemachte. Das Elsass war über Jahrhunderte ein Zankapfel zwischen Deutschland und Frankreich gewesen. Wenn man sich nicht um das Elsass selbst stritt, so zogen doch in vielen Kriegen die Soldaten der einen oder der anderen Nation über die Grenze hinweg, und das bedeutete Einquartierungen und Plünderungen.

Lembach hatte sich nicht in jeder Hinsicht so entwickeln können wie manches andere Dorf. Aber als Poststation auf dem Weg an der nördlichen Grenze entlang hatte es eine gewisse Bedeutung gehabt. Als man nach dem Ersten Weltkrieg die Maginot-Linie baute, damit nie wieder ein Deutscher unberechtigt die Grenze zum Elsass überschreiten konnte, hatte Lembach eine unterirdische Festung bekommen: Stollen, tief in den Berg getrieben, Mannschaftsunterkünfte, Lazarette, Wachttürme und Maschinenkanonen. Sie hatten den Zweiten Weltkrieg jedoch nicht verhindern können. Später dann, mit der Entdeckung des Elsass durch den Tourismus und dem Wegfall der Grenzkontrollen zwischen Deutschland und Frankreich, hatte auch Lembach profitiert. Die Fachwerkhäuser, die es wert waren, wurden liebevoll restauriert. Die Wege am Bach entlang wurden instandgesetzt, das alte Waschhaus wieder neu eingedeckt und die Festung der Maginot-Linie zur Besichtigung hergerichtet.

Das Haus, in dem das *Le Coq au Vin* eingerichtet worden war, hatte ursprünglich einen Teil der alten Poststation gebildet, die man auf beiden Seiten des Weges vom Col du Pfaffenschlick nach Bitche errichtet hatte. Wenn man den Hof betrat, sah man zur Linken die ehemaligen Unterstände für die Pferde, die nun den Karossen mit zahlreichen mechanischen Pferdestärken als Parkplatz dienten. Der Brunnen bildete nach wie vor den Mittelpunkt des Hofes und das Hauptgebäude auf der rechten Seite war zum Restaurant umgebaut worden. Der Keller, aus Sandstein gemauert, ragte ungefähr einen Meter aus dem Erdboden heraus. Das Haus selbst war in Fachwerk ausgeführt. Jetzt im Sommer blühten die Begonien in den Kästen vor den Fenstern und die Stockrosen an der Hauswand waren zur vollen Größe herangewachsen. Von außen sah das Gebäude wie eine gepflegte Landgaststätte aus, und man ahnte nicht, dass man vor einem der besten Restaurants des Nordelsass stand. Selbst die Treppe, die zu der schmalen Eingangstür mit jeweils vier Stufen auf beiden Seiten hinaufführte, deutete nicht auf die kulinarische Bedeutung dessen hin, was den Gast im Innenraum erwartete. Der war geschmackvoll eingerichtet, und die nur verhältnismäßig geringe Anzahl der Tische machte klar, dass der Raum nicht dazu gedacht war, Busladungen mit Touristen abzufüttern. Der Raum atmete die edle Schlichtheit französischer Spitzenrestaurants, die zeigen wollte, dass es im Wesentlichen darauf ankam, was es auf dem Teller und im Glas zu entdecken gab.

Der Trauerzug war lang. Pierre Haeberlin war nicht alt gewesen und dann dieser grausame Tod. Ein Deutscher sei es gewesen, vermutete man, denn es war drüben passiert. Beliebt war er nicht gewesen, der junge Haeberlin, wie schon sein Vater, der alte Haeberlin, nicht beliebt gewesen war im Ort. Von dem wusste keiner, wo er geblieben war, nachdem er vor vierzig Jahren eines Nachts nicht nach Hause gekommen war. Er sei umgebracht worden, munkelten damals die einen. Er sei auf und davon und habe die Frau verlassen, munkelten die anderen. Mit der ehelichen Treue hatte schon der Alte es nicht so genau genommen. Der Apfel war auch in der Hinsicht nicht weit vom Stamm gefallen. Aber zur Trauerfeier des jungen Haeberlin waren sie alle gekommen – vor allem wegen Marie, seiner Frau, und wegen Maries Eltern.

Für den heutigen Tag hatte man das Restaurant umgeräumt und auf den Hof zusätzliche Tische und Bänke gestellt. Peters und Lemaitre suchten sich einen schattigen Platz. Von dort konnten sie nicht nur den Duft der Wiesen genießen, der in den Ort zog, sondern auch Familie Arnal, Maries Eltern, ein wenig im Blick behalten. Die ließ sich zusammen mit anderen Gästen am Nebentisch nieder.

Jean Arnal war ein Mann Anfang fünfzig, dem man auf den ersten Blick nicht ansah, was er alles in seiner Küche zaubern konnte. Die Gesichtszüge waren fast grob mit unübersehbaren Tränensäcken unter den Augen. Der schwarzgraue Schnurrbart verlieh ihm eine gewisse Pfiffigkeit im Ausdruck, doch die Augen wirkten irgendwie kalt. Der Erfolg und der steinige Weg dorthin hatten auf dem Gesicht Spuren hinterlassen. Arnal galt als jähzornig. Nicht gegenüber den Gästen, da wusste er sich zu beherrschen, sonst hätte er es nicht so weit gebracht. In der Küche war er anders. Die Mitarbeiter bekamen sein gelegentlich unkontrolliertes Temperament manches Mal zu spüren. Nun war der Umgangston in der Gastronomie sowieso nicht immer der freundlichste, doch die Wutausbrüche des Jean Arnal hatten nichts mit dem zu tun, was in der Hektik des Betriebs überall vorkam. Er konnte völlig ausrasten, und dann flog schon einmal die Terrine mit einer Pâté aus Gänseleber hinter einem Jungkoch her, dem es nicht gelungen war, den Standard des Hauses zu erreichen.

Es war Jean Arnal nicht entgangen, dass der Schwiegersohn nahezu jedem Rock hinterherlief. Welchen Vater ärgerte es nicht, die Tochter so gedemütigt zu sehen? Lemaitre hatte ihn daraufhin bereits befragt. Aber von dieser Seite hatte er seinen Schwiegersohn angeblich nicht gekannt. Freilich, jeder Mann werfe einmal ein Auge auf andere Frauen, selbst dann, wenn er verheiratet war. Das habe er früher selbst getan. Das heiße jedoch gar nichts. Er könne nichts Schlechtes über den Schwiegersohn sagen – nur dies, dass er kein Koch gewesen war, wie er es sich immer gewünscht hatte. Die Tochter hatte sich halt in diesen charmanten Verkäufer vergucken müssen. Leider habe er zu jener Zeit keinen attraktiven Koch als Gegenvorschlag zur Hand gehabt. Das könne sich ja jetzt ändern.

Jean Arnal wirkte wie in Trauer. Er saß an einem Tisch mit seiner Tochter und dem protestantischen Pfarrer des Ortes, der die Beerdigung vorgenommen hatte, zusammen mit dem Bürgermeister und anderen Honoratioren, die es als eine selbstverständliche Pflicht angesehen hatten, zur Beerdigung des Schwiegersohnes von Jean Arnal zu gehen, obwohl sie den Haeberlin nicht so recht gemocht hatten, wie sie einander immer wieder versicherten. Er stammte zwar aus dem Ort, aber eigentlich hatte man Arnal einen Koch als Schwiegersohn gewünscht. Haeberlin hatte einen Beruf, der ihn in der ganzen Gegend herumführte. Vielleicht war es ihm ganz recht gewesen, jeden Tag aus dem Ort verschwinden zu können. Ja, er war ein Mann gewesen, der irgendwie seine Freiheit brauchte. Wie oft war er nicht zu Hause gewesen, auch wenn er nicht zur Arbeit gefahren war. Die arme Marie ließ er mit den Kindern zurück. Gut, dass die ihre Eltern hatte und die Arbeit im Restaurant. So kam sie wenigstens unter Leute. Nein, glücklich konnte diese Ehe nicht gewesen sein. Trotz der zwei Kinder. Das hieß doch gar nichts. Vielleicht konnte jetzt alles nochmal von vorn anfangen. Vielleicht fand die Marie jetzt einen besseren, einen, der mehr hier hereinpasste. Am besten war eben einer, der später einmal das Restaurant übernehmen konnte. Das *Le Coq au Vin* war einfach wichtig für Lembach. Mit seinem guten Ruf wurde der Name des Ortes weit hinausgetragen. Man konnte auch wegen des Restaurants stolz auf das Dorf sein. Ja, sie hatten Jean Arnal viel zu verdanken. Er hatte aus der kleinen Dorfgaststätte ein Restaurant gemacht, das im Gault Millau stand. Immer mehr Gäste kamen, die nicht nur die Restaurants an der Route du Vin besuchten, sondern bis hierher ins Nordelsass fuhren. Sogar die Deutschen kamen immer öfter. Ein Bundeskanzler hatte zu den Stammgästen gezählt. Das *Le Coq au Vin* hatte viel aus Lembach gemacht. Sie alle hatten daran verdient, als das Nest im Tal der Sauer immer mehr aufwachte. Als man schließlich nach zwei, drei Gläsern Riesling vom Tisch aufstand, war man sich einig, dass Jean Arnal und seine Familie nun ihrer aller Unterstützung brauchten.

Peters und Lemaitre hatten während der ganzen Zeit die Trauergesellschaft und besonders die Familie Arnal beobachtet. Ab und zu schnappten sie ein Wort vom Nebentisch auf.

Der Tisch um Jean Arnal hatte sich irgendwann geleert. Der Pfarrer war gegangen, nun saß Arnal dort zusammen mit einem weiteren Mann, den Peters nicht kannte. Marie Haeberlin wurde von ihrer Mutter gerufen und die beiden Männer blieben allein.

»Was meinst du?« Jean Arnal hatte seinen Espresso ausgetrunken. Er schaute Xavier Dorémieux an. Der starrte ins Glas.

»Zufall wird es wohl nicht sein, dass er in Schönbach ermordet wurde.« Er klang bitter.

»Was hat er da drüben zu tun gehabt, frage ich mich. Frauengeschichten?«

»Vielleicht. Wir haben aber auch ein paar Kunden da drüben. Schwäger zum Beispiel, unseren alten Freund.«

»Freund? Ich weiß nicht. Geschäftspartner allenfalls.«

»Dein Schwiegersohn hat ihm oft Sonderlieferungen gebracht. Geschenke von Krusien.«

»Mit Schwäger haben wir eine Rechnung offen.«

»Lass es uns lieber vergessen.«

»Ob Pierre wusste, wie das damals mit seinem Vater gewesen war?« Arnal schaute nachdenklich über den Hof.

»Ich glaube nicht, Jean.« Dorémieux versuchte zu beruhigen.

»Und wie ist es mit den Frauen?« Arnal kam von seinem Verdacht nicht los.

»Da kann ich dir nicht helfen.« Dorémieux zuckte mit den Schultern. »Wenn einer im Außendienst ist, kann man ihn nicht kontrollieren. Ich kann nur die Leistung am Ende eines Tages oder einer Woche beurteilen – wie er dazu gekommen ist und was er alles zwischendrin gemacht hat, davon erfahre ich in der Regel nichts.« Er nahm den letzten Schluck aus seinem Glas. »Jean, du weißt doch schon lange, dass dein Schwiegersohn kein

Unschuldsengel war.« Er dachte nach. »Vielleicht kann dir Herkommer weiterhelfen.«

»Nun ja!« Arnal knetete die knotigen Hände. »Vielleicht ist es ganz gut so. Man sollte die Sache einfach ruhen lassen. Für Marie könnte es einen neuen Anfang bedeuten – und für mich ebenfalls.« Er ließ die Wasserflasche auffüllen und nahm einen großen Schluck. »Wusstest du übrigens, dass er sich selbstständig machen wollte?«

Dorémieux schüttelte verwundert den Kopf.

Arnal fuhr fort: »Irgendwann hat er mir einmal gesagt, er hätte schon eine Menge Geld zusammen. Seine Geschäfte würden gut laufen. Bald könne er sein eigener Chef sein.«

»Davon habe ich nichts gemerkt.«

»Ich habe es für eine seiner üblichen Angebereien gehalten, wenn er mir mal wieder zeigen wollte, dass er mich eigentlich nicht brauche. Dabei haben die vier ganz gut von uns mitgelebt.«

»Hast du Marie schon einmal danach gefragt? Vielleicht weiß sie etwas.«

Die beiden Männer starrten eine Weile auf die Gläser. Arnal seufzte: »Hoffentlich hat die Sache damit endgültig ein Ende.«

»Wer ist der Mann am Tisch von Arnal?«, fragte Peters Lemaitre. Sie hatten ein paar Brocken der Unterhaltung mitbekommen. Peters hatte Probleme, den elsässischen Dialekt zu verstehen. Die Namen, die fielen, hatte er gerade so mitbekommen. Irgendwie musste es um alte Geschichten gegangen sein.

»Der gehört eigentlich nach Haguenau. Dorémieux heißt er, Inhaber einer großen Handelsfirma für landwirtschaftlichen Bedarf. Er ist sozusagen der Chef von Pierre Haeberlin gewesen. Ihm gehört Agromarché.« Lemaitre zog die Augenbrauen hoch. »Warum er Arnal so gut kennt, wie es scheint, weiß ich nicht. Ich werde mich erkundigen.«

Hof und Restaurant hatten sich schon merklich geleert. Das milde Licht des Spätnachmittags warf Schatten zwischen die Gebäude. Das Personal begann, die ersten Bänke und Tische wieder in die Scheune zu tragen und das Restaurant für den Abendbetrieb zurückzubauen. Peters und Lemaitre verabschiedeten sich voneinander. Bevor er den Hof verließ, ging Peters zu Arnal hinüber.

»Monsieur Arnal, ich möchte mich Ihnen vorstellen. Ich bin Kommissar Peters aus Pirmasens. Ich untersuche den Mord an Ihrem Schwiegersohn.« Er reichte ihm die Hand. »Die Untersuchungen im Elsass führt mein Kollege Lemaitre. Aber ich wollte, dass Sie mich einmal kennengelernt haben.« Er legte die Stirn in Falten. »Es tut mir leid für Sie und Ihre Tochter.«

»Vielen Dank für Ihr Mitgefühl.« Arnal war die Höflichkeit in Person. »Ich bitte um Verständnis, manchmal habe ich das Gefühl, der Verlust, den wir erlitten haben, ist nicht so groß. Auf jeden Fall nicht für mich. Aber ich danke Ihnen für Ihre Mühe.« Er zog eine Visitenkarte aus dem Jackett. »Ich habe im Moment leider keine Zeit mehr. Es werden bald die ersten Gäste zum Abendessen da sein. Kommen Sie doch einmal mit Ihrer Frau, ich lade Sie ein.«

»Vielen Dank, sehr freundlich.« Peters verabschiedete sich. Er verließ den Hof, ging zurück in die Ortsmitte, wo er seinen Wagen abgestellt hatte, und verließ Lembach in Richtung Norden. Als er kurz hinter dem Sägewerk in den Wald eintauchte, fiel ihm Arnals letzter Satz wieder ein. »Kommen Sie doch einmal mit Ihrer Frau!«, klang es in ihm nach. Ja, vielleicht hätte er noch eine, wenn er mit der Sache damals in Kiel besser zurechtgekommen wäre. Aber am Ende war das Kind tot aufgefunden worden, er hatte es nicht verhindern können. Er hatte es ebenfalls nicht verhindern können, dass seine Ehe in die Brüche ging, als er immer öfter betrunken, aggressiv und verzweifelt war. Er konnte es verstehen, dass seine Frau eines Tages sagte, so habe es keinen Sinn mehr.

Kapitel 16

Bernd Peters und Klaus Scheller hatten die erste Runde der Befragungen abgeschlossen, die Berichte des Gerichtsmediziners und der Spurensicherung lagen vor, es war Zeit, ein Fazit zu ziehen. Jean Lemaitre hatte sie eingeladen, zu ihm nach Haguenau zu kommen. Aus Höflichkeit und Neugierde hatten sie das Angebot angenommen, auch wenn es sie nicht unbedingt reizte, von Schönbach aus zusätzlich eine Dreiviertelstunde länger im Auto zu sitzen. Der Wald und die Felder entschädigten sie für die Mühe. Die Straße führte sie durch das Sauertal an Hirschthal und Lembach vorbei bis Woerth. Hier öffnete sich die schützende Enge des Waldes und gab den Blick auf das Schlachtfeld vom 6. August 1870 frei. Im Ort lud ein Museum dazu ein, sich das Gemetzel zu vergegenwärtigen, und stellte die Frage, welchen Tod zu sterben es sich eigentlich lohnte. Es ging die Anhöhe hinauf, vorbei am Thermalbad von Morsbronn und hinunter in den Wald von Haguenau.

Das Büro von Jean Lemaitre lag in der Rue de Pfaffenhoffen, in einem jener modernen Bürogebäude, die in Frankreich nicht ansprechender gebaut worden waren als in Deutschland. Das große Hirschgeweih an der Wand hinter Lemaitres Schreibtisch ließ Peters einen Moment stutzen. Warum sollte Lemaitre eigentlich kein Jäger sein? Dennoch, zwischen den Landkarten und weißen Rollschränken wirkte der Zehnender ein wenig deplatziert.

Lemaitre hatte Peters Blick bemerkt. »Bonjour, Messieurs. Nehmen Sie Platz und sagen Sie nichts über das Geweih. Darüber ist von meinen Kollegen schon alles gesagt worden, was einem an Spott einfallen kann.« Er zeigte auf den Besprechungstisch vor dem Fenster. »Wie wäre es mit einem Kaffee?«

Scheller bedankte sich, Peters bat um einen Tee und beide nahmen Platz. Auf dem Tisch lagen ein großes Blatt Papier und einige Stifte. Zeichenstunde auf Französisch, dachte Scheller.

Lemaitre setzte sich zu ihnen. Peters verspürte das dringende Bedürfnis nach einer Zigarette. Stattdessen nahm er eine Prise vom Schnupftabak und eröffnete das Gespräch: »Vielleicht versuchen wir, der Reihe nach zusammenzutragen, was wir wissen.«

»Gestatten Sie, dass ich die wichtigsten Informationen auf der Mindmap zusammentrage?« Lemaitre nahm einen Stift in die Hand.

Scheller sah nichts auf dem Blatt und konnte sich nicht vorstellen, was er einmal dort sehen würde.

»Was wissen wir über Pierre Haeberlin?«

Scheller zählte auf: »Neununddreißig Jahre alt, verheiratet mit Marie Haeberlin, zwei Kinder, Verkaufsfahrer bei der Firma Agromarché hier in Haguenau.«

»D'accord.« Lemaitre malte in die Mitte des Blattes einen Kreis, schrieb »Pierre Haeberlin« hinein, setzte hinter den Namen ein Kreuz und trug die anderen Informationen in Abkürzungen ein.

Scheller fuhr mit einem für Peters ungewohnten Engagement fort: »Todesursache: Erschlagen durch einen scharfkantigen Gegenstand, vielleicht einen Spaten, in der Nacht von Samstag auf Sonntag. Tatort unbekannt, Fundort der Leiche neben der Kirche in Schönbach, ist nicht identisch mit dem Tatort.«

»Tatwerkzeug nicht gefunden«, ergänzte Peters.

Lemaitre notierte. »Bezugspersonen und eventuelle Mordmotive?«, fragte er ab.

»Die junge Frau des nicht mehr ganz so jungen Herrn Herkommer. Da hat eine Beziehung bestanden. Herkommer hat es geleugnet, hat sogar geleugnet, Haeberlin gekannt zu haben, aber seine Frau habe ich gestern befragt.« Scheller fingerte nach einem Bonbon in der Jacketttasche. »Ich habe sie auf dem Handy erreicht, und als ich von dem Anruf bei uns erzählte, hat sie es zugegeben. Eine ganz normale Affäre, mal im ehelichen Schlafzimmer, wenn der Mann im Büro der Schreinerei war, mal hier, mal dort, nach weiteren Details habe ich nicht gefragt.«

»Hat ihr Mann davon gewusst?«, fragte Lemaitre nach.

»Sie hat bisher immer angenommen, dass ihr Mann nichts wusste, ist sich jedoch nun nach dem Mord an Haeberlin nicht mehr so sicher. Sie hatte sich am vergangenen Freitagabend mit ihm getroffen. Er war um zehn Uhr gegangen, bevor ihr Mann vom Männerabend zurückgekommen war. Da hatte sie ihn das letzte Mal gesehen. Sie ist nun zunächst einmal zur Schwester nach Dahn gezogen.«

Lemaitre zog zwei weitere Kreise auf dem Blatt, notierte die Namen von Klaus und Franziska Herkommer, zog Verbindungslinien zu Haeberlin und notierte »Eifersucht« und »enttäuschte Liebe«.

»Wie kommen Sie da drauf?«, fragte Scheller entrüstet.

»Lediglich eine Hypothese, mon ami. Wir sollten sie überprüfen.«

»Wen kannte Haeberlin noch in Schönbach?« Peters drängte voran. Lemaitre schaute ihn ein wenig erstaunt von der Seite an. Einmal, weil Bernd Peters' Tonfall jedesmal so ganz anders klang, als er es von den deutschen Kollegen gewohnt war, und außerdem war ihm die drängende, fast hektische Art des Kollegen unangenehm. Wer langsamer geht, kommt vielleicht später zum Ziel, er muss aber nicht so weit zurücklaufen, wenn er sich verirrt haben sollte. Das war sein Prinzip.

»Ich habe auch die zweite Frau überprüft, von der der Anrufer sprach. Da ist nichts dran. Vielleicht wollte der Anrufer ihr eins auswischen. Die Frau ist erst seit Kurzem verwitwet und hat mit sich und ihren drei Kindern genug zu tun.« Scheller zuckte mit den Schultern. »Ich halte es einfach für unwahrscheinlich.«

Trotzdem zeichnete Lemaitre für sie einen Kreis, wenngleich ganz am Rande des Blattes, und zog einen dünnen Strich zu Haeberlin, den er mit einem Fragezeichen versah.

»Wen hat er beliefert?« Peters kam zum nächsten Schritt.

»Es gibt in Schönbach vier Bauern, zwei davon hat er beliefert, den Kau und den Schöller, das geht auf jeden Fall aus den Lieferlisten von Agromarché hervor.« Lemaitre zog zwei Kreise in einer zweiten Reihe und notierte die beiden Namen.

Scheller schaute aus dem Fenster. Er hatte eine äußerst attraktive Polizistin entdeckt, die seine Aufmerksamkeit für eine Weile fesselte.

Peters ergänzte: »Die beiden anderen, Fabian und Schwäger, hat er immer wieder als Kunden zu gewinnen versucht. Sie haben ihn also gekannt, aber wahrscheinlich nur selten gesehen.«

Lemaitre vermerkte diese beiden am Rand des Blattes. »Gibt es hier irgendwelche möglichen Motive?«

»Keine, die wir kennen oder zurzeit vermuten können.« Peters war sichtlich unzufrieden mit dem Stand der Ermittlungen. »Was wissen wir Weiteres über Haeberlin? Wer kommt noch infrage?«

»Da sind die Frau und die Schwiegereltern. Im Fall von Ehebruch könnte man dort weitersuchen.« Lemaitre machte weiter Notizen.

»Was ist mit seinem Chef, Dorémieux, den wir nach der Beerdigung bei Arnal gesehen haben?«

»Arnal und Dorémieux sind alte Freunde aus der Jugend. Das habe ich inzwischen herausgefunden. Der Vater von Haeberlin soll übrigens zu ihnen gehört haben, aber der ist in den Sechzigerjahren plötzlich verschwunden.« Lemaitre ordnete Dorémieux einen Platz auf dem Papier zu.

»So richtig traurig schien der alte Arnal nicht über den Tod des Schwiegersohnes zu sein, als ich mich bei ihm gestern Nachmittag vorstellte«, sagte Peters.

Die Polizistin war leider vom Hof verschwunden und Scheller hörte mit halbem Ohr wieder zu. »Der wird etwas von dessen Eskapaden gewusst haben«, sagte er, hob die Kaffeetasse an den Mund und genoss das herrliche Aroma. »Jedesmal, wenn ich in Frankreich Kaffee trinke, frage ich mich, warum die Deutschen so stolz auf den Filterkaffee sind. Der hier ist einfach besser.«

»Weit sind wir nicht!« Gedankenverloren nahm Peters eine Prise Schnupftabak in jede Nasenöffnung. »Da sind weitere Fragen, zum Beispiel nach der Tatwaffe. Inwieweit kann es uns helfen, dass es so etwas wie ein Spaten war?«

»In einem Dorf wie Schönbach hat jeder einen Garten und einen Spaten. Wir könnten alle Spaten kontrollieren lassen.« Scheller stöhnte angesichts der in Aussicht genommenen Spateneinsammelaktion. »Außerdem kann man einen Spaten durchaus verschwinden lassen. Vielleicht ist er schon in der Pirmasenser Müllverbrennungsanlage zu Fernwärme verarbeitet worden.«

»Warum hat man seine Leiche an die Kirche geschleppt und warum stand der Lieferwagen unterhalb der Kirche?« Peters wollte das Gespräch vorantreiben.

»Auf dem relativ großen Platz unterhalb der Kirche ließ sich so ein Lieferwagen bequem abstellen.« Scheller schien für alles eine passende Antwort zu haben.

»Und so ungeschickt hinstellen, dass er trotz des vielen Platzes eine Einfahrt versperrte.«

»Parken, und das in der Nacht, ist nicht jedermanns Sache.«

Die offensichtliche Lustlosigkeit des jungen Kollegen ging Peters auf die Nerven. »Ich nehme an, du hast eine genauso intelligente Erklärung für den Fundort der Leiche, Herr Scheller.«

Scheller riss sich zusammen, aber außer einer hilflosen Bewegung mit den Händen fiel ihm nichts ein.

Lemaitre mischte sich in den Disput der deutschen Kollegen ein. »Ich nehme an, dass auch in Schönbach der Friedhof hinter der Kirche liegt. Das könnte das Ziel gewesen sein.«

»Dafür spricht viel. Uns ist bei der Inaugenscheinnahme des Grabes aufgefallen, dass es ungewöhnlich tief ausgegraben war, wie für eine Doppelbelegung.«

»Inaugenscheinnahme?«, fragte Lemaitre. Er sprach zwar fließend Deutsch, doch Amtssprache war ihm fremd.

»Als wir das Grab untersucht haben«, erklärte Peters.

»Es gibt kaum ein besseres Versteck für eine Leiche als ein Grab«, sagte Lemaitre nachdenklich.

»Wer wusste davon?« Scheller war wohl wieder wach geworden.

»Die Pfarrerin, der Totengräber, die Angehörigen, der Bestattungsunternehmer, die Angestellten der Gemeindeverwaltung.«

Peters zählte auf. »Und all diejenigen, die am Samstag auf dem Friedhof waren und das offene Grab gesehen haben.«

»Keine kleine Auswahl!« Scheller schien wieder von Mutlosigkeit überfallen zu werden.

»Also, fangen wir an!« Peters war aufgestanden. Sein Bass erfüllte das Büro von Lemaitre. »Scheller, ich befrage nochmal die Pfarrerin, und du bekommst heraus, wer der Totengräber ist. Um dreizehn Uhr treffen wir uns in der Pizzeria in Schönbach.« Scheller konnte sich ein Grinsen nicht verkneifen, als er die Aufgabenverteilung hörte.

»Ich könnte die Sache mit der Pfarrerin übernehmen, wenn dir das lieber ist, Chef.« Er erntete einen Blick, der eine Antwort erübrigte.

»Vielen Dank, Monsieur Lemaitre, für Ihre Unterstützung«, sagte Peters. »Es könnte uns helfen, wenn Sie sich weiter um Arnal und Dorémieux kümmern. Vielleicht tut sich da noch etwas auf.« Mit all dem ihm zur Verfügung stehenden Charme schloss er die Bitte an: »Wenn Sie mir eine Kopie des Blattes mitgeben könnten, wäre ich Ihnen dankbar.«

Kapitel 17

Barbara Fouquet war eigentlich mehr erfreut als überrascht, als Bernd Peters gleich nach der Bestattung von Haeberlin bei ihr angerufen und um ein neues Treffen gebeten hatte. Als sie ihm dann vorschlug, sich am nächsten Abend im Flughafenrestaurant zu treffen, hatte er etwas konsterniert reagiert.

»Flughafenrestaurant? In Frankfurt oder Straßburg?«

»Nein, nein, gleich hier um die Ecke«, hatte sie geantwortet und hinzugefügt: »Ich gebe zu, Flughafenrestaurant klingt etwas großspurig. Es ist eine nette kleine Gaststätte am Sportflughafen auf dem Weg nach Nothweiler.«

Bernd Peters wäre nicht auf die Idee gekommen, dass es in Schönbach einen Flugplatz gäbe. Bei der Fahrt dorthin war er allerdings dankbar, dass er sich beim letzten Autokauf für eine hochbeinige Kombilimousine mit Allradantrieb entschieden hatte. Von einem ausgefahrenen Waldweg zu sprechen, wäre schlichtweg euphemistisch gewesen. Nach einem kräftigen Regenguss hätte sogar der Allradantrieb nicht weitergeholfen. Die Abfahrt von der Straße, die nach Nothweiler führte, war schwer zu finden; seine ortskundige Beifahrerin zeigte ihm früh genug den kleinen Waldweg. Als der dann in einen Feldweg überging und sich das Feld durch die Markierungen zu beiden Seiten als Start- und Landebahn entpuppte, wollte Peters angesichts des plötzlich auftauchenden Flugzeugs am liebsten umkehren. Aber der Weg war schmal und das landende Flugzeug kam mit einer so beachtlichen Geschwindigkeit angeflogen, dass er die Flucht nach vorn antrat. Er gab Gas. In der Nähe der kleinen Gaststätte, die nun vor seinen Augen auftauchte, suchte er einen schattigen Parkplatz.

Das Restaurant am Sportflugplatz auf dem Söller oberhalb von Schönbach war nur zweimal in der Woche geöffnet, am Mittwochabend und am Wochenende. Es war beliebt, trotzdem fanden sich bei der mühsamen Anfahrt nicht jeden Tag Gäste ein. Außerdem bewirtschaftete die Familie Höh neben der Gaststätte einen Tante-Emma-Laden in Bundenthal. Oma Höhs Kochkünste waren in der näheren Umgebung durchaus bekannt, und mancher Feriengast nahm einen guten Nachgeschmack mit nach Hause, nachdem er den Weg hierher gefunden hatte.

Barbara Fouquet hatte das ideale Ziel für einen Sommerabend ausgesucht. Starts und Landungen konnte man heute Abend allerdings nur wenige beobachten. Das meiste passierte am Sonntag, wenn die Hobbyflieger der Gegend ihre Maschinen spazieren flogen und die Feriengäste für verhältnismäßig wenig Geld einen Rundflug über das schöne Felsenland buchen konnten. Dann sahen sie den Drei-Burgen-Wanderweg, den sie am Tag zuvor gegangen waren, aus der Vogelperspektive, die Badeseen mit den Campingplätzen und die Weiher in den Dörfern. Wenn der Maimont überflogen wurde, ließ sich der alte Keltenwall erahnen. Die Grenze zwischen Deutschland und Frankreich jedoch, die sich durch die Gegend zog, konnte man nicht sehen. Wer es wusste, erkannte die ehemaligen Wohnhäuser für die Zollbeamten, die sich in fast jedem Ort fanden. Einheitsarchitektur der Nachkriegszeit, die jetzt denen als Wohnung diente, die sonst keine fanden.

Barbara Fouquet freute sich. Eine Einladung von einem Mann hatte sie in den fünf Jahren, die sie nun auf der Pfarrstelle in Schönbach war, keine erhalten. Als Studentin waren es manchmal fast zu viele gewesen, auch als Vikarin hatte man sie umworben. Als Pfarrerin dagegen schien sie ein Wesen von einem anderen Stern zu sein, umgeben von der Unberührbarkeit einer Nonne. Männliche Anmache musste sie schon manches Mal erdulden, wenn irgendwelche Kerle ihre Probleme mit Frauen an ihr abarbeiteten. Aber so ein zaghaftes Werben wie das von Kommissar Peters, das war mit ihrer Ernennung zur Pfarrerin abhandengekommen. Dann sah der Mann sogar noch gut aus. Nur sein Dialekt war wirklich gewöhnungsbedürftig.

Traue keinem Mann, den du dir nicht selbst erzogen hast. Den Spruch aus der Generation ihrer Mutter wurde sie wohl nie los. Immer wenn sie einen Mann kennenlernte, drängte er sich ins Bewusstsein und säte Misstrauen. Vielleicht war das Interesse von Bernd Peters doch vorwiegend ein berufliches. Dass Pfarrerinnen die Menschen ihrer Gemeinde gut kannten, sollte sich bis zu den Kriminalkommissariaten herumgesprochen haben. Außerdem war der Tote neben der Kirche gefunden worden – und zwar von ihr. Was lag da näher als ein intensives Verhör der Pfarrerin, die vielleicht an so einem lauen Sommerabend und bei einem Glas Weizenbier, wie es inzwischen vor beiden stand, weitaus gesprächiger sein würde als in der drückenden Schwüle ihres Amtszimmers oder der stickigen Luft eines Polizeibüros in Pirmasens?

Bernd Peters und Barbara Fouquet hatten auf der Terrasse des Holzgebäudes Platz genommen. Lediglich das Fundament des

Hauses war aus Beton, der Rest war komplett aus hellem Fichtenholz gezimmert. Das Haus passte gut auf die riesige Wiese. Nach mehr sah der Flugplatz auf den ersten Blick nicht aus. Auf der anderen Seite des Geländes stand ein Hangar für drei oder vier Flugzeuge, einer aus Wellblech, wie sie sich ähnlich in den Depots der Amerikaner befanden. Die hatten solche Bauten nach dem Krieg in den Wäldern an der Grenze errichtet und vor einigen Jahren verlassen. Nicht weit vom Restaurant war der Tower, ein rundum verglaster Aussichtsturm, nicht viel höher als die Sitze der Schiedsrichter bei Tennisspielen, von außen mit einer Leiter zugänglich, an drei Seiten mit Lautsprechern versehen. Die Gaststätte selbst bestand aus einem länglichen Raum für vielleicht fünfzig Personen, hinter der Theke konnte man durch eine Öffnung in die Küche sehen, die überdachte Außenterrasse zog sich über die ganze Länge des Gebäudes hin. Es waren erst drei Tische besetzt, aber ein weiteres Fahrzeug näherte sich bereits über den Feldweg, der die Landebahn durchschnitt.

An einem Verhör schien Kommissar Peters gar nicht interessiert. Zunächst einmal erzählte er von seinem letzten Fall und dem zurückliegenden Urlaub und schaute zwischendrin immer wieder minutenlang über die Bergketten des Pfälzerwaldes, deren Konturen sich in der niedrig stehenden Abendsonne immer schärfer abzeichneten. Barbara Fouquet hörte einfach zu. Einerseits konnte sie das gut, denn es war ein wichtiger Teil ihres Berufes, und sie hatte gelernt hinzuhören, ohne zu allem gleich ihre Meinung sagen zu müssen. Andererseits erfuhr man von einem Menschen am meisten, wenn man ihm einfach zuhörte. So lernte sie in einer halben Stunde Bernd Peters als einen Mann kennen, der seinen Beruf bei aller Belastung, die er immer wieder für ihn bedeutete, liebte, der den Tieren und den Pflanzen manchmal mehr zu trauen schien als den Menschen, der gerne allein war und doch nach der Nähe eines Menschen zu suchen schien.

»Gestern Nachmittag war ich in Lembach«, wechselte er plötzlich das Thema. »Ich hatte mich mit Kommissar Lemaitre aus Wissembourg verabredet und wir waren zur Familie von Pierre Haeberlin gegangen. Er war verheiratet und hat zwei Kinder hinterlassen. Das machte es uns nicht gerade leichter. Die Frau wohnt mit den Kindern in einem Haus im Neubaugebiet. Ihr Elternhaus ist das *Le Coq au Vin*, eine der besten Adressen im Nordelsass.« Er schob genussvoll die Lippen vor. »Da könnte man ebenfalls einmal essen gehen.« Dann eine kleine Pause. »In dem Restaurant haben wir schließlich auch Marie Haeberlin getroffen. Sie arbeitet dort bei ihren Eltern. Es hat sie schrecklich mitgenommen.«

Der Mord an der Kirche in Schönbach hatte Bernd Peters eingeholt. Bei Barbara Fouquet kam wieder der Verdacht auf, dass es doch um so etwas wie ein Verhör gehe.

»Soll das nun ein Verhör beim Sonnenuntergang werden?«, fragte sie ihn deshalb. »Wiege die Pfarrerin in der Stimmung einer lauen Sommernacht, und sie wird dir schon sagen, was sie weiß. Ist das Ihr Plan?«

Bernd Peters merkte, dass er etwas falsch gemacht hatte, nur was, das war ihm nicht klar. »Nein, ich will kein Verhör führen. Obwohl Sie mir sicher mit so manchem helfen könnten, was Sie wissen. Schließlich kennen Sie die Leute recht gut.« Er holte die Schnupftabakdose heraus und nahm eine Prise. »Darüber müssen wir jetzt aber nicht reden. Erzählen Sie mir etwas über sich. Was hat Sie hierher verschlagen, wo sich Luchs und Fledermaus Gute Nacht sagen?«

»Das war eine Entscheidung der Kirchenleitung. Wenn man das Vikariat abgeschlossen hat und zur Pfarrerin ernannt wird, wird man zwar gefragt, wo man gerne arbeiten möchte. Man darf jedoch nicht damit rechnen, dass darauf tatsächlich Rücksicht genommen wird. Auf die Pfarrstelle hier hatte sich in den letzten dreißig Jahren bei allen Ausschreibungen nie jemand gemeldet. Also wurde immer jemand geschickt, den man schicken konnte.« Sie schaute über die Bergketten. »Mir gefällt es hier. Die Menschen sind viel herzlicher und offener, als man ihnen nachsagt. Vielleicht gerade deshalb, weil sie wissen, dass das hier für manche das Ende der Welt ist. Dann hat der Fremdenverkehr sicher einiges verändert. Wer möchte, dass Fremde in der eigenen Gegend Urlaub machen, darf nicht verschlossen sein. Außerdem entwickelt sich dieses Ende der Welt seit der Öffnung der Grenze zu Frankreich schon eher zum Mittelpunkt Europas.« Sie lächelte. »Das wollen natürlich viele gerne sein. Also kurz gesagt: Die Gegend ist wunderschön, die Menschen sind nett. Was will man mehr. Nur dass meine Freunde etwas weit weg wohnen, das gefällt mir nicht.«

Bernd Peters sagte gar nichts. Er schien sich an den Sommersprossen und dem rötlichen Ton ihrer Haare festgeguckt zu haben. Er hätte gern mehr über die Frau erfahren, die so selbstbewusst und zugleich sensibel auf ihn wirkte.

»Wie ist eigentlich der Job einer Pfarrerin?«, fragte er deshalb.

»Ich würde sagen, dass wir als Pfarrerinnen und Pfarrer die Leute oft verunsichern, weil wir so was wie die fleischgewordene Gretchenfrage sind. Die bekommt man nicht gerne gestellt.«

Peters runzelte die Stirn: »Die was? Was für eine Frage?«

»Na ja, die Frage, die Gretchen an Faust stellt: Wie hältst du es mit der Religion? Wir sind ja so etwas wie sichtbare Vertreter von Religion. Wer uns sieht, dem fällt ein: Ach, da war ja noch was.«

»Wo ist das Problem?«, fragte er.

»Nun ja, die Sache mit der Religion ist keine einfache. Da schauen die meisten Menschen, dass sie um eine Antwort herumkommen.«

»Es kann sie ja wohl niemand zwingen, sich der Frage zu stellen«, sagte Peters. »Für manche ist das gar keine Frage. Denen ist es egal oder sie haben die Frage längst beantwortet und denken, das ist alles Humbug mit der Religion, erst recht mit der Kirche, welche es auch immer ist.«

»Ich finde es wichtig, dass man sich dieser Frage stellt.«

»Das dürfen Sie gerne. Sie dürfen nur nicht von den anderen erwarten, dass sie es genauso sehen. Ich finde die Leute schrecklich, die in der Fußgängerzone stehen mit Schildern wie *Jesus liebt dich* oder *Jesus hat dich gerettet*. Da wird mir förmlich übel.

Ich denke, meine Seele geht keinen anderen Menschen etwas an – ob ich sie Gott verschreibe oder dem Teufel oder ob ich sie lieber für mich behalte, weil ich weder an Gott noch den Teufel glaube.«

Peters war bei den letzten Worten deutlich lauter geworden. Dann fügte er leiser hinzu: »Das ist nicht gegen Sie gerichtet. Ich finde einfach, jeder sollte nach der eigenen Fasson selig und vor dem missionarischen Eifer anderer geschützt werden.«

»Ich habe mir den Beruf ausgesucht, weil Gott mir wichtig ist und ich meine, dass ein Mensch, der auf Gott vertraut, mehr vom Leben hat.«

»Das dürfen Sie ja. Das stört mich gar nicht.« Peters lächelte sein charmantestes Lächeln und hoffte, damit das Thema beenden zu können.

Barbara Fouquet schaute ihn lange an, lächelte dann ebenfalls und sagte: »Ich habe verstanden. Themenwechsel! Also lassen Sie uns ruhig über Ihren neuesten Fall und die Menschen hier reden.« Sie nahm einen Schluck vom Weizenbier. »Mir steckt der Anblick des Toten in den Hortensienbüschen immer noch in den Knochen. Ich möchte gerne wissen, wer das getan hat.« Sie lehnte sich entspannt zurück. »Außerdem muss ich Ihnen erzählen, was ich in der Bäckerei, dem Hauptumschlagplatz für Informationen unseres Dorfes, erfahren habe.«

Eigentlich wollte Bernd Peters heute Abend nicht über den Mord reden. Die Frau, die ihm gegenübersaß, war ihm im Moment wichtiger als der Fall. Aber er war ja selbst schuld daran. Schließlich hatte er damit angefangen. »Na, dann schießen Sie mal los«, sagte er deshalb und konnte dabei nicht ganz die Enttäuschung in der Stimme verbergen.

»Pierre Haeberlin war tatsächlich nicht ganz der brave Familienvater, den manche in ihm gesehen haben«, sagte Barbara Fouquet. »Zwar ist er nicht jedem Rock hinterhergelaufen, jedoch einigen, nicht nur dem von Franziska Herkommer. Er hat im Übrigen keinen Unterschied zwischen verheirateten und nicht verheirateten Frauen gemacht. Also, wenn Sie nach einem Motiv suchen, fangen Sie meiner Meinung nach am besten bei den Ehemännern an.«

»Das haben wir schon getan«, erwiderte Bernd Peters. »Ein Anrufer hat uns zwei Namen genannt, mein Kollege Scheller ist dem nachgegangen. Vielleicht war das ein guter Hinweis. Haben Sie etwas Konkretes gehört?«

»Nein, tut mir leid. Haben Sie eigentlich beim Besuch seiner Familie etwas in dieser Hinsicht erfahren?«

»Nun, wir waren wirklich nicht lange bei Frau Haeberlin und den Arnals, ihren Eltern. Ich setze auf meinen Kollegen Lemaitre. Er will drüben weitermachen. Es ist mir wichtig, ihn einzubeziehen. Wenn ein Franzose in Deutschland umgebracht wird, hat das schon eine gewisse Brisanz. Der Krieg ist zwar lange vorbei – doch in mancher Seele schlummern noch ganz tief die alten Vorurteile.«

»Wenn es ein Deutscher war! Sind Sie sich da so sicher?«

»Sicher bin ich mir erst, wenn wir den Mörder überführt haben.«

»Oder die Mörderin!«

»Oder die Mörderin«, wiederholte Peters, »Sie haben völlig recht. Wir untersuchen in alle Richtungen.«

Als das bestellte Essen serviert wurde, wechselten sie das Thema, und gegen zehn Uhr fuhr Bernd Peters Barbara Fouquet nach Hause, um dann die nächtliche Bundesstraße nach Pirmasens zu nehmen.

Gegen elf Uhr traf er in seiner Zweizimmerwohnung ein. Eigentlich wollte er sich schon seit einiger Zeit eine neue Wohnung suchen, eine etwas größere vielleicht, eine, die nicht in einem Hochhaus lag, wo man sich nicht kannte. Es gab so schöne Straßen in der Stadt, von der man sagte, sie sei wie Rom auf sieben Hügeln erbaut. Nun ja, ein bisschen besser gefiel ihm Rom schon, aber er fühlte sich inzwischen ganz wohl in Pirmasens. Vielleicht hatte er sich nicht von dieser Wohnung trennen können, weil er aus dem zwölften Stock einen wunderbaren Blick auf die Stadt hatte. Jetzt, in der Nacht, lag ein Lichtermeer vor ihm, in dem er schon einige Straßen und den Exerzierplatz in der Mitte identifizieren konnte.

Er holte sich ein Bier aus dem Schrank, suchte nach einer Nachrichtensendung im Fernsehen und nahm sich eine der Segelzeitschriften vor. In den Nachrichten ging es um den Wahlkampf in einem der Bundesländer, Verunreinigungen von Getreide durch Herbizide, den Untergang einer Fähre in Indien und die aktuelle Beliebtheitsskala der führenden Politiker. Peters verzichtete auf den Wetterbericht, der ihn sonst immer bis zum Ende der Nachrichten vor dem Fernseher hielt. Lieber widmete er sich dem Test eines Katamarans in der Zeitschrift und dem Bericht über eine Segeltour vor der portugiesischen Küste. Das Segeln war etwas, das er wirklich vermisste. Hier konnte man nur mit kleinen Booten auf kleinen Seen fahren. Ob sie sich fürs Segeln begeistern könnte? Hier in der Gegend konnte man vor allem wandern. Oder fliegen. Spaß machen würde ihm beides – mit ihr.

Kapitel 18

Den Morgen begann Alfred von Boyen wie fast jeden Tag. Er trat auf die Wiese vor dem Haus und ging Kyu-Do, den Weg des Bogens. Nach dem Frühstück stieg er die Treppe ins Dachgeschoss hoch, zog sich ins Arbeitszimmer zurück und las einen Abschnitt der Bibel. Er hatte die morgendliche Übung erst kurz nach dem Tod seiner Frau begonnen und lang Verschüttetes in sich entdeckt. Erinnerungen aus der Kindheit und Jugend stiegen in ihm auf, das Glaubensleben der Tante, die ihn wie selbstverständlich daran teilnehmen ließ, der Religionsunterricht, die Zeit der Konfirmandenstunden, die Gespräche mit dem Pfarrer auf der Wanderung nach der Konfirmation. All das hatte einen Platz weit hinten in seinem Kopf gefunden, doch wohl immer mitgeredet wie eine leise Stimme aus dem Hintergrund, wenn er Entscheidungen zu fällen hatte. Im Vordergrund standen die Geschichtswissenschaft, der persönliche Ehrgeiz, der Gestaltungswille, das Interesse an der Politik und der Diplomatie. In der Regel fragte er sich nicht, warum er so und nicht anders entschied, worin seine Werte verankert waren. Im Mund führte er gelegentlich die UNO-Menschenrechtsdeklaration, kaum jemals die Bibel, und wenn, dann nur als Bildungsgut, aus dem man einige Zitate parat haben musste, wenn man als gebildeter Mensch gelten wollte.

Es hatte schon einmal einen Scheideweg in seinem Leben gegeben, einen, den er bewusst angegangen war. Damals in New York, da hatte ihm ein Kyu-Do-Meister geholfen, den richtigen Weg für sich selbst zu finden. Er entdeckte seine innere Stimme und ging den Weg, den er für seinen Weg hielt. Nach dem Tod seiner Frau stellte sich ihm wieder die Frage nach der inneren Stimme, und er wollte wissen, woher sie kam, was für eine Stimme das war. Dann hatte er gemerkt, wovon sie sich nährte, und entschieden, ihr neue Nahrung zu geben und sie zu kräftigen.

Er stellte die Bibel wieder in das kleine Regal neben dem Sessel. Die Worte aus dem ersten Petrusbrief klangen in ihm nach: »Kann euch überhaupt jemand Böses antun, wenn ihr euch mit ganzer Hingabe darum bemüht, das Gute zu tun? Wenn ihr aber trotzdem leiden müsst, weil ihr tut, was Gott will, dürft ihr euch glücklich preisen. Habt keine Angst vor Menschen, lasst euch nicht erschrecken.« Nein, Angst vor Menschen hatte er nicht, hatte er im Laufe der Zeit immer weniger gehabt. Dennoch – war das so einfach? Konnte man den ersten Satz herumdrehen, stimmte er dann noch? Wie war das, hatten diejenigen, denen man Böses angetan hatte, sich nicht bemüht, das Gute zu tun? Konnte nur der vor Bösem sicher sein, der sich mit ganzer Hingabe bemühte, Gutes zu tun? Hatte Katarina sich nicht genug bemüht, musste sie deshalb an der Allergie sterben? Hatten die Menschen im Kosovo sich nicht genug bemüht, mussten sie deshalb leiden und sterben? Das alte Leiden an der Ungerechtigkeit auf der Welt bohrte in ihm. Nein, mit Schuld hatte das nichts zu tun, nichts mit irgendeiner Schuld der Opfer, wohl aber mit einer

Schuld der Täter, und er hatte keine Angst, sich ihnen entgegenzustellen.

Von Boyen ging an den Schreibtisch, schaltete den Computer an, sortierte die Notizen und begann mit der Arbeit an seinem Buch. Immer noch vertraute er auf die Macht des Wortes und der Einsicht. Er hatte erlebt, was das böse Wort anrichten konnte, wie Menschen zu blindem Fanatismus aufgeputscht wurden. Er hatte ebenfalls erfahren, was beharrliches Verhandeln und Überzeugen erreichen konnten. Er sah, was die Feindbilder in den Köpfen der Menschen anrichteten, und war überzeugt, dass sie durch neue Bilder ersetzt werden mussten. Dazu wollte er seinen Beitrag leisten, er wollte den Menschen auf dem Balkan aufzeigen, was sie bei aller Unterschiedlichkeit der Religion und der Kultur miteinander verband. Er wollte die Geschichte neu schreiben, aus einer Geschichte der Kriege und Auseinandersetzungen eine Geschichte des Zusammenlebens und Voneinanderlernens machen, er wollte einen Perspektivwechsel herbeiführen, mit herbeiführen.

Gegen Mittag klingelte das Telefon. Didier Frank meldete sich aus Straßburg: »Bonjour, cher ami. Comment ça va? Ich lege Ihnen gleich einige Blätter aufs Fax, darin haben wir zusammengestellt, was wir über Comcoop erfahren konnten. Ich glaube, es ist interessant für Sie, vor allem, weil der Inhaber eine weitere Firma in Frankfurt besitzt und es einen intensiven Warenaustausch zwischen den beiden Firmen gibt.«

Didier Frank redete wie ein Wasserfall. Von Boyen konnte ihm kaum folgen. »Wenn Sie ein Stück weiter sind, rufen Sie mich doch an. Ich befürchte, es wird notwendig sein, die beiden Firmen auch von unserer Seite etwas intensiver unter die Lupe zu nehmen. Mit den Subventionen im Agrarbereich machen manche ein gutes, aber nicht ganz legales Geschäft. So viel für heute. Tut mir leid, lieber Freund, leider habe ich im Moment nicht viel Zeit. Adieu.«

Von Boyen blieb keine Gelegenheit, sich zu bedanken, so schnell hatte Didier Frank aufgelegt. Sekunden später setzte sich das Faxgerät in Bewegung und spuckte einige bedruckte Blätter aus. Von Boyen speicherte die geöffneten Dateien im Computer ab und zog sich an den Esszimmertisch zurück, um die Papiere genauer anzusehen. Die beiden Firmen in Straßburg und Frankfurt am Main waren tatsächlich recht ähnlich strukturiert. Auffallend war außerdem, dass sie einen nicht unbeträchtlichen Anteil ihres Umsatzes miteinander machten. Zwar wanderten selten genau dieselben Mengen an Futter- oder Düngemitteln hin und her, jedoch häufig dieselben Produkte.

Von Boyen schaute sich die Umsätze der letzten vier Wochen genauer an. Er suchte nach den Futtermitteln, die an Agromarché in Haguenau geliefert worden waren, und entdeckte sie als Ausgang von Comcoop in Straßburg. Er fand sie aber nicht auf der Eingangsseite. Sie konnten jedoch nicht dort hergestellt worden sein, nirgends war in den Unterlagen von Produktion die Rede, lediglich von Handel. Die Futtermittel waren auch nicht aus Frankfurt gekommen. Comcoop hatte zwar Futtermittel von der Firma Norport in Frankfurt im fraglichen Zeitraum bezogen, die waren jedoch deutlich anders deklariert. Die Futtermittel hatten entweder schon sehr lange in Straßburg gelagert, sodass ihr Eingang auf den Unterlagen noch nicht verzeichnet war, oder sie waren aus dem Nichts aufgetaucht, eine moderne Variante der *creatio ex nihilo*.

Er hatte bisher gehofft, das Futter bis an den Produktionsort zurückverfolgen zu können. Er war sich nicht mehr sicher, ob das möglich sein würde. Er würde parallel einen zweiten Weg gehen müssen. Dazu brauchte er eine Probe der Futtermittel, die bei Kurt Schwäger auf dem Hof lagen. Gegen Abend wollte er nochmals zu ihm gehen.

Als Alfred von Boyen auf Kurt Schwägers Hof eintraf, lag der bereits in der Gerichtsmedizin.

Es war Bernd Peters nichts anderes übriggeblieben, als sein Lieblingsbild von der Wand des Büros zu nehmen, um Platz für Lemaitres Zeichnung zu bekommen. Das Foto vom Büsumer Hafen stand nun an die Wand gelehnt auf dem Boden. Wie oft war er nach der Schule zum Hafen gegangen, um nach den Schiffen zu sehen. Um die Mittagszeit waren die Fische und Krabben längst ausgeladen, die Decks der Kutter wurden mit scharfem Wasserstrahl bearbeitet, um alle Reste vom nächtlichen Fang in das Hafenbecken zu spülen. Er liebte den Geruch nach Fisch und Teerfarbe und Dieseldampf, das Geklimper der Drähte an den Fahnenmasten unter dem Schreien der Möwen und den Blick aus dem Hafen hinaus auf das freie Meer. Das fehlte ihm in der Pfalz, aber es war seine Entscheidung gewesen. Vielleicht würde es ihm gelingen, vom Küsten- zum Waldbewohner zu mutieren.

Die Zeichnung Lemaitres hatte sich verändert. Ein dicker Faserschreiber hob den Kreis um den Namen Kurt Schwäger deutlich heraus und das dazugehörige Fragezeichen war dick markiert. Außerdem hatte er ein Kreuz hinter Schwägers Namen gesetzt. Peters saß allein im Büro. In keinem anderen Zimmer der Polizeidirektion brannte jetzt am Abend noch Licht, nur die Pforte war besetzt.

Er hatte sich mit Scheller zum Mittagessen getroffen. Die Pizza hatte ihm nicht geschmeckt. Das musste gar nicht am Koch liegen, der vor den Gästen schwungvoll die Teigplatte über sich kreisen ließ, bis sie die richtige Größe und Dicke hatte, um sie dann zu belegen und in den Ofen zu schieben. Wenn er in einem Fall nicht weiterkam, hatte er einfach keinen richtigen Hunger. Scheller allerdings verspeiste unbekümmert den Rest von Peters' Pizza, bevor sie sich auf den Weg zum Totengräber von Schönbach machten.

Es wäre besser gewesen, wenn Scheller nicht so viel gegessen hätte, denn der Geruch, der ihnen im Stall von Kurt Schwäger entgegenschlug, war bestialisch. Scheller wurde übel. Sie waren zu dem Gehöft gefahren, hatten mehrfach erfolglos geklingelt und schließlich den Hof betreten. Die Kälber im Stall brüllten unruhig, also suchten sie weiter und gingen in Richtung Stall.

»Vielleicht hat er das Vieh heute noch nicht gefüttert.« Scheller kannte das Brüllen der Tiere. Er war in einem Dorf der Gegend aufgewachsen. Auf solche Weise forderten die Tiere ihr Recht ein, sei es das Füttern oder das Melken. Manchmal hatte er diese Laute abends vom Nachbarhof gehört. Die Nachbarn waren bekannt dafür, dass sie sich allzu oft einen Dreck um die Bedürfnisse der Tiere scherten. Einmal rief jemand aus dem Dorf die Polizei, ein anderes Mal alarmierte jemand das Veterinäramt. Das alles brachte letztlich jedoch nichts. Erst als der Gemeinderat sich mit der Angelegenheit beschäftigte und der Druck im Dorf größer wurde, wurde das abendliche Brüllen der Tiere seltener.

Sie näherten sich vorsichtig dem Stall und öffneten das große Tor. Es ließ sich nur schwer bewegen. Die Angeln waren schon lange nicht mehr gefettet worden und ganz rostig. Der Griff am Tor war abgebrochen. Einzelne Bretter waren morsch und löchrig und gaben einen Blick ins Innere frei. Zugleich ließen sie den Gestank hinaus. Man konnte schon von außen sehen, dass das trübe Stalllicht an war. Als sie das Tor laut knarrend öffneten, nahm das Brüllen der Tiere zu. Sie hofften offenbar darauf, endlich etwas zu fressen zu bekommen.

Schwäger hatte die Tiere wahrscheinlich seit Donnerstagvormittag nicht mehr gefüttert. Sie entdeckten ihn, nachdem sie wenige Schritte in die Hitze des Stalls gegangen waren. Er lag mit dem Gesicht in der Jauche und war von Fliegen übersät. Der Geruch der einsetzenden Verwesung vermischte sich mit dem Gestank aus den Pfützen und dem Schweiß der Tiere. Scheller fasste sich mit einer Hand vors Gesicht und lief hinaus.

Lebensrettende Sofortmaßnahmen waren bei dem Mann, der dort vor Peters im Dreck des Stalles lag, nicht mehr möglich. Der Gestank und die Insekten sprachen eine deutliche Sprache. Peters rief sofort die Spurensicherung an. Doch was sollte er mit den Tieren machen?

Er ging hinaus zu Scheller, der seinen Magen auf den Misthaufen geleert hatte. »Was machen wir mit den armen Viechern? Kannst du füttern?«

»Nur theoretisch. Ich habe ein paarmal zugesehen, kann das aber nicht wirklich.«

»Dann such jemanden, der es kann! Das ist ja nicht mit anzusehen.«

Scheller machte sich auf den Weg zum nächsten Hof am Ende der Straße. Peters versuchte, das Tor des Stalles weit zu öffnen, um Hitze und Gestank hinauszulassen. Es gelang ihm nur mit Mühe. Dann schaute er sich den Mann, der dort in der stinkenden Pfütze lag, näher an.

Es sprach einiges dafür, dass er nicht verunglückt war. Im Stall gab es Spuren, die von einem Kampf zweier Menschen herrühren konnten, bei der Unordnung, die dort sowieso herrschte, war das allerdings keine sichere Annahme. Der Mann war vielleicht an der Jauche erstickt, daneben wies er Verletzungen auf, die von Schlägen herrühren konnten. Das Blut auf dem Hinterkopf war schwarz und diente den Fliegen als Mahlzeit.

Peters wartete am Tor des Stalls. Nach wenigen Minuten kam Scheller mit einem Mann angelaufen, der sich mit dem Namen Fabian vorstellte.

»Könnten Sie die Tiere füttern?«, fragte Peters.

Bauer Fabian starrte auf den Toten. »Ist das der Schwäger?«

»Wir vermuten es, aber im Moment wollen wir ihn nicht anrühren, bis die Spurensicherung gekommen ist. Also bitte seien Sie vorsichtig beim Füttern.«

»Ich kann von hinten an die Tiere herangehen. Dann muss ich gar nicht in den Mittelgang«, sagte Fabian und machte sich an die Arbeit, nicht ohne erneut einen entsetzten Blick auf den Toten zu werfen.

Es dauerte eine gute Stunde, bis die Spurensicherung ankam. Peters und Scheller hatten das Stalltor wieder geschlossen, um möglichst wenig Aufmerksamkeit im Dorf zu erregen.

Als die Kollegen aus Pirmasens eintrafen, war Fabian mit der Arbeit fast fertig und wollte sich verabschieden.

»Vielen Dank«, sagte Scheller zu ihm. »Wenn es möglich ist, erzählen Sie erst einmal niemandem etwas über das, was sie hier gesehen haben.«

Dann wird es in einer halben Stunde das ganze Dorf wissen, dachte Peters.

Die Mitarbeiter der Spurensicherung stöhnten auf, als sie den Tatort sahen. »Was sollen wir denn hier sichern?«, fragte der Leiter der Gruppe. »Und wo sollen wir anfangen?«

»Konzentrieren Sie sich auf den Mittelgang. Das andere können Sie vernachlässigen. Wir sollten den Hof absperren. Vielleicht müssen Sie später noch andere Bereiche des Stalls untersuchen«, sagte Peters.

»Was machen wir mit den Tieren?«, fragte Scheller.

»Das überlass ich deinem Einfallsreichtum«, antwortete Peters. »Du wirst schon eine Lösung finden.«

Am Abend waren die Tiere untergebracht und die Spuren gesichert, soweit das überhaupt möglich war. Die Auswertung würde mindestens vierundzwanzig Stunden dauern. Der Hof wurde abgesperrt und sicherheitshalber eine Wache aufgestellt, vor allem wegen der Neugierigen, die sich im Laufe des Nachmittags auf der Straße eingefunden hatten. Peters und Scheller blieb nichts anderes übrig, als zunächst einen Mord anzunehmen und der naheliegenden Frage nachzugehen, was Mord eins mit einem eventuellen Mord zwei zu tun haben könnte.

Peters hatte Scheller nach Hause geschickt. Am nächsten Morgen um neun Uhr mussten sie weitermachen. Er selbst setzte sich ins Büro vor die Mindmap von Lemaitre und dachte nach. Pierre Haeberlin und Kurt Schwäger hatten sich gekannt. Pierre Haeberlin hatte immer versucht, ihn als Kunden von Agromarché zu gewinnen, dazu war es aber nicht gekommen, hatte Schwäger ausgesagt. Ein bisschen wenig an Beziehung, wenn die Aussagen Schwägers stimmten, falls er nicht bewusst seine Beziehung zu Haeberlin heruntergespielt hatte, um nicht in den Verdacht zu kommen, etwas mit dem Mord an ihm zu tun zu haben. Außerdem war Schwäger der Totengräber, einer von denen, die sie befragen wollten, weil Lemaitre die Idee gehabt hatte, man habe die Leiche von Haeberlin in einem Grab verstecken wollen. Zudem vermuteten sie als Tatwaffe einen Spaten, sozusagen das Handwerkszeug eines Totengräbers. Vielleicht führte sie der zweite Tote auf eine Spur für den ersten Mord, oder er sollte sie verschleiern.

Peters machte das Licht aus und verließ die Polizeidirektion. In seiner tristen Zweizimmerwohnung auf einem der sieben Hügel von Pirmasens überfielen ihn am späten Abend die Schatten der Vergangenheit, die er erfolglos mit Bier und Schnaps aufzuhellen versuchte.

Kapitel 19

Peters bemerkte es schon in dem Moment, als der junge Kollege das Büro betrat. Der Morgenmuffel Scheller war von einer auffallenden Beschwingtheit umgeben. Statt lustlos unter sich zu schauen wie sonst, ließ er mit erhobenem Kopf den Blick über das Mobiliar, dann hinaus aus den Fenstern und schließlich zu seinem Vorgesetzten schweifen. Das anschließende »Guten Morgen« war von einer ungewöhnlichen, fast unerträglichen Fröhlichkeit.

»Man könnte meinen, du kämst gerne zur Arbeit«, frotzelte Peters.

»Der Beruf des Polizisten hat unverkennbar seine schönen Seiten«, gab Scheller zurück.

»Da sind wir völlig einer Meinung. Nur hätte ich einen solchen Satz aus deinem Mund nie erwartet.«

»Ich habe es doch schon immer gedacht: Du bist voller Vorurteile, was meine Person betrifft.«

»Das sind wohlabgewogene Urteile aufgrund unleugbarer Erfahrungen, mein Lieber.«

»Ach, du kennst mich einfach nicht. Ist ja kein Wunder. So lange bist du noch nicht hier. Meine Freunde sehen mich völlig anders.«

»Die müssen nicht mit dir zusammenarbeiten.«

Scheller machte eine abwehrende Handbewegung.

»Sag mal, was lässt dich denn so plötzlich für deinen Beruf schwärmen?«, hakte Peters nach.

»Es ist der Kontakt zu den Menschen, der mir Freude macht.«

Peters ahnte etwas. Er hatte zwei Tage zuvor Scheller gebeten nachzuforschen, was an den Gerüchten über die Liebschaften von Pierre Haeberlin dran sei. Bei Franziska Herkommer hatten sie eine erste Spur gefunden; vielleicht gab es noch andere Frauen. Scheller maulte ungewöhnlich wenig, als er den Auftrag bekam.

»Gehe ich recht in der Annahme, dass der Kontakt zu den Menschen dann besonders erfreulich ist, wenn es sich um Frauen handelt?«, fragte Peters deshalb.

»Auf jeden Fall sind die Frauen die deutlich interessantere und schönere Hälfte der Menschheit«, gab Scheller zurück.

»Und du hast dich der Aufgabe verschrieben, die interessantere und schönere Hälfte der Menschheit so gut wie möglich kennenzulernen?«

»In jedem von uns steckt ein gewisser Forschergeist. Man muss nur das rechte Objekt seiner Forschungen gefunden haben.«

»Du hast es gefunden?«

»Ja, das kann ich von mir sagen, ich habe es gefunden.« Scheller ließ sich auf dem Stuhl nieder.

»Gibt es schon erste Ergebnisse der Forschungen?«

»Da kann ich nicht drüber reden. Ich bin sozusagen noch dabei, Daten und Fakten zu sammeln. Für eine Auswertung ist es zu früh.«

»Vermute ich richtig, dass das Sammeln von Daten und Fakten deutlich mehr Spaß macht als eine mögliche Auswertung?«

»Das befürchte ich«, stöhnte Scheller. »Ich werde mich noch lange mit dem Sammeln aufhalten müssen, bevor ich mich an eine erste Auswertung heranmachen kann.«

»In der letzten Nacht warst du mit dem Sammeln beschäftigt, richtig?«

»Genau – eine äußerst befriedigende Angelegenheit.«

»Ich hoffe, für beide Seiten!«

Scheller schaute Peters fragend an.

»Na ja, sowohl für den Sammler wie für das Objekt der Sammlung.«

Schellers Gesicht hellte sich auf, der Rücken wurde gerade. »Das will ich meinen! Auch als Sammler hat man so seine Verpflichtungen. Es geht mir ja nicht darum, Schmetterlinge zu fangen und auf Nadeln zu spießen.«

»Ach, du spießt also nicht?«, grinste Peters und war sich zugleich unsicher, ob er nicht zu weit gegangen sei.

Scheller schaute ihn vorwurfsvoll an. »Das hätte ich jetzt nicht von Ihnen gedacht, Herr Kriminalhauptkommissar.«

»Schon gut. Jetzt mal raus mit der Sprache!«

»Also – ich habe mich pflichtgemäß umgehört, was man sich so über Haeberlin erzählt. Von wegen Frauen und so. Ich bin also zu einer der Frauen gefahren, die mir genannt wurden. Nun ja, die hatte gerade eine Freundin zu Besuch. Tolle Frau. Wir haben uns gleich gut verstanden. Als die Freundin gehen wollte, habe ich sie hinausbegleitet und gesagt, ich hätte da noch ein paar Fragen. Sie konnte mir eigentlich nichts sagen. Das Thema als solches schien ihr allerdings zu gefallen. Wie das so ist, ein Wort gab das andere und sie lud mich auf ein Glas Wein bei sich ein. Ihr Mann war zurzeit auf Montage. Na ja, du weißt doch schon.«

»Ich weiß gar nichts, aber ich kann mir schon was denken. Deine Leidenschaft als Sammler übermannte dich, du spürtest, dass du deiner wahren Berufung nachgehen müsstest. Außerdem kannst du es nicht ertragen, wenn Frauen einsam sind, und so ergab das eine das andere.«

»Schön ausgedrückt«, antwortete Scheller und streckte sich wohlig. »Mit so viel Einfühlungsvermögen deinerseits habe ich gar nicht gerechnet.«

»Du weißt, Einfühlungsvermögen ist eine der wichtigsten Voraussetzungen für unseren Beruf«, sagte Peters. Nach einer kleinen Pause setzte er nach: »Ich hoffe nur, sie ist keine Verdächtige.«

»Nicht im Geringsten. Sie kennt Haeberlin überhaupt nicht. Wie gesagt, da war eigentlich nur das Interesse am Thema.«

Peters lachte laut los und wandte sich wieder den Akten zu.

Am darauffolgenden Donnerstag wurde Kurt Schwäger beerdigt.

Man war nicht am Wohnhaus des Verstorbenen losgegangen, wie es üblich war. Kurt Schwäger kam direkt aus dem Kühlhaus der Gerichtsmedizin. Also parkte der Leichenwagen auf dem Platz unterhalb der Kirche, die Nachbarn trugen Schwäger zum Grab, das erste seit Jahren, das nicht er ausgehoben hatte. Sie ließen ihn hinunter und gingen zusammen in die Kirche. Die Pfarrerin log nicht bei dem, was sie sagte, aber sie sagte auch nicht viel über den Toten. Gemocht hatte ihn keiner, den stinkenden Säufer, ein würdigeres Ende hätten sie ihm dennoch gewünscht. Sie sprach von dem, was die Menschen an meisten bedrückte, von der Gewalt, die über dem Dorf lag, und von der Angst, die sie den Menschen machte.

Man traf sich zum Kaffeetrinken im *Hirschen*, die Kirchengemeinde übernahm die Kosten, weil es keine Verwandten gab, und jeder legte etwas in das Körbchen am Ausgang. Man rätselte weiter, worüber man seit Tagen rätselte – wer es gewesen sein konnte und was die beiden Morde miteinander zu tun hatten. Man hatte die Franzosen in Verdacht. Vielleicht meinten die, der Schwäger hatte den Haeberlin umgebracht, vielleicht hatten sie ihn sogar selbst umgebracht, und der Schwäger wusste das. Die Polizei war die letzten Tage ständig drüben in Lembach und hier im Ort. Vor allem der blonde Kommissar, den man so oft bei der Pfarrerin sah, aber die konnte wohl nicht verdächtig sein, eine so nette junge Frau. Heute hatte sie es wieder gut gemacht für den Schwäger, obwohl den doch eigentlich keiner richtig mochte. Irgendwie war der unheimlich gewesen, immer betrunken und dann Totengräber, und wie der mit dem Vieh umging, man hätte es eigentlich dem Veterinäramt melden sollen. Aber das war nun vorbei. Die Kälber hatte der Fabian übernommen, da hatten sie es nun besser.

Die meisten Gäste des Leichenims, wie man hier zum Leichenschmaus sagte, hatten das Lokal schon verlassen, als ein Mann von dem Tisch, an dem er zusammen mit Klaus Herkommer und einigen anderen Männern gesessen hatte, aufstand und auf Pfarrerin Fouquet zuging.

Barbara Fouquet hatte den Mann schon manchmal gesehen. Sie wusste, dass er aus dem Ort stammte und nun woanders lebte. Immer wieder einmal kam er auf Besuch in seinen Heimatort. Viel wusste sie nicht über ihn, einen besonders guten Eindruck hatte er jedoch bisher nicht bei ihr hinterlassen. Andererseits war ihr aufgefallen, wie liebevoll er das kleine Elternhaus pflegte, obwohl die Investitionen unter finanziellen Aspekten sicher nicht sinnvoll waren. Wie er jetzt so auf sie zukam, wirkte er jedoch durchaus sympathisch. Ein großer Mann Mitte fünfzig mit einer für sein Alter athletischen Figur, vollen grauen Haaren und einem markanten Gesicht, das so mit Sommersprossen überzogen war, dass man wie selbstverständlich annahm, dass die Haare einmal rot gewesen sein mussten. Man sah dem Mann den Erfolg an, er hätte gut den Multimillionär in einem Hollywoodstreifen geben können.

Der Mann lächelte Barbara Fouquet freundlich an: »Frau Pfarrerin, ich würde Sie gerne einen Moment sprechen, wenn es möglich ist.«

Barbara Fouquet schaute die anderen am Tisch mit einem kurzen Blick der Entschuldigung an, stand auf und ging mit ihm zu einem der unbesetzten Tische. »Was kann ich für Sie tun?«, leitete sie das Gespräch ein.

»Zunächst möchte ich mich vorstellen. Mein Name ist Norman Krusien. Mein alter Freund Klaus Herkommer, der Schreiner, hat mir gesagt, dass Sie im Moment Geld für die Instandsetzung eines Freskos in unserer Kirche sammeln. Ich wohne zwar schon lange nicht mehr hier, aber es ist mein Heimatdorf, mit dem ich mich verbunden fühle.« Er zog eine rotgoldene Zigarettenschachtel aus der Anzugjacke und nahm eine Zigarette heraus. »Gestatten Sie, dass ich rauche?« Pfarrerin Fouquet nickte.

»Ich möchte Ihnen gerne etwas Geld geben für die Sammlung«, fuhr Krusien fort. »Auch als Dank dafür, dass Sie die Beerdigung meines alten Bekannten Schwäger so einfühlsam gestaltet haben. Er war ein armer Kerl.« Hastig zog er an der Zigarette. »Als wir jung waren, da haben wir manches zusammen unternommen. Er hat dann irgendwie die Kontrolle über sich verloren. Getrunken hatte er immer schon gerne. Ich habe ihm leider nicht viel helfen können.« Krusien zog ein Scheckheft heraus, stellte einen Scheck aus und reichte ihn Barbara Fouquet. »Ich denke, das können Sie gebrauchen.«

»Vielen Dank!« Barbara Fouquet faltete das Papier zusammen, ohne es anzuschauen. »Wohin darf ich Ihnen die Spendenquittung schicken?«

Krusien reichte ihr seine Karte und lächelte gewinnend. »Am besten in mein Büro in Frankfurt.« Er stand auf, verabschiedete sich und verließ den *Hirschen*.

»Ein charmanter Kerl!« Alfred von Boyen war zu Pfarrerin Fouquet getreten.

»Wie man's nimmt. Er ist nicht so ganz mein Typ.« Fouquet schob skeptisch die Lippen nach oben.

»Wer ist er?« Alfred von Boyen schaute durch das Fenster hinter Krusien her, der die Straße in Richtung seines Elternhauses hinunterging.

»Ein Spender.« Pfarrerin Fouquet faltete den Scheck auseinander. »Ein großzügiger Spender! Zehntausend für das Fresko, nicht gerade wenig.«

»Und wie heißt der großzügige Spender?«

Sie reichte ihm die Visitenkarte.

Von Boyen starrte auf die Karte. »Was hat der hier gemacht?«, fragte er.

»Er war auf der Beerdigung von Schwäger. Er stammt aus Schönbach und hat noch sein Elternhaus hier. Das kleine Häuschen ist dir bestimmt schon einmal aufgefallen.« Sie steckte die Visitenkarte wieder ein. »Es ist sehr liebevoll herausgeputzt. Er ist aber nur selten hier.«

»Was hat er mit Schwäger zu tun?«

»Er sei ein alter Bekannter von ihm gewesen. In der Jugend hätten sie manches zusammen unternommen. So etwas Ähnliches hat er gesagt.«

»Interessant!«, sagte von Boyen und verließ den *Hirschen.*

Norman Krusien ging zum silbergrauen Porsche, den er auf dem Hof des kleinen Hauses abgestellt hatte, das in einer Seitenstraße lag. Die Straße führte von der Dorfstraße hinauf zu den Feldern unterhalb des Sportflugplatzes. Von Boyen folgte ihm und wartete, bis der Mann abgefahren war. Dann schaute er sich das Anwesen genauer an.

Das Haus war wirklich liebevoll gepflegt, der Besitzer hatte ihm alles angedeihen lassen, was gut für ein altes Haus war. Von Boyen klingelte bei der Nachbarin. Eine Frau um die sechzig öffnete die Tür.

»Guten Tag, Frau, äh?« Er schaute auf das Klingelschild. »Frau Berger. Boyen ist mein Name. Ich wohne im Gebüg. Ein Freund von mir sucht ein Haus in der Gegend. Ihr Nachbarhaus ist mir aufgefallen. Einmal weil es so gepflegt ist. Dann aber auch, weil ich hier eigentlich nie jemanden sehe. Steht es vielleicht zum Verkauf?«

Die Frau trat aus der Tür und blieb stehen. »Da haben Sie Pech. Der Besitzer, Herr Krusien, ist gerade weggefahren und wird sicher so bald nicht wiederkommen. Ich glaube nicht, dass er das Haus verkaufen will. Das ist sein Elternhaus, und er lässt es sich einiges kosten, obwohl er nur sehr selten hier ist.«

»Sie kennen ihn schon lange, den Herrn Krusien.«

»Das kann ich wohl sagen. Ich war so etwas wie das Kindermädchen. Ich habe auf ihn aufgepasst, wenn seine Mutter damals keine Zeit hatte. Jetzt kümmere ich mich immer noch um ihn, eigentlich mehr um das Haus.«

Von Boyen gelang es mit seiner gewinnenden Art, einiges an Informationen über Norman Krusien aus der durchaus redseligen Frau Berger herauszubekommen. Sie hatte Krusien als Kind oft betreut und später schien ein Vertrauensverhältnis geblieben zu sein, denn sie kannte ihn wie sich selbst.

So bekam er ein Bild von dem Mann, dessen Name ihm schon von Didier Frank genannt worden war. Frau Berger kümmerte sich um das Haus, lüftete gelegentlich, putzte immer wieder durch, sorgte im Winter für eine überschlagene Temperatur, damit Feuchtigkeit und Schimmel keine Chance hätten, und hielt den Garten instand. Norman Krusiens Mutter war schon fast zwanzig Jahre tot, und er selbst kam nur gelegentlich aus Frankfurt, um nach dem Haus seiner Kindheit zu schauen und Freunde zu besuchen.

Seine Mutter Anna hatte, weil kein anderer sie mehr wollte, drei Jahre nach Kriegsende den Josef Krusien geheiratet, Holzfäller, der vier Monate zuvor aus sowjetischer Kriegsgefangenschaft zurückgekommen war, mit einem Bein weniger, dafür einem Granatsplitter im Kopf mehr. Der Splitter ließ ihn immer wieder jähzornig werden, meistens wenn das Wetter sich änderte und es drückend wurde. Dann schlug er seine Frau, und wenn er ihn erwischen konnte, auch den Norman, diesen rothaarigen Bangert, Sohn eines US-Soldaten irischer Abstammung, Kind der Besatzungszeit und einer Spätsommernacht im Jahre 1945, als Anna, die etwas zu dürr Geratene mit den dunklen Haaren und den grünen Augen, zu den Soldaten auf eine Party eingeladen worden war. Damals war sie gerade achtzehn Jahre alt geworden, hatte im Krieg den Männern beim Aufbau des Westwalls geholfen, den Vater und den Bruder verloren und der Mutter den Hof geführt – der Mutter, die morgens nicht mehr aufstehen wollte, seit der Brief von dem Leutnant gekommen war, der Brief, der vom Heldentod ihres Sohnes berichtete, zwei Wochen, nachdem schon der Vater heldisch verreckt war.

Als Norman seinen Vater das erste Mal schlug, war er vierzehn Jahre alt. Er war aus der Schule zurückgekommen, hörte schon vor der Tür des gedrungenen Bauernhauses die angstvollen Schreie der Mutter, fand sie mit blutender Nase in der Ecke neben dem Spülstein und vor ihr den Vater, der eine Flasche über dem Kopf hielt und auf die Mutter hinunterschaute. Da trat er ihm gegen das Holzbein, und als der Vater gegen den Rothaarigen ausholte, schlug der ihm ins Gesicht, sodass er hinfiel. Die Mutter lief schreiend aus dem Haus. Norman nahm vorsichtig das Kätzchen, das neben der Truhe kauerte, auf den Arm und trug es in den Stall, wo es warm war und der Vater es nicht finden würde auf der Suche nach einem weiteren Opfer für seine Schmerzen. Dann flüchtete er sich ins Nachbarhaus zu den Bergers.

Es war die Wut des Vaters, die die Mutter eines Tages erlöste, als das Stechen im Schädel ihn rasend machte und sogar der Schnaps ihn nicht betäuben konnte, als er auf den Hof trat, weder rechts noch links einen Ausweg aus der Qual sah und in den Stall ging, um auf das Kalb einzuschlagen, das inzwischen gewachsen war und ihm eines der Hörner in den Bauch rammte, sodass der Schmerz im Kopf vergangen und der Vater schon fast kalt war, als ihn die Mutter am Nachmittag fand. Sie war vierunddreißig Jahre alt, als man ihm das Holzbein mit in den Sarg legte, eine junge Frau eigentlich. Sie ließ fortan keinen Mann mehr an sich heran. Sie hatte in der Ehe mit dem zweiten genug gebüßt für die Liebe zum ersten.

Norman jedoch wusste um einen rothaarigen Mann in den Vereinigten Staaten, dessen Namen die Mutter ihm nie gesagt hatte, dessen Adresse auch sie nicht kannte, der aber – wie es sich der Junge vorstellte – ein anderes Leben führte als sein Sohn und nicht hinter kleinen Fenstern in einem engen Tal wohnte, der in einer Stadt mit hohen Häusern und einer Untergrundbahn lebte, einen Kühlschrank besaß und einen Fernseher, und der sich auf einen Besuch des deutschen Sohnes freute. Er war ein Mann wie die Männer, die in den Lagern in den Wäldern um Schönbach arbeiteten, mit großen Lastwagen und kleinen Jeeps durch die Dörfer brausten, die gute Mieten zahlten, wenn sie mit ihren Familien in den Dörfern wohnten, die Geld in den Kneipen ließen, die für gute Dollars den Rotwein und den Cognac abkauften, den Norman und seine Freunde nachts über den

Maimont schmuggelten. Mit den Dollars wollte er zum Vater fahren.

Norman sparte Geld und lernte Englisch, aber den Vater fand er nicht. Er bezahlte der Mutter die Erschließungsgebühren für die Kanalisation und die Zentralheizung, schenkte ihr einen Kühlschrank und einen Fernseher, lernte in Pirmasens den Handel in Yen, Francs und Dollar, bezog am Tag vor dem dreißigsten Geburtstag ein neues Büro in Frankfurt, flog mit der Concorde von Paris nach New York und fand dort seinen Vater nicht.

Alles das erzählte Frau Berger, bis sich von Boyen verabschiedete: »Vielen Dank, das war ein interessantes Gespräch. Mit dem Hauskauf wird es wohl nichts. Dann werde ich mich eben weiter umschauen. Auf Wiedersehen, Frau Berger.«

Kapitel 20

Peters musste ein weiteres Mal über die Grenze. Es waren nun doch noch einige Fragen offen, die er nur vor Ort klären konnte. Er wollte den Menschen in die Augen sehen, wenn sie ihm antworteten. Man sah es ihnen an, wenn sie logen, fast allen zumindest. Davon war er fest überzeugt. Deshalb hatte er die geplante Verabredung mit Barbara Fouquet abgesagt. Als er Lemaitre bat, bei den Befragungen dabei zu sein, hatte der sehr höflich abgelehnt, er habe viel zu tun, und ihm einen diensthabenden Beamten zugeordnet.

Am Abend zuvor hatte er sich gründlich den Hof von Schwäger angeschaut. Die Kälber waren abgeholt, der Stall war allerdings nicht entmistet. Er inspizierte die spärlich eingerichtete Küche, durchsuchte alle Schubladen, fand jedoch außer den üblichen Dokumenten nichts. Das Leben von Schwäger schien sich zwischen Stall und Schnaps und Fernseher abgespielt zu haben. Wirklich gewohnt hatte er wohl nur im Schlafzimmer und in der

Küche. Eine Fotografie und ein Kalender waren die einzigen persönlichen Gegenstände. Nichts gab irgendeinen Hinweis.

Dann suchte er weiter auf dem Gelände des heruntergekommenen Hofes. Es sah zum größten Teil so aus, als wäre hier jahrelang nicht mehr gearbeitet worden. Alte Ackergeräte waren unter Brennnesseln verschwunden, den Zaun hatten die Ackerwinden verschlungen, der Pflug stand verrottet unter einem Vordach des Stalls. Es waren die Säcke mit Futtermitteln hinter dem Stall, die ihn nach Haguenau und Lembach fahren ließen. Schwäger hatte ausgesagt, er habe keine Geschäftsbeziehungen mit Haeberlin gehabt, dabei stapelten sich hinter dem Stall die Säcke mit der Aufschrift Agromarché. Allerdings tauchte Schwäger nicht in den Lieferlisten von Agromarché auf. Wie war er dann an die Säcke gekommen?

Xavier Dorémieux, der Inhaber von Agromarché, staunte nicht schlecht, als am Morgen gegen halb zehn ein deutscher Kriminalbeamter mit einem französischen Polizisten vor der Tür stand. Er hatte sich freigenommen und auf den Tag gefreut, besonders auf ein ausgiebiges Frühstück mit einer großen Schale Milchkaffee, zwei Croissants, Orangensaft und dem Figaro. Die Kinder schliefen noch, die Frau nahm für zwei Stunden das Badezimmer in Beschlag und er machte es sich auf der Terrasse bequem. Es sollte gegen Mittag der Ausflug zu den Schwiegereltern folgen und abends die Feier im Schützenverein. Er war wieder Schützenkönig geworden, zum dritten Mal hintereinander. Das würde ihn einiges kosten, aber das war es ihm wert. Zweihundert Leute würden sie heute Abend sein, und er hätte die Zeche zu zahlen.

»Bitte entschuldigen Sie die Störung.« Peters versuchte, höflich zu sein. »Ich habe nur zwei, drei Fragen, bei denen Sie mir helfen könnten. Dann bin ich wieder weg.«

Mithilfe des französischen Polizisten hatte Peters das Haus der Dorémieuxs gefunden. Es stand in einem Vorort von Haguenau auf einem kleinen Hügel, der eine schöne Rundumsicht über die vereinzelt liegenden Grundstücke des Neubauviertels ermöglichte. Das ganz in weiß gehaltene Gebäude mit den blauen Dachziegeln war aufwendig gebaut, mit einer breiten Auffahrt und Säulen zu beiden Seiten der Eingangstür.

Dorémieux fragte sich, ob der Mann nichts Besseres zu tun habe, als den weiten Weg von Pirmasens hierher zu fahren, um Erkundigungen einzuholen. Aber der blonde, hellhäutige Mann entsprach nicht nur vom Äußeren her dem Klischee eines Deutschen, auch was das Pflichtbewusstsein betraf, schien er von altpreußischer Tugend zu sein. Außerdem hatte er einen schrecklichen Akzent. Weder sein Französisch noch sein Deutsch, mit dem sie es dann versuchten, war zu verstehen. Ganz langsam gesprochen und mit viel Mühe ging es jedoch.

»Pierre Haeberlin hatte in Schönbach zwei Kunden, Kau und Schöller. Das geht aus Ihren Lieferlisten hervor. Nur zwei Kunden. Nun haben wir bei Kurt Schwäger, der vor drei Tagen ermordet wurde, viele Säcke von Agromarché gefunden. Haeberlin kann es mir nicht mehr erklären. Können Sie es mir erklären?«

Dorémieux wirkte erstaunt. »Wer ist ermordet worden?«

»Kurt Schwäger, ein Bauer, so ungefähr in Ihrem Alter. Vielleicht ein wenig älter. Kennen Sie ihn?«

Dorémieux zögerte einen Moment. »Nein, ich kenne ihn nicht. Auf jeden Fall kann ich mich an keinen Menschen mit diesem Namen erinnern.«

»Was ist mit den Säcken?«

Dorémieux wurde etwas ungeduldig. »Da bitte ich nun allerdings um etwas Verständnis. Ich selbst habe die Säcke nicht ausgeliefert. Ich muss mich auf unsere Lieferlisten verlassen, und die kennen Sie offenbar.« Er drehte sich um und schaute aus der geöffneten Terrassentür auf den Frühstückstisch. Die großzügige Rasenfläche des Gartens lag in der Vormittagssonne, in der Rabatte blühten die ersten Dahlien. »Was Haeberlin gemacht hat, was er vielleicht gar an krummen Dingern gedreht hat, das weiß ich nicht. Er war nicht gerade mein bester Mann. Unstimmigkeiten sind mir dennoch nie aufgefallen. Geld und Lieferungen haben immer übereingestimmt. Das meiste wurde nicht überwiesen, sondern gegen Rechnung bar bezahlt.« Er breitete die Arme mit nach oben geöffneten Händen aus. »Es tut mir leid. Ich kann Ihnen nicht helfen.«

»Seit wann arbeitete Haeberlin bei Ihnen?« Peters wollte den selbstgefälligen Lebemann nicht so schnell aus der Pflicht entlassen.

»Schon lange, mindestens fünfzehn Jahre. Er hatte nichts Richtiges gelernt. Sein Vater war ein guter Freund von mir gewesen, und da habe ich ihn eben eingestellt.« Dorémieux schwieg.

»Können Sie sich einen Grund denken, warum er Schwäger Futtermittel geliefert haben könnte, ohne es durch Ihre Bücher gehen zu lassen?«

»Er wird sie ihm kaum geschenkt haben.« Dorémieux lachte sarkastisch. »Ich habe es Ihnen aber schon gesagt: Davon habe ich nichts gewusst. Nun kann ich Haeberlin nicht mehr zur Rechenschaft ziehen.« Er schaute Peters an. »Ich würde gerne weiter frühstücken, wenn es Ihnen recht ist.«

»Daran will ich Sie nicht hindern.« Peters wandte sich zum Gehen. »Allerdings frage ich mich schon, was Sie dem Vater von Pierre Haeberlin schuldig waren, dass Sie seinen so schwierigen Sohn bei sich eingestellt haben. Au revoir, Monsieur.« Ohne auf eine Antwort zu warten, drehte er sich um und verließ das Haus.

Jean Arnal war über den Besuch von Peters genauso wenig begeistert wie Dorémieux. Außerdem kam der Polizist mitten in die Vorbereitungen für das Mittagsgeschäft im *Le Coq au Vin*.

»Monsieur Arnal, wir haben Lieferungen Ihres Schwiegersohnes bei einem Mann in Schönbach gefunden, der vor drei Tagen ermordet worden ist.« Jean Arnal hatte Peters und den ihn begleitenden Polizisten in ein Nebenzimmer gebeten. In der Küche liefen die Köche und ihre Gehilfen durcheinander und der Lärm von Kasserollen und Schneebesen näherte sich der Schmerzgrenze. Im Gastraum wurde mit großer Präzision eingedeckt.

»Wer ist ermordet worden?«, fragte Arnal interessiert nach.

»Der Mann hieß Kurt Schwäger, ein Bauer, ungefähr in Ihrem Alter. Kannten Sie ihn?«

»Schwäger, sagten Sie? Nein, ich glaube nicht.« Arnal schaute aus dem Fenster.

»Hat Ihr Schwiegersohn den Namen vielleicht einmal erwähnt? Er steht nicht auf der Liste der Kunden in Schönbach, hat jedoch einige Säcke von Agromarché auf seinem Hof gelagert.« Peters glaubte Arnal dessen Unwissenheit nicht.

»Die können auf vielen Wegen dorthin gekommen sein. Außerdem hat mein lieber Schwiegersohn sich nicht immer an Listen oder dergleichen gehalten.« Arnal machte eine kurze Pause. »Das war kein Grund, ihn zu ermorden und meiner Tochter so viel Leid anzutun. Er war es nicht wert, dass sie ihn geliebt hat, aber sie hat ihn geliebt.« Arnal schaute in den Gastraum. »Es tut mir leid, Sie sind wirklich zu einem schlechten Zeitpunkt gekommen. Sie sehen, gleich kommen die ersten Gäste, und ich muss noch alles kontrollieren.«

»Dann werde ich Ihre Tochter befragen. Falls Ihnen doch etwas zu dem Namen Schwäger einfällt, lassen Sie es mich bitte wissen.« Er steckte Arnal seine Visitenkarte zu. »Au revoir, Monsieur Arnal.«

Marie Haeberlin arbeitete in der Küche und bat Peters, doch gegen drei Uhr zu ihr in die Wohnung zu kommen. Das konnte er schlecht ablehnen, und so suchte er sich eine einfache Gaststätte für das Mittagessen. Das *Le Coq au Vin* war ihm doch etwas zu kostspielig, um dort allein zu Mittag zu essen.

Das Neubauviertel Lembachs, in dem Marie mit ihren Kindern wohnte, lag an der Straße zur unterirdischen Festung der Maginot-Linie. Die Grundstücke waren großzügig bemessen, man schaute sich nicht wie in Deutschland gegenseitig in die Küchen oder Wohnzimmerfenster. Hier konnten Kinder aufwachsen und Hunde spielen. Die beiden Kinder von Marie Haeberlin waren auf der Terrasse, sie servierte einen Tee im Salon.

»Madame Haeberlin, wir kommen mit dem Mord an Ihrem Mann nicht so recht weiter. Wir haben kein klares Motiv, wir haben keinen konkreten Verdacht. Zwar haben wir ein paar Ideen, aber, nun ja, das ist es schon.« Peters stockte. Er hatte sich gefreut, Tee angeboten zu bekommen, das war ein Stück seines Lebens, das sich über dreißig Jahre in einer anderen Landschaft und mit anderen Gewohnheiten abgespielt hatte, als sie hier im Pfälzerwald und den Nordvogesen üblich waren. Tee, das bedeutete für ihn ein Stück Heimat, frischen Meereswind und Deiche, Viehweiden mit schilfbewachsenen Gräben, Kartoffel- und Kohlfelder, Wattenmeer und Tanggeruch. Trotz des Tees fiel ihm das Gespräch mit Marie Haeberlin nicht leicht.

Marie Haeberlin machte ihm Mut: »Herr Peters, ich habe meinen Mann sehr geliebt, als ich ihn heiratete und auch zuletzt. Deshalb tat es mir besonders weh, nach und nach zu merken, dass er mir weder treu war noch einen besonders guten Charakter im Allgemeinen hatte. Sie können offen mit mir reden. Ich verkrafte das schon.«

Peters war erleichtert. »Wir haben Hinweise auf eifersüchtige Ehemänner bekommen, deren Ehefrauen Sie mit Ihrem Mann betrogen haben sollen. Davon hat sich lediglich ein Verdacht bestätigt. Aber es spricht nicht viel dafür, dass hier Motiv und Täter zu suchen sind. Eine andere Sache ist nun dazugekommen. Am Montag haben wir einen weiteren Toten gefunden. Wir vermuten, dass er irgendwie in Kontakt mit Ihrem Mann stand, obwohl er das zu Lebzeiten geleugnet hat. Er hieß Kurt Schwäger und war Bauer in Schönbach. Wir haben auf seinem Hof Futtermittelsäcke gefunden, wie Ihr Mann sie ausgeliefert hat. Sagt Ihnen der Name etwas?« Peters wartete und verrührte genussvoll den braunen Zucker im Tee.

»Ja.« Marie Haeberlin dachte eine Weile nach. »Der Name Kurt sagt mir etwas. Ob das der Kurt Schwäger ist, den Sie meinen, weiß ich nicht. Pierre hat gelegentlich von einem Kurt gesprochen, zu dem er wieder einmal müsse.« Sie zog die Stirn in

Falten. »Ich habe manchmal gedacht, diesen Kurt gebe es nicht, oder er sei eine Frau.«

»Hat Ihr Mann Ihnen mehr erzählt über Kurt?«

»Doch, ich denke schon. Ich glaube, er hat einmal gesagt, Kurt sei ein Freund seines Vaters gewesen.«

»Seines Vaters?«

»Ja, der Vater von Pierre ist kurz nach seiner Geburt verschwunden. Keiner weiß bis heute, wo er hingegangen ist. Selbst mein Vater nicht, der mit ihm befreundet war. Die Mutter von Pierre wusste es ebenfalls nicht. Natürlich haben sie auch damals schon daran gedacht, er sei vielleicht zu einer anderen Frau.« Sie nahm einen Schluck des mit einem Hauch von Wildkirsche aromatisierten Tees. »Tel père, tel fils. Oder wie man bei Ihnen sagt: Der Apfel fällt nicht weit vom Stamm, nicht wahr?«

»Ja, so etwas sagt man bei uns, aber es stimmt nicht immer, wenn man es auf Menschen bezieht.« Peters biss in einen der entsetzlich süßen Biskuits. »Habe ich Sie also richtig verstanden: Pierres Vater, Ihr Vater und Kurt waren Freunde?«

»Richtig, er hat immer erzählt, Kurt sei ein Freund seines Vaters gewesen, und mein Vater war ein Freund von Pierres Vater.«

Die kleine Tochter von Marie Haeberlin kam schreiend hereingelaufen. Das Gesicht war von Rotz und Tränen verschmiert. Sie zeigte mit einem Arm auf ihren Bruder im Garten und schrie einige unverständliche Worte. Marie Haeberlin redete beruhigend auf sie ein und ging mit ihr hinaus. Sie sagte einige Sätze in einem recht scharfen Ton und kam mit einer kleinen Schaufel in der Hand zurück.

»Ich habe die Tatwaffe beschlagnahmt«, sagte sie lächelnd.

Peters lachte. Er bewunderte die kleine Frau wegen ihrer Stärke und Geduld. »Ihr Vater hat gesagt, er kenne Kurt Schwäger nicht.«

»Nun, dann wird der Kurt von Pierre vielleicht ein anderer gewesen sein. Ist Kurt ein seltener Name?«

»Allzu häufig ist er eigentlich nicht. Vor allem ist er wohl seit einer Reihe von Jahren aus der Mode gekommen. Es könnte also sein, dass der Kurt, den Ihr Mann besucht hat, falls es ihn denn gab, im selben Alter wie der Vater Ihres Mannes war. Das ist auch ungefähr das Alter unseres toten Kurt.« Peters sinnierte über der Teetasse. »Nun ja, schauen wir mal.«

Er bedankte sich für den Tee und verabschiedete sich. Dem Flüsschen Sauer entgegen fuhr er in Richtung Grenze. Bei der Abzweigung nach Obersteinbach dachte er, dass dort irgendwo das kleine Dorf liegen musste, zu dem Barbara Fouquet mit ihm eigentlich heute hatte wandern wollen.

Schönbach lag auf dem Weg nach Pirmasens und so versuchte er es am Pfarrhaus von Barbara Fouquet. Vielleicht konnte er gleich eine neue Verabredung ausmachen. Vielleicht konnte er etwas wiedergutmachen. Auf das Klingeln hin rührte sich nichts, und als er von zu Hause aus anrief, meldete sich ebenfalls niemand.

Er musste es also gleich am nächsten Morgen noch einmal versuchen. Er hatte in der Vergangenheit den Fehler gemacht, den Beruf über alles andere zu stellen, und war sehr in Zweifel gekommen, ob er damit seine Arbeit wirklich besser machte. Dafür hatte er nicht hierherziehen und alles da oben aufgeben müssen, um dann doch wieder demselben Irrtum zu erliegen. Vor sich selbst konnte man nicht weglaufen. Man musste immer mit sich selbst leben, wie viel man auch in seinem Leben zu ändern versuchte.

Er ging an den Kühlschrank und holte sich ein Bier. Die Flasche mit dem Korn war noch fast voll, und er hatte fest vor, sie nicht anzurühren. Als er ins Bett ging, war die Flasche halb leer, und er konnte sich nicht mehr leiden.

Kapitel 21

Die Burgruine oberhalb des Dorfes Obersteinbach war auf zwei Felstürmen gebaut, die durch eine verhältnismäßig schmale, tiefe Spalte voneinander getrennt waren. Alfred von Boyen und Anne Mathissen saßen auf dem westlichen Teil, der neuen Burg, und schauten hinunter ins Tal. Ein Greifvogel zog gleichmäßige Kreise hoch über den Bäumen – weit unter ihnen. Sie hatten bei dem sonnigen Wetter einen herrlichen Blick über die Berge und Wälder der Vogesen. Schon fast eine Stunde saßen sie nun am Rande des Buntsandsteinklotzes, das Sicherheitsgeländer vor sich, und ließen die Vergangenheit Revue passieren.

Anne Mathissen war mit ihrem Wagen aus Straßburg gekommen und hatte Alfred von Boyen abgeholt. »Schön hast du es hier«, sagte sie zu ihm, als er ihr den Blick von der Terrasse auf den Maimont und über die Berge zeigte. Sie war am Sonntag gegen Mittag gekommen, von Boyen wendete alle Kochkünste auf, um ein guter Gastgeber zu sein, briet in einer riesigen Pfanne Gemüse und Fisch, kochte duftenden Basmatireis, servierte dazu ein kleines Glas trockenen Forster Riesling und zum Abschluss eine Schokoladencreme vom Feinsten. Sie packten den Rucksack mit einigen Keksen und viel Wasser und gingen um den Maimont herum zum Wasigenstein. In diesen Wäldern, an diesen Felsen, so will es das Waltharilied, soll sich Walther von Aquitanien gegen die Verfolger Hagen von Tronje und Gunther von Worms siegreich geschlagen haben.

Nun saßen sie auf dem Burgfels, um den herum die Schlacht getobt haben sollte. Es war ein friedlicher Samstagnachmittag, nur gelegentlich kamen Wanderer bis auf das oberste Plateau der Burganlage. Sie genossen für eine kurze Zeit die Aussicht, um dann weiter den Wanderzeichen zu folgen.

»Als wir uns in Straßburg trafen, habe ich einiges von mir erzählt, von dir habe ich fast nichts erfahren.« Alfred von Boyen schaute Anne Mathissen von der Seite an.

»Es gibt nicht viel zu erzählen von einer alternden Europaabgeordneten.«

Von Boyen musste lächeln angesichts des Understatements. Er wusste, wie alt Anne war, er wusste auch, dass man Frauen mit Mitte fünfzig früher zu alten Frauen erklärt hatte. Er wusste aber ebenso, dass das heute nicht mehr zutraf und schon gar nicht für Anne Mathissen. Mit ihren schulterlangen braunen Haaren, den lebendigen dunklen Augen und der Vitalität, die sie ausstrahlte, gehörte sie zu den attraktivsten Frauen, die er kannte. Attraktivität hatte wenig mit dem Alter zu tun, sicher etwas mit dem Aussehen, dabei am meisten mit der Persönlichkeit eines Menschen. Anne Mathissen war eine Frau, die viel gekämpft und oft verloren hatte, die dadurch sehr realistisch, jedoch keineswegs hoffnungslos geworden war, die ihre Kraft nicht aus den Ereignissen des Alltags bezog, sondern sie von irgendwo anders her zu speisen schien.

»Fishing for Compliments nennt man so etwas.« Er lachte sie an. »Nur ernstgemeinte Aussagen werden akzeptiert.«

Anne Mathissen lächelte in sich hinein, sodass die Grübchen auf ihren Wangen tanzten. »Also gut, ernsthaft. Ich lebe in drei Städten, schlage mich mit einer Unmenge von Gesetzen und Verordnungen herum, versuche europäisch zu denken und Deutschland dabei nicht zu vergessen, bin nicht sicher, ob ich das nächste Mal wiedergewählt werde und frage mich manchmal ernsthaft, ob ich nicht etwas Wichtiges im Leben übersehen habe.«

Sie drehte eine Haarsträhne um einen Finger wie ein kleines Mädchen, biss sich dann auf die Unterlippe, schaute in die Ferne und sagte: »Es hat sich schon eine Menge geändert, in der Partei und bei mir. Wir tragen in vielen Bereichen Verantwortung, das ist meist schwerer als aus einer richtigen Überzeugung heraus die Herrschenden zu attackieren. Wir haben manches erreicht, nicht alles wird uns gedankt. Manches konnten wir nicht umsetzen, das wird uns zum Vorwurf gemacht. Der Drive ist ein bisschen heraus und die Jungen sind so ganz anders.«

Sie wollte nicht in die selbstgefällige Larmoyanz mancher Spätachtundsechziger verfallen, aber sie wollte ehrlich zu sich selbst sein. »Weißt du, deshalb ist das mit dem Altern nicht so falsch. Ich bin älter geworden und die Rolle der politischen Dampfwalze liegt mir nicht mehr so.«

Alfred von Boyen erinnerte sich an einige Auftritte von Anne Mathissen im Bundestag und bei Ausschusssitzungen. Mit geschliffener Rhetorik und der Stringenz ihrer Argumentation hatte sie Gegnern oft keine Chance gelassen. Trotzdem hatten die anderen sie manches Mal mit elenden Machtspielchen ausgetrickst. Der Kampf in der vordersten Front war nie seine Sache gewesen. Er bewunderte sie darum.

»Du willst aufhören, habe ich das richtig verstanden?« Er holte die Wasserflasche aus dem Rucksack.

»Nein, aufhören will ich nicht, ich möchte es anders machen als in den letzten zehn Jahren. Ich hätte gerne etwas mehr Gleichlauf und einen festen Bezugspunkt.« Sie nahm das Angebot an und trank einen Schluck aus der Flasche.

»Also zurück nach München und dort Lokalpolitik machen.«

»Oh nein, darauf habe ich gar keine Lust mehr. Keine Lokalpolitik! Es muss im Übrigen nicht München sein. Eigentlich hält mich da nicht mehr viel.« Sie gab ihm die Flasche zurück. »Aber erzähle mir noch ein bisschen von dir.«

»Das Wichtigste habe ich dir gesagt. Seit zwei Jahren wohne ich in dem Haus, das du gesehen hast. Nach dem Tod von Charlotte war mir das Treiben in Berlin über. Weißt du, manchmal erscheint einem das Ganze als hohle Wichtigtuerei. Die Politik kam mir vor wie ein Jahrmarkt hilfloser Eitelkeiten. Was kann denn schon wirklich verändert werden? Die Drahtzieher dessen, was auf der Welt geschieht, stellen sich nicht demokratischen Wahlen. Die müssen sich allenfalls den Hauptversammlungen ihrer Aktionäre stellen, wenn überhaupt.«

Von Boyen war in einen bitteren Ton verfallen, der so gar nicht zu dem wunderschönen Samstagnachmittag passte. »Aber da war noch etwas.«

Er brauchte einen Moment, bis er die richtigen Worte fand. »Als es um die Frage ging, mit militärischen Mitteln im Kosovo einzugreifen oder nicht, habe ich zum Warten geraten. Ich war überzeugt, die Verhandlungen würden etwas bringen. Wir haben ein Jahr zu lange gewartet. Was in dem Jahr alles geschah, war schrecklich. Ich habe es hinterher gesehen.«

Er war unruhig geworden und aufgestanden. »Komm, lass uns langsam zurückgehen. Ich möchte dir noch ein paar schöne Ecken dieses Waldes zeigen.«

Als sie die verwinkelten und ausgetretenen Stufen der Burgruine heruntergegangen waren, tauchten sie wieder in das Grün des Waldes ein und liefen hinauf zu der großen Wegkreuzung, durch die die Landesgrenze verlief. Anne Mathissen hakte sich bei Alfred von Boyen ein und sie stiegen den Maimont hinauf. Das Baumdach wurde nach einer Weile lichter und sie gingen auf eine Felswand zu.

Der Sandstein erhob sich an manchen Stellen senkrecht neben dem Weg. Millionen von Jahren hatten sich Steine, Tierkadaver und Sand auf dem Meeresboden abgelagert und waren zu Fels zusammengepresst worden. Bewegungen der Erdkruste hatten die Gesteinsschichten gegeneinander verschoben und Unteres nach oben gekehrt. Dann kamen die Arbeit des Wassers und des Windes, die Rinnen und Täler ins Gestein fraßen, Felsen auswuschen, die weichen Schichten stärker als die harten, und eine bizarre Felsenlandschaft formten, die der Wald sich dann eroberte. An vielen Stellen blieben jedoch steile Felsen stehen, an deren Wänden sich die Pflanzen nicht dauerhaft halten konnten. Manche der steinernen Ungetüme hatten in ihren weichen Eingeweiden Höhlen, vom Wasser oder von den Menschen herausgeschält.

Als Alfred von Boyen sich einer Felswand näherte, entdeckte er den Eingang zu einer solchen Höhle. Beim Herantreten wurde die Sonne durch die vor den Felsen wachsenden Bäume schlagartig verdunkelt und jagte nur einige Strahlen wie Blitze zerberstender Granaten durch die Zweige. Das Raunen des Windes in den Zweigen vermischte sich mit dem Verwesungsgeruch der feuchten Walderde. Als er die Höhle betreten wollte, traf ihn ein Granatenblitz am Kopf. Da sah er sie sitzen, die Alten und die Frauen und die Kinder von Prekaz, die sich nicht in ihre Häuser trauten, nicht bei Tag, denn da patrouillierten die serbischen Polizisten durchs Dorf und schossen auf alles, was sich bewegte. Nachts trauten sich einige hinaus und gingen den steilen Weg hinunter, um aus den Vorratslöchern, die die Polizei nicht gefunden hatte, etwas für sie alle hinauf in die Höhle zu schleppen. Dann sahen sie den Hund mit dem zerborstenen Schädel und die aufgedunsene Kuh, die sie nicht mehr essen konnten. Dann hofften sie, einen von ihren Männern wiederzusehen, die aus Angst, rekrutiert zu werden, ganz hoch in die Berge geflüchtet waren, und die doch auch einmal etwas zu essen benötigten. So gerne hätten sie ihnen erzählt, dass der kleine Safet gestern dort oben in der Höhle geboren worden war, dass es ihm zwar gut ging, die Mutter allerdings einen Arzt gebraucht hätte, aber kein Arzt in der Höhle war, dass man sie deshalb heute Abend in der Dämmerung am Rand des Feldes ihrer Familie begraben wollte, dass eine andere Frau dem kleinen Safet die Brust geben konnte, dass man sich also keine Sorgen machen musste um die Alten und die Frauen und die Kinder, dass irgendwann ja einmal die Polizei abrücken werde, die auf alles schoss, was sich bewegte. Die hatte in der vorherigen Woche den alten Ilir erschossen, als er bei Tageslicht hinuntergegangen war, um das Spray aus der Küche zu holen, das sie vergessen hatten, auf das seine Frau dringend angewiesen war, wenn sie nicht ersticken wollte, und sie hustete schon seit zwei Stunden und rang nach Luft. Als sie Ilir in der nächsten Nacht aus dem Dorf holten, konnten sie zusammen mit den anderen Frauen an seinem Grabe klagen.

Alfred von Boyen sah sie alle dort in der Höhle sitzen, die Alten, die Kinder und die Frauen, die Muslime von Prekaz, die wegen der Polizisten nicht in ihre Häuser zurückkonnten.

Er stützte sich am Eingang der Höhle an der Mauer ab und suchte Halt. Anne Mathissen versuchte, ihm zu helfen, und führte ihn einige Schritte auf den Weg zurück.

»Was hast du?« Sie nahm ihn in den Arm.

Von Boyen atmete schwer. »Ich habe sie alle gesehen. Ich habe sie alle noch einmal gesehen.«

»Wen hast du gesehen?«

»Lass uns hinaufgehen, da werde ich es dir erzählen.«

Sie stiegen die letzten zweihundert Meter zum Gipfel hinauf. Auch der war dicht bewaldet. Auf dem höchsten Punkt, einem kleinen Sandsteinplateau, auf dem vielleicht zehn Menschen Platz hatten, stand ein großes Kreuz. Eine eiserne Treppe führte hinauf. Von hier aus hatte man einen herrlichen Blick auf das Sauertal und Fischbach. »Man nennt es Friedenskreuz, weil es dafür steht, dass nie wieder Menschen um diesen Grenzberg kämpfen sollen«, erklärte von Boyen. »Über einhundert sind hier im letzten Krieg gestorben.«

Alfred von Boyen und Anne Mathissen setzten sich auf eine der Bänke in der Nähe des Friedenskreuzes und er erzählte. Er erzählte ihr, was er in der Höhle gesehen hatte, bei jenem Besuch während des Kosovokrieges, was er seitdem nicht mehr losgeworden war.

Das Licht der Sonne war schon milder geworden, als sie sich an den Abstieg machten zurück an den Ausgangspunkt der Wanderung. Auf der Terrasse verfolgten sie, wie die Sonne hinter den Bergen des Pfälzerwaldes verschwand. Von Boyen hatte Rotwein auf den Tisch gestellt und die beiden saßen nebeneinander, redeten, schwiegen, schauten den Flugzeugen nach, die helle Kondensstreifen am rötlichen Himmel hinterließen, versuchten der jungen Fledermaus, die sich im Insektenfangen übte, mit den Augen zu folgen. Sie entdeckten nach und nach die sich abzeichnenden Sternbilder und schlossen, als die Kühle aus dem Wald in den Garten zog, die Terrassentür hinter sich.

Am nächsten Morgen verabschiedeten sie sich mit einem »Bis übermorgen«. Als Anne Mathissen in den Wagen stieg und nach Schönbach hinunterfuhr, um von dort den Weg zurück nach Straßburg zu nehmen, wusste sie, dass sie diese Straße in Zukunft öfter fahren würde.

Bernd Peters war am Samstag mit einem Brummschädel aufgewacht und hatte den Rest aus der Flasche mit dem Korn in den Ausguss geschüttet. Nie wieder würde er das Zeug anrühren, das hatte er freilich schon manches Mal gesagt. Er hatte einen ganzen weiteren anstrengenden Tag für den aktuellen Fall drangehängt und dafür eine Verabredung mit Barbara Fouquet abgesagt. Er musste sich darum kümmern, dass am nächsten Tag ein Ausgleich stattfinden könnte.

Inzwischen war klar, dass es nur einen Kurt in Schönbach gab, genauer gesagt, es hatte nur einen Kurt in Schönbach gegeben. Peters hatte Scheller telefonisch am Freitag zum Einwohnermeldeamt nach Dahn geschickt. Er selbst wollte sich Informationen aus den Kirchenbüchern holen, sagte er zu ihm. Auf Schellers Einwand hin, dass er über die Katholiken des Ortes im protestantischen Pfarramt nichts erfahren würde, knurrte er nur.

Ihm fiel ein Stein vom Herzen, dass Barbara Fouquet ihn freundlich begrüßte, als sie ihm die Tür öffnete. Also war sie ihm wohl doch nicht böse wegen der Absage der Verabredung. Er streckte ihr den kleinen Strauß aus Wiesenblumen entgegen, den er auf der Fahrt nach Schönbach in einem Bachtal gesammelt hatte.

»Wie ist die Bilanz des Freitags, Herr Kommissar?« Sie strahlte ihn aus grünen Augen an. Auf ihrer fast ein wenig zu lang geratenen Nase saß eine Lesebrille, die er bisher nicht an ihr gesehen hatte.

»Kein neuer Mord, dafür einige neue Verdächtige.«

»Es hat sich also gelohnt, auf die Verabredung mit mir zu verzichten.« Der schnippische Unterton klang gespielt und sollte auch so klingen.

»Es hat sich nicht gelohnt. Ich habe mich gestern verflucht, dass ich so dumm war, das alles nicht auf den Montag zu verschieben.«

»Reuige Sünder sind mir die liebsten.« Sie holte eine kleine Vase, füllte sie mit Wasser und stellte die Blumen hinein. »Was jetzt noch fehlt, ist die Wiedergutmachung.«

»Ich biete eine Wanderung an. Wie wäre es morgen?«

»Was ist daran die Wiedergutmachung? Das ist allenfalls ein verspäteter Ersatz.« Sie warf die rotblonden Haare aus der Stirn und schaute ihn auffordernd an.

»Okay, ich übernehme die Rechnung im Restaurant.«

»Wiedergutmachung akzeptiert! Ich habe übrigens eine Vorliebe für teure Weine. Also bitte die Kreditkarte nicht vergessen.«

»Sie könnten auch etwas zum Gelingen des Sonntags beitragen.« Peters versuchte sich mit einer Replik.

»Und was darf's sein?« Barbara Fouquet schaute ihn gespannt an.

»Sie könnten dafür sorgen, dass bis dahin nicht ein weiterer Mord passiert.«

»Ich habe mir fest vorgenommen, keinen zu begehen – wenn Ihnen das genügt?«

Peters wollte lieber doch das Thema wechseln. »Wie war denn die Bilanz Ihres Freitags?«

»Eine Fahrt zum Verwaltungsamt, viele Gespräche auf der Straße, denn der Ort ist in Aufruhr, ein Geburtstagsbesuch bei einer Achtzigjährigen, ein bescheidenes Mittagessen, hundert Seiten in *Wie predige ich unterhaltsam?* und zwei Tassen Espresso auf der Terrasse. Außerdem am Abend vier neue Bremsbeläge für meinen alten Golf in sechzig Minuten, mein persönlicher Rekord.« Sie hielt ihm die Hände hin, an denen kleine Reste von Wagenschmiere klebten.

»Dann haben Sie ja sichtbare Erfolge zu verzeichnen.« Peters fragte sicherheitshalber nach: »Es bleibt also dabei, morgen gegen 11.30 Uhr, ich hole Sie ab?«

»Es bleibt dabei. Was haben Sie gestern erfahren?« Die beiden waren ins Wohnzimmer gegangen und setzten sich einander gegenüber in die Couchgarnitur.

»Ich muss nach einem zweiten Kurt suchen, wenn es ihn denn gibt.«

Barbara Fouquet schaute ihn fragend an.

»Haeberlin hat gegenüber seiner Frau von einem Kurt gesprochen, den er in Schönbach kenne, der ein Freund seines Vaters gewesen sei. Auch Maries Vater und Haeberlins Vater waren Freunde, aber Jean Arnal kennt Schwäger angeblich nicht – jedoch, so arg viel Männer von deren Generation mit dem Namen Kurt hat es in den beiden Dörfern doch wohl nicht gegeben. Also überprüfen wir, ob es ein anderer Kurt als Kurt Schwäger gewesen sein könnte, den Pierre Haeberlin meinte, oder ob er ihn einfach erfunden hat, sozusagen als Alibi für Seitensprünge. Das sind meine bescheidenen Ermittlungsfortschritte.«

Barbara Fouquet lachte: »Angesichts dieses Ergebnisses erscheint es mir wirklich fraglich, ob es angemessen war, mich sitzen zu lassen. Immerhin, Sie haben ja Wiedergutmachung versprochen.«

Bernd Peters war wie verzaubert von dem Humor der Frau, die doch sicher mit mindestens genauso vielen Problemen im Berufsalltag zu tun hatte wie er. »Sie kennen nicht zufälligerweise einen weiteren Kurt?«

Sie dachte nach. »Nein, tut mir leid, ich werde meinen Geheimdienst aktivieren.«

Er schaute sie fragend an.

»Meine Freundin in der Bäckerei erfährt – fast – alles, wenn sie will.«

Anna Hoger wollte vor allem wissen, wie sich denn die Sache mit dem Kriminalkommissar entwickelte.

»Neugierig bist du wohl gar nicht, oder?« Barbara Fouquet wickelte die Stofftasche auseinander und Anna Hoger füllte sie mit Brot und Brötchen.

»Das bin ich auf keinen Fall. Gut informiert zu sein, gehört einfach zum Anforderungsprofil meines Berufes, wenn dir das etwas sagt.«

»Muss ich dann wohl akzeptieren, vor allem deshalb, weil ich dich um einen Gefallen bitten möchte.« Barbara Fouquet legte das Geld auf die Theke.

»Informationen gibt es nur gegen Informationen. Also, wie läuft es?« Anna Hoger zählte das Wechselgeld ab.

»Der Herr Kommissar hat viel zu tun, man sieht sich nicht so oft, vielleicht wieder morgen. Viel gibt es da nicht zu erzählen, Frau Hoger.«

»Die Frau Pfarrerin freut sich außerdem auf den morgigen Sonntag, nicht nur deshalb, weil sie dann wieder Gottesdienst halten darf, sondern gleichermaßen aus anderen Gründen. Sehe ich das richtig?«

»Jawoll, Frau Hoger!«

»Warum genießt der Mann das Privileg, dass du einen etwas intensiveren Blick auf ihn geworfen hast?«

»Hab ich das?«

»Ich kann mich des Eindrucks nicht erwehren.« Anna Hoger grinste.

»Also gut, ich stehe auf Männer mit blauen Augen und tiefer Stimme. Genügt das?«

»Die blonden Haare und der eigentümliche Akzent der norddeutschen Tiefebene, stört dich das nicht?«

»Stört mich nicht, finde ich sogar ganz nett.« Barbara Fouquet schaute der Bäckerin in die Augen. »Ist das Verhör hiermit beendet?«

»Vorläufig, ich werde bei Gelegenheit auf das Thema zurückkommen.«

Barbara Fouquet atmete ein wenig auf: »Und nun zu meiner Frage.« Sie erzählte der Freundin von Peters' Suche nach einem Kurt.

Anna Hoger versprach, sich umzuhören.

»Informationsaustausch am Montag um 15 Uhr hier bei mir. Dann stelle ich meinen Mann für eine Stunde in den Laden und wir beide trinken eine Tasse Kaffee.« – Und essen von deinem entsetzlich leckeren und kalorienhaltigen Schokoladenkuchen, bei dem ich nie widerstehen kann, dachte Barbara Fouquet und stimmte zu.

Kapitel 22

Auf die Minute um halb zwölf stand der Wagen von Bernd Peters vor dem Pfarrhaus. Barbara Fouquet war nicht überrascht. Pünktlichkeit schien eine seiner Tugenden zu sein. Sie hatte sich schon den ganzen Vormittag auf den Moment gefreut. Gelegentlich hatte ihre Konzentration während der beiden Gottesdienste darunter gelitten. Aber nun war er da.

Wenige Minuten später brachen sie in Richtung Petersbächel auf. Aus Schönbach hinaus die Höhe hinauf. Der Radweg kreuzte zweimal die Fahrstraße. Er war auf der alten Trasse der Schmalspurbahn angelegt, die nach dem Ersten Weltkrieg von den Franzosen gebaut worden war und Fischbach mit der Bahnlinie bei Bundenthal verbunden hatte. Als die französische Besatzung abgezogen war, hatte keiner mehr für den Unterhalt aufkommen wollen und man hatte die Schienen der unrentablen kleinen Eisenbahnlinie abgerissen. Am Himmel zogen einige wenige Wolken auf. Barbara Fouquet empfand das als wohltuend, dann gab es wenigstens ab und zu mal Schatten. Die Straße schlängelte sich in weiten Kurven durch den Wald, unterbrochen von großen Wiesentälern, die den Blick zu den Bergen freigaben. Hier schien es nur drei Farben zu geben: Das Blau des Himmels, das Weiß der Wolken und das Grün der Bäume und Wiesen, das allerdings in einer solchen Vielfalt, dass die Mischtabelle eines Malers nicht gereicht hätte. Die Luft, die durch die geöffneten Wagenfenster hereinströmte, duftete wunderbar würzig nach Wald, und man schien den hohen Sauerstoffgehalt der Luft förmlich auf der Haut zu spüren. Die Fahrt ging vorbei am Biosphärenhaus und in Fischbach dann hinauf Richtung Gebüg und Petersbächel.

Petersbächel war ein Dorf von vielleicht vierzig oder fünfzig Häusern, in einem Talkessel gelegen. Aus einem Bauernhof entstanden, beherbergte es nun eine Außenstelle des Forstamtes, eine Großbäckerei, die die ganze Gegend belieferte, und ein Wanderheim des Pfälzerwaldvereins. Man konnte dort in einfachen Zimmern übernachten und sich in der danebengelegenen Klause mit Essen und Trinken versorgen lassen. Das Dorf, in dem sich inzwischen zwei Künstler niedergelassen hatten, lockte immer mehr Feriengäste an, denn es war ein idealer Ausgangspunkt für Wanderungen auf den gut markierten Wegen der Grenzregion mit ihren Bergen, Burgen und Weihern.

Barbara Fouquet deutete auf einen kleinen Parkplatz und Bernd Peters stellte den Wagen neben dem Wanderheim ab. Die beiden machten sich gleich an den Aufstieg zum Maimont. Der

Weg führte zunächst in ein kleines bewaldetes Tal hinein. Rechts und links des Weges war alle paar Meter Holz aufgestapelt, das man im vergangenen Jahr geschlagen und geschnitten hatte. Nach weiteren zwei Jahren wäre es trocken genug, um es zu verbrennen. Der Weg wurde schmaler und zugleich steiler. Er zog sich in Windungen den Berg hinauf, sie wurden langsamer. Nach einigen mühsamen Hundert Metern des Anstiegs erreichten sie einen Platz, auf den von fünf Seiten breite Wege zuliefen. Die Bäume, die den Platz begrenzten, waren voller Wanderzeichen. Vor ihnen öffnete sich der Blick über die bewaldeten Bergkuppen der nördlichen Vogesen. Zwei Schritte Richtung Süden und sie waren in Frankreich. Von der Grenze war jedoch nichts zu sehen. Nur der Wechsel der Wanderzeichen deutete darauf hin. Sie genossen den Blick auf eine Landschaft, die von den sanften Linien der Berge gekennzeichnet war. Die Luft flimmerte in der Sonne und es war kein Laut zu hören. Jetzt, in der Mittagshitze, schienen auch die Tiere zu ruhen.

Barbara Fouquet musste unwillkürlich daran denken, was sich in den Jahrhunderten der unseligen Feindschaft zwischen Deutschland und Frankreich hier schon alles abgespielt hatte. Früher hatte hier ein Zollstock gestanden, ein Schlagbaum, der deutlich zwei Welten trennte. Danach hatte man den Platz benannt. Die Erhöhung zur Linken, auf die sie hinauf wollten, war der Berg der Soldaten und Schmuggler gewesen. Von den Szenen, die sich dort abgespielt hatten, war nichts mehr zu sehen. Es wirkte, als hätte es die Grenze nie gegeben – und im Grunde war es so. Die Jahrhunderte der Feindschaft verschwanden in dem langen Zeitraum seit Entstehung der Welt wie ein einzelner Stein in einer fertigen Mauer. Der die Welt einst erschuf, hatte sowieso keine Grenzen vorgesehen. Für die Menschen, die unter der Grenze hatten leiden müssen, war sie freilich eine bittere Wirklichkeit gewesen.

Sie machten sich auf die letzte Etappe zur Bergspitze, das kostete noch einiges an Kraft. Dann waren sie oben, gingen an ausgewaschenen Sandsteinwänden auf der Kuppe entlang, bis sie hinter einer kleinen Lichtung das Friedenskreuz auf einem Plateau entdeckten. Sie stiegen auf die letzte nur kleine Erhebung. Der Blick hinunter nach Fischbach war überwältigend.

Ein Stück bergabwärts fanden sie den großen ausgewaschenen Stein, den man die Opferschale nannte. Vielleicht hatten wirklich die Kelten hier ihre Opfer dargebracht, vielleicht war er auch nur ein Werk der Natur wie viele ausgewaschene Sandsteinblöcke im Pfälzerwald. Er lag an einer Stelle der Bergkuppe, die von einem kaum noch wahrnehmbaren Wall, unter Sträuchern und Bäumen verborgen und von großen Wurzelsträngen durchzogen, umgeben war, Reste einer keltischen Fliehburg. Hier hatten einmal Hütten gestanden und Menschen und Tiere zusammen zwischen den Erdwällen gelebt. Auf der Spitze des Berges hatten sie sich sicher gefühlt gegenüber möglichen Angreifern, gegenüber anderen Menschen.

Ein weiteres Stück den Berg hinunter kamen sie wieder an eine Lichtung, auf die viele Wege zuliefen. Barbara Fouquet führte sie einen schmalen Weg hinab nach Wengelsbach, einem kleinen Ort, der mehr zu Deutschland als zu Frankreich zu gehören schien, wäre da nicht die unübersehbare französische Fahne vor einem der Häuser gewesen, das verzweifelte Symbol einer Identität, die immer mehr verloren ging. Ein kleiner Ort in einem fast kreisrunden Talkessel gelegen, fünf mühsame und kurvenreiche Kilometer über einen Berg hinweg vom nächsten französischen Nachbarort, dabei nur zwei flache durch ein bewaldetes Tal vom nächsten deutschen Ort entfernt. Jetzt, am Sonntag, war der Ort belebt. Viele Häuser gehörten Deutschen. Man erkannte es an den Kennzeichen der davor parkenden Autos. Nur wenige tapfere, meist ältere Franzosen hatten die Stellung gehalten, von denen einer demonstrativ eben jene Fahne an einem Mast im Garten hochhielt.

Der Ort war Frankreich, bei allem deutschen Grundbesitz. Ein Ort, der in wohltuender Weise ohne Bebauungsplan errichtet worden war. Keine Fluchtlinie, die eingehalten werden musste, keine einheitliche Ausrichtung der Giebel. Die Häuser standen auf großen Grundstücken jeweils dort, wo sie am besten hinpassten. So fügten sie sich in die Landschaft ein, der man ihre ursprünglichen Konturen nicht genommen hatte. Außerdem fand sich in Wengelsbach ein weiteres kleines Stück Frankreich, das viele Besucher anlockte: ein Restaurant mit mehrgängigen Menüs, mit Wein und Wasser zum Essen, einer schattigen Terrasse und Flammkuchen. Dort setzten sie sich hin.

Es war voll. Sie hatte das befürchtet. Zu Fuß wie die beiden oder mit Autos und Motorrädern waren die Besucher hierhergekommen. Mit der Einsamkeit des Waldes war es vorbei. Stattdessen konnte man den Menschen dabei zusehen, wie sie sich den Genuss eines freien Nachmittags verwirklichen wollten, mit Essen und Trinken, die einen so gewohnt wie möglich mit einer schwarzen Limonade, die anderen landestypisch mit Wein oder Orangina. Die in der schwarzen Lederkluft der Motorradfahrer tranken Bier, Weizenbier aus Bayern, die Kinder riefen nach Eis und der Hund unter dem Tisch nahm, was er bekommen konnte. Barbara Fouquet und Bernd Peters setzten sich in eine Ecke, bestellten zunächst einmal Wasser und Kaffee, ließen die Müdigkeit aus den Beinen und schauten den Menschen zu.

»Das ist ein eigentümlicher Ort, dieses Wengelsbach«, fing Barbara Fouquet an. »Als Ausflugsort und Wanderziel ist es sehr beliebt, weil es so idyllisch ist. Dann gehören hier mehr Häuser Deutschen als Franzosen, zum nächsten deutschen Ort ist es kürzer als zum nächsten französischen. Dabei wäre für die deutschen Besucher der Ort vermutlich langweilig, wenn er in Deutschland läge.«

»Die Angst vor dem Fremden ist dem Reiz am Fremden gewichen, eigentlich schön«, setzte Bernd Peters hinzu. »Aber den meisten ist es doch wichtig, dass das Fremde nicht allzu fremd ist. Zum Beispiel, dass das Servicepersonal deutsch spricht. Wie auf Mallorca!«

»Es ist auch gut, wenn es keine Schwierigkeiten mit dem Geld gibt.« Barbara Fouquet schaute dem Hund unter dem Nachbartisch zu, den eine Fliege immer wieder in seiner Ruhe störte. »Ich glaube, dass die Menschen in den Grenzgebieten zweier Länder meist gut zusammengelebt haben – wenn nicht gerade jemand die Feindschaft schürte. Es gab immer familiäre Verwandtschaften über die Grenzen hinweg. Zudem waren sie immer aufeinander angewiesen, wirtschaftlich vor allem. Sie hatten durchaus gemeinsame Interessen. Was meinen Sie, wie hier in der Gegend nach dem Krieg der Schmuggel florierte, als die Grenzen eigentlich dicht waren?« Barbara Fouquet musste lächeln beim Gedanken an all die Geschichten, die man ihr erzählt hatte.

»So«, setzte sie erneut an, »wir sollten jetzt zu Ihren Bußübungen kommen.«

Peters schaute sie fragend an.

»Die Wiedergutmachung, meine ich, für ein kurzfristig aus angeblich dienstlichen Gründen abgesagtes Abendessen am vergangenen Freitag!«

»Ich stehe zu Ihrer Verfügung.« Peters breitete opferbereit die Hände aus.

»Ich hoffe, das gilt für Ihre Kreditkarte in derselben Weise. Ich bin heute – vielleicht im Gegensatz zu Ihnen – bereits früh aufgestanden und habe schon gearbeitet. Ich habe Hunger!« Barbara Fouquet machte sich zwar immer wieder Sorgen um ihre schlanke Linie, doch inzwischen war es schon fast fünfzehn Uhr, und sie hatte wegen der Gottesdienste recht früh gefrühstückt.

»Was schlagen Sie vor? Womit kann ich dienen?«

»Mit Flammkuchen bis zum Abwinken und Edelzwicker, zunächst einmal eine Flasche!«

Bernd Peters gab die Bestellung wie gewünscht auf. Ihre Mägen waren guter Hoffnung.

»Mit Ihrem Namen passen Sie eigentlich besser auf diese Seite der Grenze als auf die andere.« Barbara Fouquet war überrascht über die neugierige Bemerkung von Peters.

»Ich bin ein ganz normales Lauterer Mädchen«, kokettierte sie und bereitete ihren Magen mit einem großen Schluck Wasser auf den Wein und den Flammkuchen vor. »Sie haben natürlich recht, so richtig deutsch klingt mein Name nicht. Dabei lebt meine Familie schon seit über hundert Jahren in der Pfalz. Die Vorfahren meines Vaters stammen aus Frankreich, hier aus dem Elsass. Ein Cousin dritten Grades von mir wohnt in Haguenau, alle anderen weiter südlich. Cela suffit?«

»Wie bitte?« Bernd Peters schien sie nicht verstanden zu haben.

»Genügt das?«

»Mit Sicherheit nicht!«

Kesse Antwort, dachte sie, da fuhr er schon fort.

»Da wäre die Frage nach den hübschen Sommersprossen auf Ihrer noch hübscheren Nase und nach der Haarfarbe.«

»Alles echt! Weitere Fragen?« Barbara Fouquet lächelte mit gespielter Bescheidenheit. Sie hoffte, dass das Essen bald käme, falls ihr keine geistreichen Antworten mehr einfallen sollten.

»Aber die sind doch gerade nicht typisch französisch, oder?«

»Sie waren wohl nie in Nordfrankreich. Da laufen einige herum, die so aussehen wie ich.«

»Das klingt verlockend. Mein nächstes Urlaubsziel steht hiermit fest.« Bernd Peters grinste sie frech an.

»Aber um das Geheimnis zu lüften: Meine Mutter stammt zwar aus dem Ruhrgebiet, ihre Vorfahren aber kamen – aus Irland.«

»Damit ist mein Weltbild wieder zurechtgerückt, vielen Dank.« Der Wein war gekommen und Peters schenkte beiden ein.

»Hoffentlich zwickt der Edelzwicker meinen etwas nervösen Polizistenmagen nicht«, sagte er.

»Keine Angst, das ist eine recht milde Mischung aus Silvaner, Riesling und Muskateller«, sagte sie. »Die läuft samtig hinunter.« Er stellte die Flasche wieder zurück in den Eiskübel.

»Kommen wir zu Ihnen, Herr Kommissar.« Barbara Fouquet setzte das Glas ab.

»Bernd Peters ist mein Name, Frau Pfarrerin.« Sein Gesicht bekam einen auffordernden Ausdruck. »Es genügt aber einfach Bernd!?« Er hielt ihr das Glas entgegen.

»Okay!« Sie hob das Glas wieder hoch. »Ich heiße ...«

»Barbara«, vollendete er ihren Satz und lachte.

»Also, zu – dir.« Es fiel noch etwas schwer, das Du. »Hellblonde Haare, wasserblaue Augen, ein Akzent wie von der Waterkant – eigentlich eindeutig.«

»Ja, da gibt es leider nicht viel zu erzählen. Reinste nordische Rasse. Ganz unromantisch!«

»Was verschlägt einen Nordeuropäer in die Tiefen des Pfälzerwaldes?«

Bernd Peters' Gesicht verdüsterte sich ein wenig: »Die Flucht vor mir selbst vermutlich.«

»Die nie gelingt«, fügte Barbara Fouquet hinzu.

»Die nie gelingt! Du hast recht.«

Bernd Peters erzählte ihr die Geschichte von dem entführten Kind, davon, dass sie das Kind tot fanden, dass er bis heute der Meinung war, wenn er entschlossener gehandelt hätte, hätten sie die Tötung verhindern können. Er erzählte von dem Jahr danach, in dem seine Ehe in die Brüche ging, weil er ständig aggressiv und viel zu oft betrunken war, und von seinem Entschluss, unter anderen Umständen neu anzufangen.

Barbara Fouquet hörte schweigend zu. Er war ein sympathischer Kerl und tat ihr ein wenig leid. Sofort schoss es ihr durch den Kopf: Mitleid ist keine Grundlage für eine Beziehung! Aber da waren seine warme tiefe Stimme, die jungenhafte Leichtigkeit, mit der er lachte, wenn er lachte, die Ernsthaftigkeit, mit der er seinem Beruf nachging. Sie würde sich gut prüfen müssen.

»Das soll ein Kuchen sein?« Bernd Peters schaute erstaunt auf das Holzbrett, das man ihnen auf den Tisch gestellt hatte. Ein runder Teigfladen, ähnlich einer Pizza, nur wesentlich dünner, mit einer weißen festen Creme, in der glasierte Zwiebeln und Speckstückchen lagen. »Es duftet großartig – aber das ist doch kein Kuchen!«

»Aha, eine Nachhilfestunde in oberrheinischer Kultur ist fällig.« Barbara Fouquet freute sich. »Man merkt, allzu lange bist du noch nicht in der Gegend.« Sie bemühte sich, ihm zu erklären, was dort in Dreiecke zerteilt vor ihnen lag. »Ein Flammkuchen ist – ein Flammkuchen. Unvergleichlich!« Sie nahm ein Stück in die Hand, rollte es ein wenig zusammen und biss ab.

»Probieren geht über Studieren«, sagte Peters und tat es ihr nach.

»Flammkuchen heißt Flammkuchen ...«

»... weil er heiß ist«, setzte Peters den Satz fort und spülte den Mund mit Wein aus.

»Genau, und heiß ist er, weil er aus den Flammen kommt, aus dem heißen Ofen, wenn die Flammen auf dem Holz noch nicht erloschen sind. Belegt wird das hauchdünne ovale Teigstück mit einer Sauce aus saurer Sahne, fein gehackten Zwiebeln und Speck. Er wird für ein paar Minuten bei großer Hitze gebacken, mit einem Schneiderad auf dem Holzbrett zerteilt – und gegessen, bis man satt ist.« Das Brett vor den beiden war leer. »Am Anfang hat man das Gefühl, man wird nie satt, und es dauert viel zu lange, bis der nächste Flammkuchen kommt – aber mit der Zeit reicht es dann doch irgendwann.«

»Ich glaube, ich bin innerhalb weniger Minuten ein überzeugter Anhänger der elsässischen Kochkunst geworden«, sagte er.

»Wenn es dem Ende zugeht, kann man auch süß belegten Flammkuchen bestellen«, schloss Barbara Fouquet ihren Vortrag.

»So weit sind wir noch nicht«, warf Bernd Peters ein und wirkte sehr zufrieden.

Nach dem Essen suchten sie sich eine Wiese in der Nähe des Dorfbachs, legten sich in den Schatten unter einen alten Speierling und dösten ein wenig in den Tag hinein. Es gibt Minuten im Leben, da erübrigt sich jegliches Fragen nach Sinn und Zweck, da ist man ganz bei sich selbst und glücklich, dachte Barbara Fouquet, und dann vergehen diese schönen Minuten, man richtet seinen Blick vom Jetzt weg in die Vergangenheit oder die Zukunft, und die Einheit der Welt zerbricht wieder.

»Komm, lass uns das Dorf anschauen!«, sagte er plötzlich und zog sie von der Wiese hoch. Sie gingen die einzige Straße des sich in einem Halbkreis durch das Tal ziehenden Dorfes hinauf und hinunter und kamen an einem alten Bauernhof vorbei, dessen Betrieb offensichtlich ruhte. Der Stall war zur Garage geworden, auf dem Hof stand ein Schwimmbecken für die Kinder und den kleinen Schweinestall hatte der Hund für sich erobert. Sie redeten über die unterschiedlichen Bauweisen der Häuser und die so verschieden angelegten Gärten.

»Wir haben viele Indizien, aber keinen einzigen Beweis«, sagte er plötzlich vor sich hin.

»Wie bitte?« Barbara Fouquet hatte nicht verstanden, was er vor sich hingebrummelt hatte.

»Ach, ich habe an den Fall gedacht. Wir haben viele Indizien dafür, wer Schwäger umgebracht haben könnte, dabei keinen Beweis.«

»Und Pierre Haeberlin?«

»Es gibt drei Möglichkeiten: Entweder hat Schwäger Pierre Haeberlin umgebracht. Die beiden müssen sich viel besser gekannt haben, als Schwäger zugegeben hat, denn Haeberlin hat ihn offenbar beliefert. Das macht Schwäger verdächtig. Dann ist die Frage zu klären, wer Schwäger umgebracht hat. Oder beide sind von ein und demselben Menschen umgebracht worden, oder beide haben verschiedene Mörder.«

Nach einer kleinen Pause fuhr er fort: »Also, vielleicht haben wir schon einen Mörder, nur dass der tot ist, und wir müssen nur noch nach dessen Mörder suchen. Oder es läuft der Mörder von beiden noch frei herum, oder es laufen noch zwei Mörder frei herum.«

»Das klingt wie kriminalistische Mathematik«, sagte Barbara Fouquet.

»Eigentlich sind es nur Wortspielereien. Als Mörder für Haeberlin können wir einen eifersüchtigen Ehemann inzwischen vermutlich ausschließen.«

»Und die Ehefrau?«

»Marie Haeberlin meinst du? Man brauchte viel Kraft, um den Schädel von Pierre Haeberlin so zuzurichten – und um die

Leiche zu transportieren. Deshalb ist sie zunächst einmal außen vor.«

Wieder schwieg Peters einen Moment, ehe er sagte: »Aber ihr Vater scheint uns belogen zu haben, als er behauptete, Kurt Schwäger nicht zu kennen. Wie übrigens auch sein Freund Dorémieux von Agromarché. Die beiden müssen Schwäger gekannt haben. Ich bin am Donnerstag nochmals in das Wohnhaus von Schwäger gegangen. Dort in der Küche stand ein altes Bild, das ihn zusammen mit sechs anderen Männern zeigt. Das Bild wird fast vierzig Jahre alt sein. Schwäger ist recht gut zu erkennen, zwei von den anderen könnten durchaus Arnal und Dorémieux sein. Wer die restlichen sind, weiß ich nicht. Ich habe das Bild Scheller am Freitag auf den Schreibtisch gelegt, vielleicht hat er eine Idee.«

»Und die Motive, Herr Kommissar?« Barbara Fouquet gefiel es, wie ernst er seinen Beruf nahm und wie umsichtig er sich an sein Ziel heranpirschte.

»Arnal ist immerhin der Vater der betrogenen Ehefrau. Er hat keine hohe Meinung vom Schwiegersohn und hätte sowieso lieber einen Koch als Mann für die Tochter gehabt. Vielleicht war Schwäger sein Komplize. Immerhin, sie kannten sich, obwohl er es jetzt leugnet. Zudem war Schwäger der Totengräber. Das passt: Spaten, Versteck der Leiche auf dem Friedhof. Warum nicht?«

»Und Dorémieux?«

»Der Chef von Haeberlin und vermutlich ein alter Bekannter von Schwäger. Ich weiß es nicht genau. Dorémieux will nicht ausschließen, dass Haeberlin Geschäfte auf eigene Rechnung gemacht hat. Ihn deshalb gleich umbringen, das ist eher unwahrscheinlich. Er wäre ihn auch auf andere Weise leicht losgeworden.«

»Außer Haeberlin hatte etwas gegen ihn in der Hand und konnte sich so seine Stellung und seine Privatgeschäfte sichern.« Barbara Fouquet fügte ihr Puzzleteil hinzu.

»Ich hoffe, dass wir mit dem Foto weiterkommen. Ich werde mich morgen mit Scheller an die Arbeit machen.« Peters atmete tief durch. »Aber morgen ist morgen und heute ist heute. Ich habe mir vorgenommen, mich nicht von meinem Beruf auffressen zu lassen, schon gar nicht an so einem schönen Sonntag.« Seine Stimme klang entschieden.

»Der reuige Sünder auf dem Weg der Besserung. Die Worte hör' ich wohl, allein mir fehlt der Glaube.« Barbara Fouquet lachte. »Komm, lass uns zurückgehen!«

Am Dorfende kamen sie an einer kleinen Kapelle und einer Pferdekoppel vorbei, dann tauchte der Weg in den Wald ein, schlängelte sich den Hang hoch und stieß bei einem alten Grenzstein, der die hier im neunzehnten Jahrhundert zwischen Bayern und Frankreich verlaufende Grenze markierte, auf die anderen Wanderwege. Sie folgten dem breiten Weg in Richtung Gebüg, zur Linken den Hang des Maimont, zur Rechten das Schönauer Tal. Hier im Wald war es angenehm kühl, und dort, wo die Sonnenstrahlen einen Weg durch das dichte Dach aus Buchen und Fichten gefunden hatten und auf einen der vielen Stapel mit dem im vergangenen Winter geschlagenen Holz trafen, duftete es nach Harz.

Dann lag die Ruine Blumenstein vor ihnen. Sie kraxelten die ausgetretenen Sandsteinstufen hinauf, lehnten sich an die Brüstung des Geländers und schauten hinunter in das Tal und über den Pfälzerwald, der sich am Horizont in der Rheinebene verlor. Hatten die beiden sich auf dem letzten Teil ihrer Wanderung über Gott und die Welt und all das, was sie sahen, unterhalten, so saßen sie nun schweigend nebeneinander und ließen die Gedanken durch die Luft hinunter ins Tal zu dem Bach und den Wiesen schweben.

Bernd Peters blickte Barbara Fouquet von der Seite an. »Wir haben etwas Wichtiges vergessen!«

Sie schaute ihn fragend an.

»Wenn man vom Sie zum Du übergeht, dann stößt man doch nicht nur miteinander an, oder?« Er blickte erwartungsvoll.

Sie tat erst so, als würde sie ihn nicht verstehen, dann lächelte sie, legte einen Arm um seinen Hals und küsste ihn.

Als es dämmrig wurde, stiegen sie von ihrem Adlerhorst hinunter, um noch vor Einbruch der Dunkelheit beim Wagen zu sein.

Kapitel 23

Alfred von Boyen wusste nun, wie der Mann aussah, den er zwei Tage später treffen würde. Norman Krusien wirkte auf den ersten Blick sympathisch. Ein Selfmademan, der es verstand, sich mit seinem Geld auch Freunde zu machen. Mit der Spende für das Fresko waren die finanziellen Probleme für die Kirchengemeinde erledigt. Er hatte sein Heimatdorf nicht vergessen – nicht nur das Elternhaus, an dem er mit einer romantischen Zuneigung zu hängen schien, sondern sogar die Kirche des Ortes, die viele als dessen Mittelpunkt betrachteten.

Jedoch wenn von Boyens Hypothese stimmte, dann war der Mann der Schlüssel zum Verständnis all dessen, was in den letzten Wochen in Schönbach passiert war. Die Spuren führten unweigerlich zu ihm. Nur – mit einer letzten Ausschließlichkeit war das nicht zu belegen. Er musste mehr über diesen Mann erfahren.

Anne Mathissen hatte ihm zu einer Begegnung mit Krusien verholfen, bei der er ihn näher kennenlernen konnte, ohne sich selbst gleich preisgeben zu müssen. So machte er sich erneut auf den Weg nach Straßburg, wieder mit dem Wagen bis Wissembourg und dann mit dem Zug in die Metropole des Elsass. Diesmal wartete am Bahnhof ein Wagen der Fahrbereitschaft des Europäischen Parlamentes auf ihn. Er war durch Anne Mathissens Initiative offizieller Gast einer Konsultation, bei der es darum ging zu klären, wie die Europäische Union ihre Handelsbeziehungen zu den Beitrittskandidaten aus dem Osten Europas gestalten wollte. Beim gemeinsamen Spaziergang am vergangenen Samstag hatte Alfred von Boyen Anne Mathissen von dem erzählt, was ihn zurzeit beschäftigte und welche Vermutungen er aufgrund der Papiere, die Didier Frank ihm zugestellt hatte, haben musste.

Norman Krusien war kein Nobody in der Szene der Wirtschaftspolitiker. Er galt als vehementer Verfechter einer weiteren Liberalisierung der Wirtschaftspolitik und hatte sich in seiner

Zeit als Präsident der Industrie- und Handelskammer Frankfurts wiederholt deutlich zu Wort gemeldet. Dieses Amt hatte nun ein anderer übernommen, aber sein Name war in den Wirtschaftsredaktionen der großen Zeitungen nach wie vor präsent.

Als Anne Mathissen vorschlug, Alfred von Boyen als Experten für die Geschichte und Kultur Südosteuropas zur Konsultation hinzuzuziehen, stieß sie auf offene Ohren, und so trafen sich die beiden zusammen mit den fast fünfzig anderen Delegierten in einem der Sitzungsräume im Palais de l'Europe wieder.

Die Tische bildeten ein großes ovales Rund, die eigentlichen Delegierten saßen in der ersten Reihe, die Referentinnen und Sekretäre, die manche zur Stabilisierung ihrer Kompetenz oder ihres Selbstbewusstseins mitgebracht hatten, saßen in einem zweiten Stuhlkreis dahinter. Anne Mathissen gehörte zur Gruppe der Parlamentarier, die von einem dänischen Konservativen angeführt wurde. Von Boyen saß bei der Gruppe der Experten zusammen mit Juristen und Wirtschaftswissenschaftlern aus Skandinavien und Südeuropa. Ihnen gegenüber hatte man die Delegation der Wirtschaftslobbyisten positioniert, eine Gruppe von sechs Männern in gut sitzenden Anzügen. Der Delegationsleiter war ein Franzose, Vorstandsvorsitzender eines Energiekonzerns. Krusien saß neben ihm, sie schienen einander gut zu kennen. Geleitet wurde die Sitzung von der zuständigen Kommissarin für Wirtschaftsfragen in der EU, die von zwei Abteilungsleitern flankiert wurde.

Über das Verfahren hatte man sich in zum Teil mühsamen Vorgesprächen verständigt. Einer der beiden Abteilungsleiter führte mit einem kurzen Referat von zwanzig Minuten in die Problematik ein, die Kommissarin legte die Zielrichtung und den Ablauf des Tages dar. Anschließend stellte einer der Parlamentsabgeordneten die vorgesehenen gesetzlichen Regelungen vor, stellte klar, welche Fragen noch offen waren, wo es Spielräume gab und wo nicht, um dann anschließend den Vertretern der Wirtschaft Gelegenheit zur Stellungnahme zu geben.

Der Leiter der Delegation der Wirtschaft stellte den Anwesenden Norman Krusien vor, er sollte für ihre Delegation sprechen.

Anne Mathissen und Alfred von Boyen sahen sich über die Tische hinweg an. Die Simultandolmetscher in den Kabinen wechselten die Position. Hatte der Leiter der Delegation auf Französisch gesprochen, so galt es nun, aus dem Deutschen zu übersetzen.

»Verehrte Frau Kommissarin, sehr geehrte Damen und Herren, ich lasse Ihnen gerade einige Zahlen austeilen, auf die ich in den nächsten Minuten zu sprechen kommen werde. Sie sollen illustrieren, warum wir zur Erreichung des Zieles, das uns alle miteinander verbindet, des Zieles eines starken und liebenswerten Europas, den Weg einer frühzeitigen Öffnung unserer Märkte für weitere Beitrittskandidaten aus dem Osten unseres Kontinentes gehen müssen. Und – so möchte ich gleich hinzufügen – aus Sicht der Wirtschaft sollte der Beitritt der Türkei ebenfalls kein Tabu sein.«

Norman Krusien hatte sich hingestellt und redete ohne sichtbares Konzept. Von Boyen fand ihn durchaus beeindruckend. Die Körpergröße von einem Meter neunzig, die sportliche Ausstrahlung und die vollen grauen Haare ließen ihn kraftvoll und gesund erscheinen. Er schien auf eine sympathische Weise ein erfolgreich gestaltetes Leben zu repräsentieren. Es würde einiges an bewusster innerer Distanz brauchen, um in Erwägung zu ziehen, dass der Mann nicht recht haben könnte.

»Ich habe Ihnen auf einer Grafik das Wirtschaftswachstum der Länder der Europäischen Union im Vergleich zu den USA und ausgewählten Ländern Asiens dargestellt. Es ist offensichtlich, dass wir nicht die Steigerungen erreichen, die möglich wären. Auf einer zweiten Grafik habe ich Ihnen die Größe der jeweiligen Märkte dargestellt. Es ist genauso deutlich, dass sowohl die USA als auch die von mir aufgeführten Länder Asiens davon profitieren, dass ihnen wesentlich größere Märkte zur Verfügung stehen. Es ist ein Unterschied, ob ich für meine Waren mit einem Markt von 400 Millionen Menschen rechnen kann oder von einer Milliarde.«

Krusien hatte erreicht, dass man ihm aufmerksam zuhörte. Das Aufkommen eines leichten Stirnrunzelns bei den Vertretern der sozialistischen Parteien parierte er mit den nächsten Sätzen.

»Ich rede vom wirtschaftlichen Wachstum unserer Länder. Wobei, und da denke ich, sind wir uns hoffentlich einig, wirtschaftliches Wachstum kein Selbstzweck ist. Wirtschaftliches Wachstum ist Mittel zum Zweck, und der Zweck ist ein lebenswertes Leben in Sicherheit und Frieden für unsere Bürgerinnen und Bürger. Wir alle wollen, dass das soziale Netz in der EU nicht weitmaschiger wird. Wir alle wollen, dass nicht immer mehr Menschen durch das Sicherungsnetz fallen. Wir brauchen wirtschaftliches Wachstum, um diese große Errungenschaft unserer Länder auch in Zukunft finanzieren zu können.«

Dem Mann nimmt man alles ab, dachte von Boyen. Krusien würde sie überzeugen, wenn er so weitermachte, das war ihm klar.

»Wir appellieren deshalb an Sie, die Handelsbeschränkungen gegenüber den Beitrittskandidaten aus Osteuropa noch in diesem Jahr fallen zu lassen. Dasselbe gilt für Beschränkungen auf dem Arbeitsmarkt. Wenn die Länder uns ihre Märkte öffnen, müssen wir ihnen ebenso unseren Arbeitsmarkt öffnen. Ich muss Sie nicht daran erinnern, wie hoch der gesamtwirtschaftliche Verlust in der Europäischen Union aufgrund des Mangels an Arbeitskräften für Tätigkeiten ist, die unsere Bürger nicht mehr übernehmen wollen.«

Krusien schien zum Schluss anzusetzen. Bisher hatte er ruhig und ohne große Gesten gesprochen. Nun streckte er den linken Arm aus und beschrieb mit ihm einen Halbkreis in den Raum hinein. »Durch eine Öffnung unserer Grenzen können wir nur gewinnen, können unsere Bürgerinnen und Bürger nur gewinnen.« Von verschiedenen Seiten des Tischovals hörte von Boyen beifälliges Klopfen.

Alfred von Boyen hatte durchaus bemerkt, was Norman Krusien alles nicht gesagt hatte. Der Mann wirkte überzeugend, weil er authentisch war. Er war von dem überzeugt, was er sagte. Nachfragen wurden zunächst keine gestellt. Man teilte sich in Arbeitsgruppen auf, denen jeweils bestimmte Teilprobleme zugeordnet wurden. Kurz vor dem Mittagessen wollte man sich im Plenum treffen, um den weiteren Zeitbedarf zu bestimmen.

Alfred von Boyen war der Arbeitsgruppe »Kulturelle Traditionen und ihre Auswirkungen auf die wirtschaftliche Zusammenarbeit« zugeteilt worden. Ziel war es abzuklären, welche tiefsitzenden Verschiedenheiten in den Mentalitäten und kulturellen Prägungen bei einer zukünftigen Integration in die EU und einer eventuell vorgezogenen Öffnung der Grenzen zu berücksichtigen wären.

Er traf Krusien erst beim Mittagessen wieder. Man aß im Restaurant des Palais de l'Europe. Von Boyen setzte sich an den Tisch der Wirtschaftsdelegation. »Sie gestatten?«

»Aber gerne, nehmen Sie Platz.« Man stellte sich vor und diskutierte das ausgelegte Menü.

»Ihre Stellungnahme war brillant vorgetragen.« Von Boyen sprach Krusien direkt an.

»Vielen Dank. Ich hoffe, dass Ihnen auch der Inhalt zugesagt hat.«

»Ich hatte den Eindruck, Sie sind überzeugt von dem, was Sie gesagt haben.«

»Selbstverständlich. Es würde mich freuen, wenn ich Sie ebenfalls überzeugt hätte.«

»Denken Sie nicht, eine Öffnung der Märkte könnte genausogut zu gravierenden Nachteilen für unsere Bürgerinnen und Bürger und für die der Beitrittsländer führen?« Alfred von Boyen wollte ein wenig hinter die glatte Fassade des Mannes schauen.

»An was denken Sie da?« Norman Krusien war offensichtlich kein Anfänger bezüglich verbaler Auseinandersetzungen.

»Nun, ich denke, es werden zu uns nicht nur Arbeitskräfte für die ungeliebten Arbeitsplätze kommen, sondern ebenso welche, die in die Konkurrenz um die begehrten Arbeitsplätze eintreten.«

Krusien antwortete zunächst nicht. »Sie sind doch Historiker, wenn ich auf der Teilnehmerliste richtig gelesen habe, nicht wahr?« Von Boyen nickte misstrauisch. »Dann werden Sie auch wissen, dass es unter uns Menschen letztlich immer um einen Ausgleich von Interessen geht.«

»Ich weiß, dass sich bei einem Ausgleich der Interessen in der Regel die Stärkeren durchgesetzt haben.« Von Boyen wollte sich die Fäden nicht aus der Hand nehmen lassen.

»Haben Sie sich schon einmal die Frage gestellt, wie die Geschichte verlaufen wäre, wenn sich in der Regel die Schwächeren durchgesetzt hätten?« Von Boyen meinte, einen leicht aggressiven Unterton zu vernehmen. »Die Menschheit hätte nicht lange bestanden, wenn sie sich nach den Maßstäben derer gerichtet hätte, die die weniger Lebensfähigen waren.«

»Entschuldigen Sie!« Von Boyen schüttelte ein wenig verständnislos den Kopf. »Ist das, was Sie da vertreten, nicht Sozialdarwinismus in Reinform? Es fehlt nur noch, dass Sie behaupten, der Stärkere habe auch ein größeres Recht zu leben.«

»Von Rechten möchte ich gar nicht reden.« Krusien nahm einen Schluck aus seinem Glas und schien den nächsten Satz bewusst ein wenig hinauszuzögern. »Es geht um die Wirklichkeit, die Realität. In der gilt die Regel, dass der Lebensfähigere die Oberhand behält und die Kultur und die Gesellschaft weiterentwickelt. Realistisch sein heißt also, das zu akzeptieren.«

Alfred von Boyen wurde klar, dass der gutaussehende Mann auf der anderen Seite des Tisches seine unleugbare Überzeugungskraft daraus gewann, dass er von keinen Zweifeln am eigenen Weltbild geplagt wurde.

»Lassen Sie mich trotzdem nochmals meine Frage stellen.« Von Boyen schaute Krusien in dessen hellblaue Augen. »Wenn die Wirklichkeit so ist, dass in der Regel der Stärkere, oder wie Sie sagen, der Lebensfähigere, die Oberhand behält, hat er dann auch ein Recht dazu?«

Krusien richtete den Oberkörper auf. »Ich frage Sie: Warum nicht?«

Alfred von Boyen erkannte, dass er in einer anderen Welt lebte als Norman Krusien. Sicherlich in derselben Wirklichkeit, in der Macht und Stärke meist das letzte Wort hatten. Doch von Boyen war nicht bereit, die Wirklichkeit so zu akzeptieren, und er war schon gar nicht bereit, sie zur Norm zu erklären. Was war, war deshalb noch nicht gut. Immer hatte er sich gegen die Rede von der normativen Kraft des Faktischen gewehrt, nicht weil es sie nicht gab, sondern weil er ihr nicht erliegen wollte.

Von Boyen wechselte das Thema.

»Herr Krusien, wir haben uns in dieser Woche bereits gesehen.« Krusien schaute erstaunt. Von Boyen fuhr fort: »Nun ja, vielleicht haben Sie mich nicht gesehen, aber ich Sie – am Mittwoch, in Schönbach, bei der Beerdigung von Kurt Schwäger.«

Krusien schien die Fassung wiedergefunden zu haben. »Sie sehen mich erstaunt. Was verbindet Sie mit Schönbach?«

»Ich wohne dort. Was verbindet Sie mit Kurt Schwäger?« Von Boyen stellte die Frage bewusst so, dass sie Krusien unangenehm sein musste. Das war sie offensichtlich.

»Ich bin in Schönbach aufgewachsen, mein Elternhaus steht dort.«

»Und Schwäger?«

»Der war früher einmal so etwas wie ein Freund für mich. In der Jugend eben.« Krusien schaute nachdenklich. »Er hat es nicht gut gehabt im Leben, der Ärmste. Außerdem hat er zu viel getrunken. Ich habe ihn manchmal unterstützt. Er hat mich angerufen und mir am Telefon etwas vorgejammert. Dann habe ich ihm halt wieder einmal etwas zugesteckt.«

Der gute Mensch von Sezuan, dachte Alfred von Boyen. »Schwäger war Bauer. Sie handeln mit Futtermitteln. Ist das richtig?«

Krusien stutzte einen Moment. Dann richtete er sich auf und sagte: »Beides stimmt. Was hat das eine mit dem anderen zu tun?«

»Das frage ich mich auch.« Von Boyen wandte sich dem Dessert zu, das gerade serviert worden war.

Von Boyen nahm das Aufblitzen in den Augen von Krusien wahr, sagte jedoch nichts. Der rief die Kellnerin zu sich und bestellte einen Bourbon.

Als Alfred von Boyen am Abend in Wissembourg in den Rover stieg und den brabbelnden Motor in Gang setzte, war das Bild der Ereignisse in Schönbach in seinem Kopf um eine wesentliche Facette reicher geworden.

Kapitel 24

Scheller erkannte seinen Vorgesetzten am Montagmorgen kaum wieder. Aus dem hellhäutigen, etwas verkrampften Brummbär war ein leicht gebräunter Mann mit offenem Blick und federndem Gang geworden.

»Chef, warst du zu einem Wochenendtrip auf Ibiza? Du siehst aus wie nach drei Tagen Party.«

Peters ging es viel zu gut, um unwirsch zu reagieren, trotzdem verstand er die Frage des Kollegen nicht sofort. »Nach drei Tagen Party habe ich normalerweise einen Brummschädel, Tränensäcke unter den Augen und schwere Glieder. Du darfst meine Kondition bitte nicht überschätzen.«

»Du siehst aber richtig gut aus.« Scheller schien neugierig zu sein.

»Ich habe mich intensiv unserem Fall gewidmet, die weitere Umgebung des Tatortes erforscht und die Ortspfarrerin befragt«, antwortete Peters mit einem vielsagenden Lächeln.

»Habe ich dich richtig verstanden, du hast dich intensiv der Ortspfarrerin gewidmet?« Scheller konnte es wohl nicht lassen.

Peters lenkte ab: »Herr Kollege, ich hoffe, du hast dich intensiv dem Foto gewidmet, das ich dir auf den Schreibtisch gelegt habe.«

»Welches Foto meinst du?« Scheller suchte auf dem Schreibtisch.

»Das du offenbar innerhalb weniger Minuten unter der Unordnung der anderen Papiere unauffällig hast verschwinden lassen.«

Peters ging zu Schellers Schreibtisch, suchte einen Moment in dem Chaos von Papieren und zog das Foto aus Schwägers Küche hervor.

»Dieses Foto meine ich!«

Scheller betrachtete es mit unwissendem Erstaunen.

»Ich kenne drei Personen auf dem Foto«, sagte Peters.

»Ich auch«, gab Scheller zurück.

»Wen meinst du?«, fragte Peters erstaunt zurück.

»Ich erkenne Schwäger als deutlich jüngeren Mann. Das Foto ist sicher an die vierzig Jahre alt. Der da ist vielleicht Herkommer in jungen Jahren. Der dritte, den ich erkenne, ist Haeberlin.« Scheller stutzte. »Das kann nicht Haeberlin sein, der war vor vierzig Jahren noch gar nicht geboren. Aber er sieht ihm ziemlich ähnlich.«

Peters nahm ihm das Bild aus der Hand: »Das ist interessant, ich kenne noch zwei andere. Das ist der Schwiegervater von Haeberlin, Jean Arnal, Inhaber des *Le Coq au Vin* in Lembach, und der da ist Xavier Dorémieux, der Arbeitgeber von Haeberlin.«

Peters nahm sich einen Kaffee und stellte ein großes Glas Wasser daneben. »Dann lassen wir doch mal die Logik sprechen – soweit sie uns dabei helfen kann.«

Er holte die Skizze von Lemaitre von der Wand und legte sie auf den Besprechungstisch, das Foto mit den sieben Männern daneben. »Wir wissen inzwischen, dass Schwäger und Haeberlin sich mehr als nur gekannt haben. Darauf lassen die Futtermittellieferungen schließen.«

»Klar, das hat mir doch auch Boyen erzählt, dass die beiden sich kannten«, warf Scheller ein.

»Bitte was?«, fragte Peters entsetzt.

»Boyen hat mir gesagt, dass die beiden sich kannten.«

»Und wann war das bitte schön?«

»Vergangenen Mittwoch, habe ich dir das nicht erzählt?«, fragte Scheller scheinheilig.

»Nein, das hast du nicht, aber du hättest es tun sollen.« Peters war aufgebracht.

»Tut mir leid, Chef.« Scheller hob die Hand, abwehrend und bittend zugleich.

»Ich hätte mir einiges an Fahrerei sparen können, wenn du mir das rechtzeitig gesagt hättest.«

»Wir hätten es ja sowieso noch einmal überprüfen müssen«, wiegelte Scheller ab.

»Das ist keine Entschuldigung, lieber Herr Kollege.« Peters unterdrückte seinen Zorn.

»Ich gelobe Besserung!«

»Man wird sehen.« Er ist, wie er ist, dachte Peters und beruhigte sich. »Okay, wenden wir uns wieder dem Bild zu. Wer ist nun der Mann auf dem Foto, der Haeberlin so ähnlich sieht?«

»Er muss heute so alt sein wie Herkommer, etwas jünger als Schwäger wohl. Vielleicht ein Onkel von Haeberlin oder der Vater.«

»Okay, nehmen wir an, es sei sein Vater – der, der damals verschwunden ist. Dafür spricht, was Kollege Lemaitre gesagt hat, nämlich dass Haeberlin in den Freundeskreis von Arnal und Dorémieux gehörte.« Er zeigte auf zwei der jungen Männer auf dem Foto. »Die haben sich alle gekannt, aber sie haben es entweder geleugnet oder zumindest versucht zu verschweigen. Das riecht oberfaul.« Er vervollständigte die Skizze von Lemaitre. Die Beziehungen zwischen denen, die sie nun kannten, wurden deutlich markiert, die beiden Unbekannten als leere Kreise zugefügt.

»Dann fehlen uns noch zwei.« Scheller zeigte auf die beiden letzten Männer und strich sich anschließend verlegen über den Hinterkopf. »Wer das ist, müsste doch in Erfahrung zu bringen sein, wenn wir die anderen fünf befragen.«

»Von denen können wir nur noch drei befragen. Du übernimmst nochmals Herkommer und ich nehme mir Arnal und Dorémieux vor.«

Das Foto war schnell vervielfältigt, die drei Männer waren jedoch keineswegs so schnell zu sprechen, wie Peters bald herausfand. Herkommer befand sich bis zum nächsten Morgen auf einer Handwerksmesse und Arnal war auf Einkaufstour in der Bourgogne für seinen Weinkeller. Scheller und Peters meldeten sich jeweils für den nächsten Tag an, und während Scheller auf die dringende Bitte seines Chefs hin den Montag dazu nutzte, das Chaos auf dem Schreibtisch zu bändigen, fuhr Peters zu Dorémieux nach Haguenau. Er hatte Lemaitre hinzugebeten, der heute Zeit hatte, und so standen am späten Vormittag die beiden Polizisten im Büro von Agromarché. Sie hatten sich vorher nicht besprechen können, aber ausgemacht, das nach dem Gespräch mit Dorémieux bei einem gemeinsamen Essen nachzuholen. Lemaitre hatte Peters mit der Spezialität eines kleinen Restaurants in Pfaffenhoffen den Mund wässrig gemacht.

Dorémieux schien wesentlich gefasster als beim Besuch von Peters am vergangenen Freitag. Er bot den beiden Gästen jeweils einen Kaffee und einen Stuhl an. Beides nahmen sie an.

»Monsieur Dorémieux«, fing Peters an. »Wer sind die Männer auf der Fotografie?«

Dorémieux nahm das ihm hingehaltene Bild in die Hand, starrte darauf und fragte: »Wo haben Sie das her?«

»Das ist unwichtig. Ich sage es Ihnen später gern. Zuvor beantworten Sie bitte meine Frage!« Peters wollte sich nicht länger an der Nase herumführen lassen.

»Nun«, begann Dorémieux zögerlich, »das ist eine sehr alte Fotografie.«

»Sich selbst erkennen Sie doch, oder?«, fuhr ihm Lemaitre dazwischen.

»Selbstverständlich!«

»Und die anderen?«

»Ich erinnere mich nicht so richtig.«

»Also bitte, Monsieur Dorémieux, machen Sie mir nichts vor.« Peters wurde ungeduldig. »Soll ich Ihnen helfen?«

»Nein, das ist nicht nötig. Selbstverständlich erkenne ich meinen Freund Jean Arnal. Der andere daneben ist Auguste Haeberlin, der Vater von Pierre. Bei den anderen bin ich mir unsicher.«

Peters trommelte mit den Fingern auf dem Tisch und nahm eine Prise Schnupftabak.

Dorémieux schien eine Erleuchtung zu haben: »Der hier ist Schwäger, und der da, das ist auch ein Deutscher, der hat eine Schreinerei in Bundenthal, der Herkommer. Die beiden habe ich gelegentlich zu Gesicht bekommen. Die anderen – da kann ich Ihnen nicht helfen.«

Der Kerl sagt nicht mehr, als er muss, dachte Peters.

»Wo ist das Foto aufgenommen?«, trieb Lemaitre die Angelegenheit voran.

»Das ist schon so lange her. Vielleicht in Lembach auf der Kerwe, oder in Schönbach. Da haben wir manchmal Billard gegeneinander gespielt, die Deutschen und wir, in den Gaststätten.« Dorémieux suchte nach einer Fortsetzung für seine Geschichte. »Dann haben einmal die einen gewonnen, dann die anderen, man hat gegeneinander gespielt, man hat zusammen getrunken und am Ende haben wir uns meistens gut verstanden.« Er atmete auf.

»Mehr können Sie uns nicht sagen? Wann das Foto aufgenommen wurde? Oder wo?«

»Es tut mir leid.« Dorémieux zuckte mit den Schultern. »Ich kann mich doch nicht an jedes Foto erinnern, das von mir gemacht wurde. Dieses habe ich bisher nie gesehen.«

»Was war mit dem Vater von Pierre Haeberlin?« Lemaitre fragte nach.

»Das wissen Sie doch schon. Der war eines Tages verschwunden.«

»Mehr wissen Sie nicht?«

»Nein!«

»Das glaube ich Ihnen nicht. Sie haben Pierre Haeberlin angestellt, obwohl er kein guter Mann ist. Waren Sie seinem Vater etwas schuldig?«

»Wie kommen Sie darauf?« Dorémieux schien entrüstet.

»Was war mit Schwäger und Haeberlin?«

»Was soll mit denen gewesen sein? Was fragen Sie mich das überhaupt?« Dorémieux war sichtlich nervös geworden.

»Ich gehe davon aus, dass Sie und Schwäger etwas mit dem Verschwinden von Pierre Haeberlins Vater zu tun hatten, dass Pierre das herausgefunden hatte und er deshalb umgebracht wurde.«

»Sie haben eine blühende Fantasie, Monsieur Peters.« Dorémieux stand auf und öffnete die Tür. »Bitte teilen Sie mir mit, wenn ich offiziell zum Kreis der Verdächtigen gezählt werde, damit ich mir einen Rechtsbeistand besorgen kann.« Er hatte die Selbstkontrolle wiedergefunden.

»Morgen werde ich dasselbe Spiel mit Arnal spielen müssen.« Peters und Lemaitre saßen bei einem kleinen Glas Riesling und einer Portion Baeckeoffe im *Cheval Blanc* in Pfaffenhoffen. Peters schaute den französischen Kollegen an. »Was ist das eigentlich, was ich da esse?«

»Eine Spezialität des Elsass, eigentlich so etwas wie ein Eintopf. Man kann ihn auf vielerlei Weisen zubereiten.« Lemaitre analysierte mithilfe seiner Gabel die Bestandteile dessen, was sich vor ihnen in dem Keramiktopf auf dem Tisch befand. »Hier sind Kartoffeln, Hammelfleisch, Bohnen und Paprika drin. Man kann genauso gut anderes Fleisch und anderes Gemüse nehmen.«

»Was meint denn der Name?« Peters schien es zu schmecken.

»Auf Hochdeutsch müsste das wohl Bäckerofen heißen, und das meint nicht mehr, als dass es ein Essen ist, das beim Bäcker im Ofen gemacht wird. Also, wenn der Bäcker gegen Morgen mit dem Backen des Brotes fertig ist, wird der Eintopf in den noch warmen Backofen gestellt und am Mittag wieder herausgeholt. In der Zwischenzeit ist er wunderbar gar geworden und durchgezogen.« Lemaitre legte Gabel und Löffel beiseite.

»Nachhaltiger Umgang mit Energie, würde man heute dazu sagen.« Peters ließ es sich weiter schmecken. »Wissen Sie, ich bin ein Fan von Eintopfgerichten. Mein Lieblingsgericht ist Labskaus. Kennen Sie das?«

»Labskaus?« Lemaitre fiel die Aussprache des unbekannten Wortes sichtlich schwer. »Was für eine Sprache ist das?«

»Das ist die Sprache meiner Heimat Schleswig-Holstein, Nordfriesisch.«

»Was ist Labskaus?« Lemaitre zog das Wort künstlich in die Länge.

»Das ist ein Eintopf aus Kartoffelbrei, Gewürzgurken, Roter Bete, Zwiebeln, gepökeltem Rindfleisch und Heringen.« Peters war begeistert. »Salzheringen wohlgemerkt. Fleisch, Kartoffeln und Heringe werden durch den Fleischwolf gedreht. Ein Seefahrergericht. Die Festlandvariante lässt die Heringe weg. Einfach köstlich!«

Lemaitre schaute ungläubig. Er wechselte das Thema. »Was halten Sie von unserem Freund Dorémieux? Ich glaube kaum, dass es sich bei dem Gruppenfoto um zwei Billardmannschaften handelt. Ich vermute, die beiden Teams haben nicht Kugeln auf dem grünen Tisch verschoben, sondern Schmuggelwaren über die Grenze.« Er bestellte zwei Espressi und fuhr fort: »Das war bei manchen jungen Männern in den Fünfzigerjahren und Anfang der Sechziger fast so etwas wie Sport. Ein nicht ganz ungefährlicher Sport.«

»Haben die Grenzer scharf geschossen?«, fragte Peters nach.

»Eigentlich selten. Wenn man davon ausgehen konnte, dass die Schmuggler nicht bewaffnet waren, hat man nicht auf sie geschossen. Bei Nacht und Nebel durch die unwegsamen Teile des Waldes, das war jedoch nicht ungefährlich. Da lagen noch manche Minen aus dem Krieg. Es hat einige erwischt.«

»Auguste Haeberlin zum Beispiel, meinen Sie? Der ist doch verschwunden.«

»Ja, vielleicht. Aber meist hat man sie doch gefunden, oder die Kameraden haben sie geborgen. Da hat manche Mutter noch Jahre nach dem Krieg um den Sohn geweint.«

»Wann hat das aufgehört?« Peters hatte das Gefühl, dass Lemaitre auf der richtigen Spur war.

»Ab Mitte der Sechzigerjahre gab es auch in den Grenzgebieten nicht mehr die großen Probleme mit der Arbeitslosigkeit. Dann mussten die jungen Männer sich nicht mehr beweisen. Außerdem lohnte sich der Schmuggel irgendwann nicht mehr so richtig, als die Zölle gesenkt wurden und die Preise sich anglichen.«

»Also, das könnten zwei Schmugglerbanden auf dem Foto sein! Deutsch-französische Kooperation.« Peters dachte nach. »Wer sind die zwei auf dem Bild, die wir nicht kennen?« Er trank seinen Espresso und dachte laut nach. »Es sind vermutlich Deutsche, einer vielleicht ein Franzose. Wenn wir von einer ausgeglichenen Anzahl der beiden Gruppen ausgehen, ist mindestens ein weiterer von den beiden ein Deutscher.« Er betrachtete das Foto erneut ganz genau. »So wie die sieben dastehen und die Arme über die Schultern halten, waren es wohl eine Vierer- und eine Dreiergruppe.«

»Wer weiß, ob die beiden anderen noch leben. Immerhin, Schwäger und Haeberlin sind auch schon tot.«

»Einer von den Deutschen wurde ermordet – und der andere? Da scheint die Lösung des Rätsels zu liegen.«

Lemaitre und Peters bezahlten und verabredeten sich für den folgenden Vormittag bei Arnal in Lembach.

»Sie fahren jetzt direkt nach Pirmasens?«, fragte Lemaitre zum Abschied.

»Ja, es geht zurück ins Büro.« Peters erfuhr gleich den Hintergrund der Frage von Lemaitre.

»Dann fahren Sie doch mal nicht über Hirschthal, sondern den kleinen Umweg durch die schöne Landschaft von Niederbronn und Bitche. Sie werden es nicht bereuen.«

Kapitel 25

Scheller ging in dem erhaltenen Auftrag ganz auf, Haeberlins Liebesleben aufzuarbeiten. Er widmete alle Kraft dem Ziel, die Damen aufzuspüren, mit denen Haeberlin in Kontakt gestanden hatte. Das waren nicht wenige und Scheller begann im Laufe seiner Arbeit den Geschmack Haeberlins zu schätzen. Ein wenig war er jedoch frustriert, letztlich nichts Verdächtiges zu entdecken. Mord aus Eifersucht oder enttäuschter Liebe kam nicht infrage. Die Frauen hatten die Verhältnisse vor ihren Männern, sofern sie überhaupt verheiratet waren, verbergen können. Keine von ihnen sah in der Beziehung zu Haeberlin mehr als eine lockere Affäre mit einem süßen Elsässer und seinem charmanten Akzent.

Ein Mann fürs Leben war Haeberlin offenbar nicht, und keine der Frauen war so einsam, dass sie sich von Haeberlin mehr erwartet hatte als ein paar schöne Stunden der Abwechslung in einem sonst eher eintönigen Leben. Scheller bewunderte Haeberlin, wie es ihm gelungen war, solche Frauen ausfindig zu machen, die nicht durch übertriebene Anhänglichkeit zu einer Gefahr für ihn werden konnten.

Er legte sich im Laufe der Untersuchungen eine Liste für die Zeit nach Abschluss des Falles an. Bedauerlich war nur, dass er als Polizeibeamter nicht über die zeitliche Flexibilität von Haeberlin verfügte. Zudem wusste er nicht, ob er dieselben Chancen wie der französische Lockenkopf mit dem verführerischen Akzent entwickeln konnte. Das Haar des jungen Polizeibeamten war schon ein wenig zu licht und sein gepflegtes Pfälzisch nicht eben originell in der Gegend.

Alfred von Boyen war auf dem Weg nach Frankfurt. Norman Krusien war wieder ganz der Mann von Welt gewesen, als er ihn am Ende der Sitzung angesprochen hatte. Die aggressiven Töne, die die letzten Sätze des Gespräches bestimmt hatten, waren nicht mehr zu ahnen. Er wolle mit ihm noch einmal wegen Kurt Schwäger reden. Er nehme dazu auch gerne den Weg nach Frankfurt auf sich, hatte von Boyen gesagt, als Krusien ihm unmissverständlich deutlich machte, er müsse sofort abreisen. Oder er könne ihm anbieten, dass sie sich das nächste Mal träfen, wenn er wieder in Schönbach sei, hatte Krusien geantwortet. Das könne allerdings ein paar Wochen dauern, die Geschäfte nähmen ihn im Moment doch sehr in Anspruch, dazu kämen die Gespräche zur Handelsgesetzgebung, na ja, davon wisse von Boyen ja. Also, wenn es so dringend sei, dann könne er natürlich gerne zu ihm nach Frankfurt kommen.

Mit etwas Nachdruck und Geschick hatte von Boyen erreicht, dass der Termin gleich am nächsten Vormittag lag. So war er am Dienstag früh wieder in den Wagen gestiegen, um bis zum Bahnhof zu fahren. In Neustadt musste er umsteigen, um einen Zug nach Mannheim zu bekommen, von dort ging es mit dem ICE nach Frankfurt. Es war schon gegen zehn Uhr, als er in Mannheim losfuhr. Um die Zeit waren die Züge nach Frankfurt nicht mehr so voll wie am Morgen, wenn die überwiegend jungen Männer und Frauen im Businesslook mit piepsenden Handys und Laptops dicht gedrängt den Zug füllten, um sich in Frankfurt angekommen ins Bankenviertel zu ergießen, die Hochhäuser zu bevölkern, sich vor ihre PCs zu hocken und fremder Leute Geld hin und her zu schieben in dem Glauben, dass sie damit die Welt in Bewegung hielten. Frankfurt bemühte sich seit Jahren kräftig, zur Finanzmetropole Europas zu werden, versuchte, London den Rang abzulaufen. Wie gut war es doch gewesen, dass Großbritannien nicht bei der Einführung des Euro mitgemacht hatte, so hatte man guten Gewissens die Europäische Zentralbank nach Frankfurt legen können.

In der Tasche hatte Alfred von Boyen das Fax der Universität Hohenheim. Er hatte es am vorangegangenen Nachmittag erhalten, als er aus Straßburg zurückkam. Es bestätigte seinen Verdacht. Eine Woche zuvor, am Tag, nachdem man Schwägers Leiche gefunden hatte, war er zu Schwägers Hof gegangen. Vor der Einfahrt stand der Wagen des Pirmasenser Kommissars. Er wollte ihm nicht unbedingt begegnen, zu vage war sein Verdacht, und außerdem hätte er ihm wahrscheinlich verboten, den Hof zu betreten. Also kam er ein wenig später wieder. Der Wagen war nicht mehr zu sehen und er ging hinter den Stall. Die Arbeit der Polizei hatte Spuren hinterlassen. Das Siegel an der Haustür sowie die Markierungen an den Gebäuden und auf dem Boden zeugten von deren Sorgfalt. Der Stapel mit den Futtermittelsäcken war unberührt. Von Boyen zog drei kleine Plastiktüten aus der Tasche, nahm drei Proben aus verschiedenen Säcken, beschriftete sie und schickte sie zusammen mit einem Anschreiben nach Hohenheim. Die Universität Hohenheim bildete Agraringenieure aus und war spezialisiert auf den Nachweis von Zusätzen in Futtermitteln.

Monika Baader vom Bundesgesundheitsministerium hatte ihm wieder einmal geholfen. Sie hatte ihm einen Ansprechpartner genannt und ihn angemeldet. So wurden die drei Proben zügig untersucht und er hatte kurze Zeit später die Ergebnisse in der Hand. Die Proben waren weitestgehend unauffällig, Tiermehl eben mit Proteinen von Rindern, Schweinen und Meereslebewesen. Allerdings war die Antibiotikakonzentration in zwei Proben weit über dem zulässigen Limit.

»Wo haben Sie die Proben her?« Dr. Steinbach klang erregt und durchaus ein wenig unfreundlich, als von Boyen ihn anrief. »So etwas darf nicht verfüttert werden.«

»Das möchte ich Ihnen zunächst einmal nicht sagen«, antwortete Alfred von Boyen.

»Ich kann Sie nur warnen. Sie machen sich strafbar, wenn Sie nicht dazu beitragen, dass dieses Zeug verschwindet. Es soll außerdem bald verboten werden, Tiermehl an Rinder zu verfüttern.«

»Ich brauche vier Tage Zeit.«

»Das sind vier Tage zu viel.« Deutlicher hätte Steinbach nicht werden können.

»Der Betrieb, von dem die Proben stammen, ist stillgelegt.« Von Boyen versuchte Steinbach zu beruhigen. Dessen Engagement war zwar lobenswert, jedoch im Moment etwas lästig.

»Kann ich davon ausgehen, dass Sie unverzüglich Staatssekretärin Dr. Baader informieren? Wenn Sie es nicht tun, werde ich es tun.« Steinbach blieb beharrlich.

»Ich verspreche Ihnen, sie noch heute anzurufen.«

»In Ordnung, ich werde mich dann bis Donnerstag zurückhalten. Dann werde ich mich bei Dr. Baader melden.« Steinbach hatte genügend Futtermittelskandale miterlebt, um zu wissen, wie viel politischer Zündstoff in den Proben steckte.

»Trotzdem würde ich gerne noch Ihre Meinung hören.« Von Boyen versuchte, durch einen wohlwollenden Ton die Spannung aus dem Gespräch zu nehmen. »Könnten Sie mir sagen, wie es zu solchen Konzentrationen von Antibiotika kommen kann?«

»Das ist im Prinzip einfach.« Steinbach schlug einen dozierenden Ton an. »Solche Futtermittel werden unter Verwendung von Resten aus der Tierverwertung produziert. Antibiotika werden dem Futtermittel selbst nicht zugesetzt. Wohl aber können die Körper der verwerteten Tiere eine hohe Konzentration der Arzneimittel enthalten haben. Antibiotika werden immer wieder in unnötig hohen Dosierungen in der Aufzucht verwendet, um die Gefahr von Erkrankungen der Tiere und vom damit verbundenen finanziellen Verlust zu vermeiden. Wir hatten erst kürzlich einen solchen Fall, da waren Shrimps aus Asien, die dort mit einer viel zu hohen Konzentration von Antibiotika aufgezogen worden waren, bei uns zu Tiermehl verarbeitet worden. Das Endprodukt musste vom Markt genommen werden, weil die zulässigen Höchstwerte überschritten waren.«

»Was passierte mit dem Tiermehl?« Alfred von Boyen wollte die Chance nutzen, einen solchen Fachmann am Telefon zu haben.

»Letztlich landet es in einer Verbrennungsanlage für Sonderabfälle, eine teure, weil aufwändige Angelegenheit.«

»Wird der ganze Vorgang kontrolliert?«

»Sicher, das alles geschieht unter staatlicher Aufsicht.«

»Es kann also von einer lückenlosen Kontrolle ausgegangen werden?«

Professor Steinbach klang fast ein wenig ärgerlich: »Wir müssen von einer lückenlosen Kontrolle ausgehen. Auf jeden Fall ist sie vorgesehen und auch eingerichtet worden. Dass es im Einzelfall doch einmal Lücken gibt, ist genauso wenig auszuschließen wie der Verlust der Jungfernschaft vor der Ehe.«

Auf weitere Nachfragen verzichtete Alfred von Boyen. Offenbar hatte er die Nerven des Herrn Professor schon ein wenig zu sehr strapaziert. »Ich danke Ihnen für Ihre Hilfe. Wir werden am kommenden Donnerstag nochmals miteinander reden.«

Alfred von Boyen versuchte anschließend sofort, Dr. Monika Baader zu erreichen. Sie war nicht weniger entsetzt über die Ergebnisse der Untersuchung als Professor Steinbach, schaltete jedoch auf das innere Programm für Krisenmanagement um.

»Das ist keine harmlose Sache. Ich brauche alle Informationen, die du hast. Wir müssen den Weg des Futtermittels genau verfolgen. Wir müssen den Ursprung herausfinden und sämtliche Endverbraucher. Das alles muss in wenigen Tagen erfolgen, bevor die Medien davon Wind bekommen und weiterer Schaden entsteht. Außerdem müssen wir das Ministerium für Verbraucherschutz informieren.« Vor Monika Baaders Augen lief ein Katastrophenfilm ab, dessen Drehbuch sie auf alle Fälle umschreiben wollte. »Wer weiß bis jetzt von der Sache?«

»Außer uns beiden nur Professor Steinbach. Dem habe ich versprochen, dich zu informieren und am Donnerstag noch einmal anzurufen.«

»In Ordnung, Steinbach werde ich gleich nach unserem Gespräch anrufen. Die Leute vom Ministerium für Verbraucherschutz werden ihn in ihre Arbeit integrieren. Was weiß die Polizei?«

»Die Polizei weiß gar nichts und ahnt wohl auch nichts. Sie geht nach den letzten Zeitungsberichten davon aus, dass die Motive für den Mord an dem Besitzer des Bauernhofs im Bereich der persönlichen Beziehungen liegen.«

»Siehst du das anders? Hat die Sache etwas mit den verseuchten Futtermitteln zu tun?«

»Im Prinzip sehe ich die Sache genauso wie die Polizei. Dabei bin ich überzeugt, dass das Futtermehl eine wichtige Spur ist, von der ich nicht weiß, ob die Polizei sie schon gesehen hat.«

»Dann bitte ich dich, ihr zunächst einmal nichts zu sagen. Wir können nur so wenige Mitwisser gebrauchen wie unbedingt nötig. Was weißt du bis jetzt?«

Alfred von Boyen teilte Monika Baader mit, was er bis jetzt erfahren hatte.

»Dann bitte ich dich, mir die Untersuchungsergebnisse gleich zuzufaxen. Wir werden sofort unsere Leute losschicken.«

»Ich habe eine Bitte: Gib mir vierundzwanzig Stunden Zeit! Ich treffe morgen Vormittag Norman Krusien in Frankfurt. Danach könnt ihr loslegen. Aber erst, nachdem ich mich nochmals bei dir gemeldet habe.«

»In Ordnung, ab morgen Nachmittag übernehmen wir die Angelegenheit. Ich brauche deine Handynummer, du musst es unbedingt immer anlassen, damit wir dich erreichen können. Ich werde sie außerdem an die leitenden Beamten der Untersuchung weitergeben. Du bekommst zunächst meine Handynummer, die anderen werden sich mit der Zeit im Speicher deines Telefons ansammeln.«

Alfred von Boyen hatte die Nummer seines Mobiltelefons bisher erst einmal weitergegeben, an Anne Mathissen. Dabei sollte es eigentlich bleiben. Jetzt schien in die schützende Mauer, die er um sich errichtet hatte, eine Bresche geschlagen zu werden. Er würde sich in absehbarer Zeit eine neue Telefonnummer zulegen müssen. Er tauschte aber wie gewünscht mit der Staatssekretärin die Nummern aus und bereitete sich auf das Treffen am nächsten Tag vor.

Dr. Monika Baader bildete einen Krisenstab, informierte die Ministerin und ihren Kollegen des anderen Ressorts. Die nächsten drei Tage würden die entscheidenden sein. Wenn es nicht gelänge, das Problem geschickt und effektiv zu managen, gäbe es einen Skandal, der wieder mal einen Minister den Job kosten würde – oder eine Staatssekretärin.

Kapitel 26

Alfred von Boyen hatte erwartet, dass das Büro von Norman Krusien in einem Verwaltungsgebäude am Rande eines großen Hofes läge, von Lagerhäusern und Lkw-Parkplätzen gesäumt. Doch er hatte die Dimensionen der Geschäfte von Krusien offenbar unterschätzt. Die Zentrale der Norport umfasste die komplette Etage eines Hochhauskomplexes in der City von Frankfurt. Hier wurde entschieden und von hier aus wurden die in ganz Deutschland verstreut gelegenen Lager gesteuert. Norman Krusien residierte in einem großzügigen Büro mit Blick auf den Main. Das dunkle Tropenholz der Wandvertäfelung gab dem Raum eine edle Anmutung. Auf einer in Messing ziselierten Weltkarte waren die Sitze der Handelspartner von Norport besonders herausgehoben, Straßburg als Sitz der Schwestergesellschaft war genauso wie Frankfurt mit einem kleinen Bergkristall markiert. Auf dem ausladenden Schreibtisch standen nur ein Telefon und eine Lampe mit grünem Glas. Die Einrichtung atmete moderne Sachlichkeit, hatte gleichzeitig durch die Verwendung von Messing, dunklem Holz und wertvollen Stoffen etwas Klassisches an sich und sollte Norport damit wohl in die Tradition alter Handelshäuser stellen.

Alfred von Boyen war durch die Sekretärin des Chefs zuvorkommend empfangen worden. Krusien ließ ihn keine Minute warten. Pünktlichkeit war die Höflichkeit der Könige und da wollte Krusien seinem Gast in nichts nachstehen. Auf dem Besprechungstisch standen Tee, Kaffee und kalte Getränke, Tassen und Gläser im klassischen Stil. Krusien bediente von Boyen und man tauschte einige Floskeln über die Aussicht auf den Fluss und die Stadt und die Rolle Frankfurts als Standort internationaler Banken und Handelshäuser aus.

»Hat die Polizei etwas über den Tod von Kurt Schwäger herausgefunden?« Norman Krusien lenkte auf das gemeinsame Thema.

»Ich weiß nicht mehr, als hin und wieder in der Zeitung steht. Danach ist der Mörder noch nicht gefasst.«

»Gibt es irgendwelche Vermutungen?«

»Da muss ich Sie enttäuschen.« Alfred von Boyen saß einem Mann gegenüber, für den Schönbach keine ferne Welt war. »In dieser Hinsicht bin ich schlecht informiert. Ich habe keinen Kontakt zur Polizei.«

Norman Krusien schien es ihm zu glauben. Von Boyen fuhr fort: »Einige Tage vor Schwäger mussten wir ein dreijähriges Mädchen beerdigen, das an einem allergischen Schock gestorben war. Der Notarzt hatte sie nicht mehr retten können.«

»Das tut mir leid. Wie hieß das Mädchen?« Krusien schien betroffen.

»Katarina. Es besteht der Verdacht, dass ihr Körper auf Antibiotika reagierte.« Von Boyen beobachtete Krusien genau.

»War sie krank gewesen, oder weshalb hatte man ihr Antibiotika gegeben?«

»Man hatte ihr keine Antibiotika gegeben. Sie hatte lediglich zu Mittag gegessen. Bohnen, Kartoffeln und Fleisch.«

Krusien schaute von Boyen fragend an.

»Am besagten Tag gab es einen Rinderbraten. Das Fleisch war vom Metzger aus dem Dorf. Das Rind stammte aus dem Stall von Kurt Schwäger.«

»Was hat das mit dem Allergieschock des Mädchens zu tun?« Krusien schien nichts zu verstehen.

»Es gibt nur eine plausible Erklärung: Das Fleisch war mit Antibiotika übersättigt. Kurt Schwäger hatte seinen Rindern zu viele Antibiotika zugeführt. Dafür gibt es wiederum nur zwei plausible denkbare Wege. Entweder haben er oder der Tierarzt dem Tier zu viele Antibiotika gegeben. Dagegen aber spricht, dass Schwäger schon wegen der Kosten diesbezüglich wohl mehr als zurückhaltend war.« Von Boyen achtete auf jede Reaktion Krusiens. Dessen Gesichtsausdruck schien sich zu verhärten.

»Und welche ist die zweite Möglichkeit?« Er fragte fast gelassen.

»Die zweite Möglichkeit ist die, dass die Antibiotika über die Futtermittel dem Tier zugeführt worden waren.« Von Boyen machte eine kurze Pause. »Das wiederum heißt, dass das Futtermittel deutlich mehr Antibiotikarückstände enthielt als zulässig.«

Norman Krusien stand auf und ging zum Schreibtisch. »Eine merkwürdige Geschichte erzählen Sie mir da.« Er holte aus einer Schublade eine Schachtel Zigaretten heraus. »Haben Sie etwas dagegen, wenn ich rauche?«

Von Boyen schüttelte den Kopf. Krusien zündete sich eine Zigarette an und legte Feuerzeug und Zigarettenschachtel wieder in die Schublade.

An der Wand hinter dem Schreibtisch hingen drei Fotografien. Eines zeigte für jedermann deutlich erkennbar die Silhouette von Manhattan Island, im Vordergrund die Freiheitsstatue. Ein wenig darüber versetzt hing das Foto eines Bauernhauses, wie es für die Westpfalz typisch war. Es war ungewöhnlich gepflegt und mit Blumen in den Kästen und auf dem Hof verziert. Alfred von Boyen erkannte es als das Elternhaus von Krusien wieder. Das dritte Foto kannte er ebenfalls. Ein wenig kleiner und in einem lange nicht so schönen Rahmen hatte er es in der Küche von Kurt Schwäger gesehen. Kurt Schwäger entdeckte er auf dem Bild sofort, und jetzt erkannte er einen weiteren Mann. Der stand gerade vor dem Schreibtisch und schloss eine Schublade.

»Warum erzählen Sie mir das alles? Die Sache mit dem Mädchen ist tragisch. Aber wenn ich Sie richtig verstanden habe, dann gibt es keine Beweise für Ihre Annahme.« Krusien hatte sich wieder gesetzt.

Von Boyen legte ihm Kopien der Untersuchungsergebnisse aus Hohenheim auf den Tisch. »Das sind die Ergebnisse der Untersuchung von Proben aus den Futtermittelsäcken, die bei Schwäger lagerten.«

Krusien schaute sie sich an. »Das sind allerdings klare Aussagen.«

Von Boyen fuhr fort: »Die Futtermittel wurden wahrscheinlich von Pierre Haeberlin geliefert.«

»Das ist der Franzose, den man tot an der Kirche von Schönbach gefunden hat, oder?«

»Das ist er. Kennen Sie ihn?«

»Nein, ich habe ihn nie gesehen.«

Von Boyen fragte weiter: »Haeberlin arbeitete bei der Firma Agromarché in Haguenau. Sagt Ihnen das etwas?«

Krusien schüttelte den Kopf.

»Der Inhaber heißt Xavier Dorémieux. Ich nehme an, Sie kennen ihn ebenfalls nicht.«

Norman Krusien reagierte nicht.

»Dann werden Sie auch die Firma nicht kennen, von der Dorémieux alle Futtermittel bezog, zu sehr günstigen Bedingungen übrigens. Es handelt sich um die Firma Comcoop in Straßburg.« Alfred von Boyen schaute wie zufällig auf die Weltkarte an der Wand.

Der sanfte Hinweis wäre nicht notwendig gewesen.

Krusien sprang auf und stellte sich mit dem Rücken zu Alfred von Boyen ans Fenster.

»Ich denke, Sie wissen, dass ich Inhaber der Firma bin.« Krusien drehte sich um und schaute von Boyen mit unverhohlener Wut an. »Das wird Ihnen bei Ihren ach so gründlichen Recherchen nicht entgangen sein. Dann werden Sie auch bemerkt haben, welche Umsätze die Firma macht. Wenn Sie nur ein bisschen von dem Geschäft verstehen, mit dem ich mein Geld und das meiner Angestellten verdiene, dann können Sie erahnen, dass ich nicht über jede Transaktion unseres Unternehmens Bescheid weiß, nicht Bescheid wissen kann!«

Er stellte sich direkt vor von Boyen. »Sie können sich gerne morgen mit meinem Geschäftsführer in Straßburg in Verbindung setzen. Ich werde Sie anmelden, damit er Ihnen für Auskünfte zur Verfügung steht.« Krusien hatte zunächst laut und deutlich gesprochen und dann langsam zu einem sachlichen Ton zurückgefunden. Dennoch hörten sich die letzten Worte fast wie eine Drohung an.

»Auf Ihr Angebot werde ich nachher vielleicht zurückkommen. Zuvor bitte ich Sie, mir bei zwei Fragen weiterzuhelfen.« Alfred von Boyen ließ sich auf die Drohungen und die Ablenkungsmanöver von Norman Krusien nicht ein. Wer Einsicht hat, geht unbeirrbar seinen Weg, hieß es irgendwo in den Sprüchen Salomonis. Er gedachte seinen Weg weiterzugehen. »Da ist einmal die Frage an Sie als Fachmann im Agrarhandel, wie solches Futter überhaupt in Umlauf kommen kann.«

»Nun«, Krusien versuchte sachlich zu sein, »da kann es Pannen bei der Herstellung geben. Nicht vorgesehene Bestandteile werden untergemischt. Besonders wahrscheinlich ist das jedoch nicht.« Er wandte den Blick zur Seite. »Es könnte sich natürlich um bewusste Manipulationen handeln, dann sind wir bereits im Bereich der Kriminalität.«

»Wie ist es zu erklären, dass derart verunreinigte Produkte über Ihre Gesellschaft vertrieben werden?«

Krusien fiel es sichtlich schwer, die Ruhe zu bewahren: »Das ist zunächst einmal gar nicht zu erklären, weil es nicht vorkommen darf. Ich kann mir allenfalls vorstellen, dass die staatlichen Kontrollen, die allerdings immer am Herstellungsort stattzufinden haben, unsachgemäß durchgeführt wurden. Dazu müssten wir den Weg der Produkte zurückverfolgen. Ich werde mich darum kümmern.«

Krusien war sichtbar nervös geworden. Er hatte sich eine zweite Zigarette angesteckt.

»Wenn wir den Schuldigen gefunden haben, der die verunreinigten Futtermittel in den Handel gebracht hat, wissen wir, wer am Tod des Mädchens schuld ist. Dann wissen wir noch nicht, wer am Tod von Haeberlin und Schwäger schuld ist.« Alfred von Boyen machte Anstalten zu gehen. »Gestatten Sie eine Frage zu den Bildern dort über Ihrem Schreibtisch?«

»Was wollen Sie wissen?« Krusien gab sich großzügig.

»New York erkenne ich. Das Bild mit dem Haus, ist das Ihr Elternhaus?«

»Ja, Sie müssten es eigentlich kennen, es steht in Schönbach.«

»Und die Männer auf dem dritten Foto, wer sind die?«

»Das ist ein altes Foto aus meiner Jugend.«

»Darf ich es mir einmal anschauen?« Ohne eine Antwort abzuwarten ging Alfred von Boyen zu dem Bild und schaute sich die Gesichter der Männer an. »Ich glaube, ich habe dasselbe Foto bei Kurt Schwäger gesehen. Sie und er, Sie sind beide darauf. Wer sind die anderen Männer?«

Krusien stockte: »Freunde von uns, damals vor vierzig Jahren. Ich nehme an, Sie werden sie nicht kennen. Darf ich Sie hinausbegleiten?« Er machte eine unmissverständliche Geste.

Die Sekretärin bestellte ein Taxi für von Boyen und er fuhr mit dem Lift ins Erdgeschoss. Er setzte sich in einen der Besuchersessel im Foyer, um auf den Wagen zu warten, holte das Handy aus der Tasche und wählte im Verzeichnis die Handynummer von Dr. Monika Baader.

»Wie war euer Gespräch?« Sie hatte schon auf den Anruf gewartet.

»Er hat nichts zugegeben, ich habe ihn einfach mit den Fakten und meinen Vermutungen konfrontiert. Wir werden sehen, was er in den nächsten Tagen macht. Jetzt ist er zunächst einmal euer Mann.«

Wenige Minuten später kam ein Taxifahrer in die Halle und fragte nach seinem Kunden. Als von Boyen ihm zum Wagen folgte, hielten drei Limousinen vor dem Eingang, acht Männer und zwei Frauen betraten die Halle und bis auf eine Person nahmen sie den Lift zu der Etage, auf der die Zentrale von Norport lag.

Für den Nachmittag musste von Boyen umdisponieren. Er hatte sich nach einigen Überlegungen entschlossen, mit dem Zug bis Pirmasens durchzufahren. Unterwegs meldete er sich telefonisch bei der Pirmasenser Zeitung mit der Bitte an, ob er in ihr Archiv könne. Er hatte auf dem Foto nicht nur Krusien und Schwäger als junge Männer wiedererkannt. Das Bild zeigte auch Haeberlin, ebenfalls als jungen Mann. Auf einem vierzig Jahre alten

Foto konnte es jedoch nicht der Pierre Haeberlin sein, den man vor zwei Wochen ermordet aufgefunden hatte. Es konnte der Vater sein, von dem es hieß, er sei damals verschwunden. Das Archiv der Zeitung wusste nicht alles, aber es erinnerte sich sicher besser, als Norman Krusien sich erinnern wollte.

Kapitel 27

Er hatte nicht geschnarcht, wie sie befürchtet hatte. Wie oft hatten Frauen ihr davon erzählt, das Schlimmste an ihren Männern sei das Schnarchen. Meist etwas kokettierend, als fühlten sie sich der jungen, ledigen Pfarrerin dadurch überlegen, dass sie verheiratet waren, besser gesagt, dass sie einen Mann hatten. Als hätte Barbara Fouquet nicht schon selbst die Erfahrung gemacht, neben einem schnarchenden Mann nachts nicht wieder einschlafen zu können. Aber sie wollte ihrer Gemeinde nicht die Illusion von der Pfarrerin als der zu kurz gekommenen Jungfrau nehmen. Früher oder später würde sich das Bild sowieso ändern. Bis dahin wollte sie es ein wenig ausnutzen. Vor allem die Männer waren ihr gegenüber deutlich hilfsbereiter als bei einem Mann. Einer schwachen Frau half man halt gerne, einer unverheirateten erst recht.

Nun war es wohl bald damit vorbei. Die letzten zwei Wochen hatten einiges verändert, die letzte Nacht mehr. Sie waren in Wissembourg gewesen. Eine erste Vorentscheidung fiel, als Barbara Fouquet anbot, das Autofahren zu übernehmen. Dann musste Bernd nicht auf die Promillegrenze Rücksicht nehmen. Elsässer Pinot Gris und Eau de Vie hatten das Essen begleitet. Den abschließenden Spaziergang durch das mit Blumen in Kästen und auf Rabatten geschmückte Städtchen unternahmen sie Arm in Arm. Bernd mauserte sich zu einem gesprächigen und geistreichen Unterhalter. So viel Charme hatte sie dem auf den ersten

Blick so drögen Norddeutschen nicht zugetraut. Der Alkohol entfaltete wohl eine stimulierende Wirkung.

Auf der Rückfahrt sangen sie laut die Popsongs aus dem Radio mit und lachten, wenn es allzu schief klang. Vor dem Pfarrhaus angekommen schloss sie den Wagen ab, Bernd zog seine Autoschlüssel aus der Hosentasche und meinte, er wisse nicht, ob er nicht doch ein bisschen zu viel getrunken habe, um jetzt noch Auto zu fahren.

»Das musst du nicht«, antwortete Barbara und schloss die Haustür auf.

Es ist dann doch immer ein bisschen wie mit fünfzehn, dachte sie, als sie etwas unbeholfen nebeneinander im Wohnzimmer standen und sie fragte, ob er etwas trinken wolle, ein Wasser, einen Kaffee vielleicht? Er entschied sich für den Kaffee und sie machte sich an der Maschine zu schaffen. Da stellte er sich hinter sie, umarmte sie und ließ die Hände über ihren Körper gleiten. Sie drehte sich um und er küsste sie leidenschaftlich. Seine Hände glitten unter ihr Shirt, sie nahm ihn bei der Hand und führte ihn ins Schlafzimmer.

Er war in einer Weise zärtlich, wie sie es bei keinem Mann bisher erlebt hatte. Er drängte nicht, er streichelte sie, fuhr zart mit seinen großen Händen über ihren Körper, schien jeden Zentimeter ertasten zu wollen, küsste ihren Rücken, ihren Hals, den Bauch, die Brüste und fuhr vorsichtig suchend mit dem Kopf zwischen ihre Schenkel.

Es waren Stunden voller Lust und Zärtlichkeit und sie durchströmte ein Glücksgefühl, das sie bislang nicht gekannt hatte. Als sie einschliefen, legte er den Arm um sie und ließ sie bis zum nächsten Morgen nicht wieder los.

Sie schickte ihn diesmal nicht zum Brötchenholen, sondern lief selbst los, nachdem sie geduscht und die Haare hergerichtet hatte.

»Du siehst ganz schön entspannt und glücklich aus«, begrüßte sie Anna Hoger. »Dabei kann das Rendezvous doch frühestens heute Abend sein.«

»Sollte man meinen«, antwortete Barbara Fouquet mit einem vielsagenden Lächeln.

»Was sollte man meinen?«

»Dass das Rendezvous erst heute Abend stattfindet.«

»Ja, und?«

»Manchmal liegen die Dinge anders.«

»Was liegt wo und anders? Lass dir doch nicht die Worte aus dem Mund ziehen!«

»Sagen wir mal so: Ich brauche heute zwei Brötchen mehr.«

»Ist der Kommissar schon wieder so früh bei dir eingefallen?«

»Nein, es war schon recht spät.«

Anna Hoger zog die Augenbrauen hoch und lächelte: »Ach, daher weht der Wind.«

»Es war eher eine sehr zärtliche Brise«, gab Barbara Fouquet zurück.

»Darf man Näheres erfahren?«

»Sicher nicht. Nur so viel: Es war ein schöner Abend und eine schöne Nacht.«

»Und nun brauchst du zwei Brötchen mehr als sonst?«

»Ja, und gib mir bitte außerdem zwei Croissants dazu.«

»Zur Feier des Tages?«

»Zur Feier der Nacht«, schmunzelte Barbara und verweigerte jede weitere Auskunft.

Alfred von Boyen begann wie jeden Tag. Es war ein schwüler Junimorgen. Das am Vorabend erwartete Gewitter war nicht gekommen, die Luft hatte sich über Nacht abgekühlt, jedoch würde es heute wohl nicht lange dauern, ein paar Stunden Sonnenschein nur, bis die Luft über den Bergen des Pfälzerwaldes so aufgeheizt wäre, dass sie durch die kalten Luftschichten darüber hindurchbrechen und das Gewitter losgehen würde. Es war fast unerträglich schwül, die Natur sehnte sich nach der Erfrischung des Regens.

Von Boyen ließ sich von der drückenden Luft nicht abhalten, den Weg des Bogens zu gehen. Er begann mit den zehn Minuten der Übung auf der Terrasse – das richtige Atmen, das richtige Stehen, das richtige Heben des Bogens, das Loslassens des Pfeils, der im Bündel aus Reisstroh stecken blieb.

Er wollte gerade den Bogen zum dritten Mal heben, als das Fenster neben ihm splitterte. Er drückte sich in die Ecke neben der Terrassentür. Da fiel ein zweiter Schuss. Der abgeschlagene Verputz traf ihn im Gesicht. Er ließ sich durch die offene Tür ins Wohnzimmer fallen. Nochmals splitterte eine Scheibe. Ein weiterer Schuss fiel.

Er hatte am Vortag Stunden im Archiv der Pirmasenser Zeitung verbracht. Mit dem geschulten Blick des Historikers machte er sich aus den vielen Ausgaben der Zeitung ein Bild der Verhältnisse am Anfang der Sechzigerjahre im Grenzland zu Frankreich. Oft musste er lächeln, denn vieles hatte sich nicht verändert. Bereits damals interessierte man sich offenbar für Mode und Medien, Klatsch und Tratsch, Frauen und Männer, ferne Länder und die kleinen Probleme des Alltags. Die politische Landschaft hatte sich geändert, Grenzen waren gefallen, Bedrohungen verschwunden, doch damals wie heute entspannte man sich gerne mit dem Unwichtigen.

Alfred von Boyen konzentrierte sich vor allem auf die kleinen Nachrichten aus dem Dahner Felsenland und dem angrenzenden Elsass. Dabei waren ihm zwei bekannte Namen wieder begegnet. Von einem Auguste Haeberlin aus Lembach hieß es, er sei verschwunden. Es war nur eine kleine Meldung. Sie war wohl überhaupt nur deshalb erschienen, weil Auguste Haeberlin Handlungsreisender gewesen war, der mit seinem 2CV die Märkte der Grenzdörfer in der Pfalz bereiste und Kurzwaren anbot. Man nahm an, dass viele sein Gesicht kannten, ihn eventuell vermissen würden oder vielleicht nach seinem Verschwinden gesehen hätten. Zwei Monate später kam eine kurze Notiz, er sei immer noch nicht aufgetaucht. Er musste der Vater von Pierre Haeberlin gewesen sein, der Mann, den er zuletzt auf dem Foto im Arbeitszimmer von Norman Krusien gesehen hatte.

Kurt Schwäger war deutlich der Älteste von den sieben gewesen. Sein Name begegnete von Boyen im Rahmen des wenig ehrenhaften Berichts über eine Schlägerei, die Schwäger offenbar im betrunkenen Zustand angezettelt hatte. Die Polizei hatte ihn für eine Nacht mitnehmen müssen. Dabei wurde erwähnt, dass Schwäger vor einigen Jahren zu einer Bewährungsstrafe wegen wiederholter Schmuggelei verurteilt worden war. Überhaupt tauchten Zollvergehen immer wieder auf. Mal in Form einer Statistik, wie viele Vergehen an den Übergängen in Hirschthal und Hornbach festgestellt worden waren, dann wieder wurde berichtet, dass man nachts Schmuggler aufgegriffen hatte, wobei die verhältnismäßig schwer zugänglichen bergigen Grenzgebiete offenbar von den Schmugglern bevorzugt wurden. Es waren häufig junge Männer, Jugendliche manchmal, die versuchten, auf solche Weise ihr Geschäft zu machen. Ihre Motive waren recht unterschiedlich. Bei den einen ging es um den Nervenkitzel, bei den anderen war die Arbeitslosigkeit der Hintergrund. Immer wieder wurde auf den Leserbriefseiten diskutiert, ob man nicht die Anzahl der Zollbeamten erhöhen sollte.

Alfred von Boyen verließ das Gebäude der Zeitung am Abend zusammen mit den letzten Redakteuren. Er nahm den Zug nach Hinterweidenthal und stieg in den Rover um. Auf der Fahrt sortierte er Eindrücke und Informationen. Norman Krusien und Auguste Haeberlin waren zusammen mit Kurt Schwäger und vier anderen Männern auf einem Bild. Die vier hätte er wahrscheinlich nicht weit weg zu suchen. Für Alfred von Boyen war die Szenerie komplett: Junge Männer aus Dörfern beiderseits der Grenze machten sich einen Spaß oder auch ein Geschäft mit der Schmuggelei. Die deutsche Mannschaft stand unter der Führung des Ältesten, Kurt Schwäger. Einer der Franzosen verschwand spurlos. Fast vierzig Jahre später wurde der Sohn des Verschwundenen ermordet, wenige Tage später einer der Anführer von damals.

Um das verseuchte Futtermittel kümmerten sich seit einigen Stunden die zuständigen Behörden. Um den Mord kümmerte sich der Kommissar aus Pirmasens. Zu Hause angekommen, rief Alfred von Boyen bei Kommissar Peters an.

Klaus Herkommer hatte sich als eine harte Nuss erwiesen. Scheller konnte ihn erst am Dienstagnachmittag erreichen. Er stand mit großen Gesten dirigierend und organisierend im Büro seiner Schreinerei. Zunächst einmal meinte Herkommer, ihm erklären zu müssen, warum der Besuch Schellers eine Zumutung sei. Vier Tage Messe bedeuteten für den Betrieb vier Tage ohne Chef und ohne Stellvertreter. Da seien manche Fragen aufgelaufen und einiges sei bereits schiefgegangen. Er müsse sich jetzt um das Geschäft kümmern. Den Auftrag für die neuen Fenster des Gebäudes der Verbandsgemeindeverwaltung zu bekommen, habe ihn viele Telefonate und Essen mit dem Bürgermeister und einigen Gemeinderatsmitgliedern gekostet. Jetzt dürfe nichts schief gehen, sonst sei sein Ruf in der ganzen Gegend ruiniert. Viel Verschnitt könne er sich nicht leisten, denn natürlich habe er knapp kalkulieren müssen. Schließlich habe er das billigste Gegenangebot unterbieten müssen. Es sei mühsam gewesen, an die Daten der anderen Angebote zu kommen. So etwas bleibe normalerweise bis zum letzten Abgabetag geheim. Normalerweise. Aber es könne doch keiner in der Verbandsgemeinde wirklich wollen, dass der Auftrag für die neuen Fenster an eine Firma aus dem Saarland oder dem Elsass ging.

Scheller fiel auf, wie liebevoll Franziska Herkommer ihren Mann umsorgte. Offenbar hatte er sie überzeugen können, dass er nichts mit dem Tod von Haeberlin zu tun hatte. Vielleicht wollte Franziska Herkommer es gar nicht so genau wissen, dachte Scheller. Eine furiose Eifersucht konnte man immerhin als ein Zeichen von Liebe verstehen. Welche Frau, außer vielleicht in einem Film oder einem Schauspiel, konnte schon von sich sagen, dass ein Mann aus Liebe zu ihr getötet hatte. Wenn dieser Fall nie aufgeklärt werden würde, wäre es ihr vielleicht recht. Pierre war jetzt sowieso tot, fantasierte Scheller sich die Gedanken von Franziska Herkommer zusammen.

Er hielt Herkommer das Foto hin. Der zeigte sich nicht im Mindesten erstaunt. Ja, er erinnerte sich, dass irgendwann einmal das Foto gemacht worden war. Ja, er kannte die Männer auf dem Foto, alle bis auf zwei. Er nannte die Namen, die Scheller sowieso schon kannte. Er war der Meinung, das müsse irgendwann einmal auf einer Kerwe nach einem Billardmatch aufgenommen worden sein. Wo, das wusste er nicht genau. Er sei gerne bereit, weiter nachzudenken, doch die Polizei solle sich nicht allzu viel Hoffnung machen. Die beiden Männer, deren Namen er nicht nennen konnte, habe er seit damals nicht mehr gesehen. Dann sei es doch wohl verständlich, dass er sich nicht mehr an sie erinnern könne. Jetzt solle man ihn entschuldigen. Er sei kein Beamter, der Monat für Monat ein Gehalt überwiesen bekomme. Er müsse sich darum kümmern, dass sein Laden laufe.

Er begleitete Scheller hinaus und hinterließ bei ihm den unbezwingbaren Verdacht, dass Herkommer in den letzten vierundzwanzig Stunden einen Anruf bekommen hatte.

Kapitel 28

Bernd Peters konnte sich viele Kilometer und eine Stunde Zeit sparen, als er zum Treffen mit Lemaitre bei Jean Arnal in Lembach fuhr. Eigentlich hatte er nicht die geringste Lust zu arbeiten, aber der Termin war bereits verabredet. Er hatte sich über den eigenen Mut gewundert, als er sich in der Küche hinter Barbara gestellt und sie in die Arme genommen hatte. Die Schüchternheit, die ihm wegen seiner Größe kaum ein Mensch zugestand, hatte ihn schon manches Mal daran gehindert, das zu tun, was er gerne tun wollte. Dann freute er sich über die Selbstverständlichkeit, mit der sie ihn an die Hand genommen und in ihr Schlafzimmer geführt hatte. Sie hatten sich geliebt, als ob sie sich schon lange kannten. Es waren wunderbare Stunden gewesen, und er würde alles dafür tun, dass sie das oft miteinander erleben durften.

Lemaitre und Peters hatten – ähnlich wie Scheller beim Gespräch mit Herkommer – bei ihrer Unterredung mit Jean Arnal den Eindruck, dass im Hintergrund Gespräche stattgefunden hatten. Allerdings wendete sich das Blatt im Laufe des Gesprächs zu ihren Gunsten. Arnal, der sie in den Salon gebeten hatte, erzählte den beiden etwas von Billardspielen auf den Kerwen, von Fotos der Versöhnung, von zwei Männern, die er lange Jahre schon nicht mehr gesehen hatte. Arnal wirkte dabei lange nicht so souverän wie Dorémieux. Weil er in besonderer Weise auf einen guten Ruf angewiesen war, war er das schwächste Glied in der Kette. Das wusste er sicher selbst und das wussten natürlich Lemaitre und Peters. An dieser Stelle konnten sie in den Kreis des Schweigens einbrechen. Sie spielten sich die Bälle zu.

Lemaitre fing an: »Es ist bedauerlich, dass Sie uns nicht weiterhelfen können. Wir scheinen in einer Sackgasse zu stecken. Zwei Morde, einige Verdächtige, keine klaren Beweise.«

»Nicht alle Verdächtigten sich gleich stark verdächtig.« Peters setzte nach. »Für den Mord an Ihrem Schwiegersohn hat Herkommer ein Alibi und Dorémieux hat kein plausibles Motiv. Sie dagegen, Sie haben ein wackliges Alibi und ein Motiv.«

»Welches Motiv sollte ich haben?«, fragte Arnal entrüstet.

»Nun, Sie hatten einen Schwiegersohn, der seine Frau, Ihre Tochter, ständig betrog«, sinnierte Peters. »Das konnten Sie nicht mehr mit ansehen.«

»Oder versuchen Sie Ihre Tochter zu decken, weil die ihren Mann umgebracht hat?« Lemaitre griff von der anderen Flanke her an.

»Weder noch, wie kommen Sie auf solche Hirngespinste?« Arnal redete laut und hektisch.

»Wir werden Sie in den nächsten Tagen und Wochen intensiv beobachten und befragen müssen. Ich weiß nicht, ob es uns gelingen wird, das mit einer solchen Diskretion durchzuführen, dass Ihre Gäste das nicht merken.« Lemaitre machte ein sorgenvolles Gesicht.

Er hatte Arnal an einem sehr empfindlichen Nerv getroffen. War der Ruf eines Restaurants erst einmal angekratzt, dauerte es Jahre, bis man den Kratzer wieder wegpoliert hatte. In der Regel gelang es nicht, das alte Ansehen wiederherzustellen. *Le Coq au Vin* stand im Gault Millau, als einfache Touristenkneipe würde es nicht überleben können.

»Ihre Vermutungen sind völlig absurd. Haben Sie noch nicht daran gedacht, dass Schwäger meinen Schwiegersohn umgebracht haben könnte?« Arnal war rot geworden.

»Selbstverständlich«, antwortete Peters in aller Ruhe, »haben wir daran gedacht – und darin auch ein Motiv für den Mord an Schwäger durch Sie gefunden. Sie wollten sich rächen für das Leid, das er Ihrer Tochter damit angetan hatte – und damit Ihnen.«

»Sie sind völlig verrückt.« Arnal war aufgesprungen und lief im Wohnzimmer umher. »Ich werde Sie haftbar machen für jeden Schaden, der meinem Restaurant entsteht.«

»Sie werden uns schlecht etwas vorwerfen können. Wir werden, und das verspreche ich Ihnen, nur unsere Pflicht tun.« Lemaitre sagte das mit freundlicher Bestimmtheit.

Arnal setzte sich wieder hin und schaute mit ruckartigen Kopfbewegungen im Zimmer umher. Dabei vermied er es, die beiden Männer anzuschauen. Nach einer Weile sagte er: »D'accord, ich werde Ihnen weiterhelfen, damit Sie wissen, dass ich mit der ganzen Sache nichts zu tun habe. Geben Sie mir noch einmal das Foto.«

Peters reichte ihm die Kopie des Bilds aus Schwägers Küche hinüber.

Arnal begann zögernd: »Sie kennen fünf Männer auf dem Bild, zwei kennen Sie nicht. Einen werden Sie auch nicht mehr kennenlernen können, den anderen werde ich Ihnen vorstellen.« Er drehte das Bild zu den beiden um und zeigte auf einen der Männer, deren Namen sie nicht kannten. »Der hier ist tot, seit vierzig Jahren schon. Er war ein Deutscher. Er ist auf eine Mine getreten und war nach zehn Minuten verblutet.«

»Beim Billardspielen?«, fragte Peters zurück.

»Selbstverständlich nicht.« Arnal schüttelte den Kopf. »Es war eine Mine aus dem zweiten Weltkrieg, eine deutsche Mine wohl, sie lag am Hang des Maimont.«

»Er ist daraufgetreten, als Sie sich trafen, um Schmuggelwaren auszutauschen?« Lemaitre sah seine Theorie bestätigt.

»Ja, so ähnlich, es war letztlich ein bisschen komplizierter. Von unserer Seite war gar keiner da, nur die vier Deutschen. Wir waren nicht gekommen, dafür unsere Grenzsoldaten. Wir hatten damals Streit mit den Deutschen. Sie hatten uns übervorteilt. Man konnte in der Nacht nicht immer überprüfen, ob sich in den Säcken tatsächlich das befand, was die anderen behaupteten. Wir hatten bezahlt, was vereinbart war, aber als wir zu Hause ankamen, war die Lieferung unvollständig. Sie hatten uns übers Ohr gehauen. Haeberlin schlug daraufhin vor, sie in eine Falle laufen zu lassen. Er verpfiff sie an die Grenzer. Auf der Flucht vor ihnen muss dann das mit der Mine passiert sein. Die Grenzer nahmen den Toten mit und brachten ihn am nächsten Tag zurück nach Deutschland. Ein paar Tage später haben wir uns erneut getroffen, wieder da oben auf dem Wasigenstein. Sie warfen uns vor, einer von uns habe sie verraten – zu Recht. Es kam zu einer Rauferei, dabei ist einer abgestürzt. Auguste Haeberlin. Er hatte mit Kurt Schwäger gerauft. Wir haben die Leiche verschwinden lassen.«

»Und Pierre Haeberlin?« Bernd Peters ging die Erzählung etwas zu langsam.

»Der hat das vor zwei Jahren herausbekommen. Seitdem hat er Schwäger erpresst. Er wollte sich selbstständig machen und brauchte Geld.«

»Schwäger hat dann Haeberlin umgebracht?«, fragte Peters nach.

»Ich weiß es nicht. Schwäger war immer schon jähzornig. In den letzten Jahren war er außerdem fast immer betrunken.«

»Wer ist der siebte Mann?«, fragte Peters. Ohne dass das geklärt war, konnte er den Fall nicht lösen.

»Man verrät keinen, mit dem man solche Geschäfte gemacht hat.« Arnal schaute unter sich. »Das gehört zum Ehrenkodex.«

»Das hatte der alte Haeberlin damals wohl anders gesehen«, warf Peters ein.

Lemaitre sprach nun Klartext: »Wenn jemand vom Gault Millau erfährt, dass Sie damals solche Geschäfte gemacht haben, werden Sie mit Ihrem Restaurant in Zukunft sicher keine mehr machen.«

»Ich mache Ihnen einen Vorschlag.« Arnal hatte für eine Weile nach einem Weg für sich selbst gesucht: »Ich hatte mir geschworen, nie einen solchen Verrat zu begehen. Ich hatte mir geschworen, so zu leben, dass ich nie in eine solche Situation kommen könnte. Ich hatte mit allem aufgehört, was sich nicht im Rahmen der Gesetze bewegte. Sogar dem Finanzamt gegenüber bin ich fast immer ehrlich gewesen. Aber nun geht es um meine Existenz. Nicht nur um meine, sondern auch um die meiner Frau, meiner Tochter und meiner Enkel sowie die meiner Angestellten und deren Familien. Ich werde Ihnen den Namen des Mannes nicht nennen. Ich werde vielmehr dafür sorgen, dass Sie ihn in den nächsten drei Tagen treffen können. Ich rufe Sie in Ihrem Büro an.«

Peters und Lemaitre ließen sich auf den Deal ein. Sie hatten in den letzten Tagen nie mehr ernsthaft daran gedacht, dass Arnal für einen der beiden Morde verantwortlich sein konnte. Dabei war ihnen genauso klar, dass er mehr wusste, als er sagte. Sie wollten ihm eine Chance geben.

Alfred von Boyen hatte auf dem Boden liegend die Terrassentür zugeschoben. Er dachte nach. Wer immer da auf ihn geschossen hatte, er würde vermutlich nicht in das Haus einzudringen versuchen. Das hätte er während der Nacht wesentlich gefahrloser machen können. Solange er also im Haus war, war er sicher. Dennoch musste er die Polizei anrufen. Die Telefonnummer von

Kommissar Peters musste aufgeschlagen neben dem Telefon liegen. Er stieg hinauf ins Arbeitszimmer. Gerade als er zum Hörer greifen wolle, klingelte das Telefon. Er nahm ab. Staatssekretärin Dr. Monika Baader meldete sich.

»Ein voller Erfolg« sprudelte sie los. »Unsere Leute kamen gerade rechtzeitig, als Krusien begann, seine Akten neu zu ordnen. Die französischen Kollegen haben zum selben Zeitpunkt die Räume von Comcoop in Augenschein genommen. Die Auswertungen stehen aus. Nach einem ersten Überblick lässt sich sagen, dass Krusien viele Geschäfte sozusagen mit sich selbst gemacht hat, es wurde viel von Frankfurt nach Straßburg verkauft und umgekehrt.« Sie schwieg einen Moment. »Du sagst gar nichts. Wie geht es dir?«

»Ganz gut, ich lebe noch. Rede ruhig weiter!«

»Wir haben Krusien erst einmal befragt. Natürlich kam dabei nichts heraus. Er hat die Auflage bekommen, sich jeden Morgen bei der Polizei zu melden. Heute Morgen hat er nur angerufen und sich krankgemeldet. Im Büro ist er nicht erschienen.«

»Ich nehme an, er hat hier in der Gegend etwas zu erledigen.« Von Boyen lächelte bitter.

»Wie meinst du das?«

»Ich bin zu der Überzeugung gekommen, dass er etwas mit zwei Morden zu tun hat, die hier in den letzten beiden Wochen passiert sind. Außerdem ist vor wenigen Minuten auf mich geschossen worden.«

Die Leitung wirkte tot. Alfred von Boyen hörte nichts mehr. Nach einer Weile sagte Monika Baader: »Was hast du gesagt?«

»Auf mich ist geschossen worden.«

»Hast du die Polizei benachrichtigt?«

»Dein Anruf hat mich daran gehindert, ich will es gleich nachholen.«

»Ich melde mich heute Nachmittag noch einmal.« Mehr schien Dr. Baader vor Entsetzen nicht herauszubekommen.

Von Boyen wählte die Pirmasenser Nummer, aber Kommissar Peters war nicht da. Man sagte ihm zu, jemanden zu schicken, und er ging duschen.

Nach dem Frühstück ging er wieder ins Arbeitszimmer. Wenn er aus dem Fenster schaute, konnte er den Polizisten im Wagen auf dem Hof vor der Garage sehen. Ein anderer hatte sich in der Gartenlaube eingerichtet und bewachte das Haus von der nördlichen Seite. Sie sollten bis zum Mittag bleiben und dann wieder abziehen. Einige andere waren damit beschäftigt, Spuren zu sichern. Hier oben fühlte Alfred von Boyen sich sicher, mit einer baldigen Wiederholung des Anschlags rechnete er nicht. Ein zweiter Anlauf würde allenfalls etwas später, vielleicht in den nächsten Tagen folgen.

Er setzte sich an die Arbeit. Er wollte das Buch weiterschreiben. Zu viel Zeit hatte er in den letzten drei Wochen damit verbracht, der Ursache des Todes von Katarina auf die Spur zu kommen. Nun musste er abwarten, was die Untersuchungen in Krusiens Firmen ergaben. Man würde ihn zur Rechenschaft ziehen.

Er legte sich die Unterlagen zurecht. Er wollte das Kapitel über die ersten fruchtbaren Dialoge zwischen Islam und orthodoxem Christentum im Vorderen Orient im Frühmittelalter konzipieren. Da fiel sein Blick auf die Fotografie der Silhouette von New York, und ihm fiel eine Begegnung vor einigen Jahren ein.

»Ich will es verstehen.« Alfred von Boyen hatte sich vor dem Meister verneigt. Der Meister musste es ihm erklären können.

»Wenn du es verstehen willst, dann wirst du den Weg nie gehen können.«

»Ich will den Weg gehen.«

»Dann versuche nicht, ihn zu verstehen. Gehe ihn einfach!« Meister Ansawa machte eine Handbewegung, die von Boyen bedeutete, Platz zu nehmen. Der Kyu-Dojo hatte sich geleert. Die letzten Schützen hatten ihre Pfeile von der Azuchi geholt, sich vor dem Meister verneigt und die Halle verlassen. Alfred von Boyen war geblieben. Er wollte mit dem Meister sprechen. Er brauchte seinen Rat.

»Ihr Menschen aus den westlichen Ländern wollt immer alles verstehen. Kyu-Do wirst du nicht verstehen, bevor du den Weg des Bogens nicht gegangen bist. Vielleicht wirst du es nie verstehen und du kannst den Weg trotzdem gehen – und es wird dein Weg sein.«

Seit vier Jahren lehrte von Boyen nun an der Columbia University in New York. Man hatte einen Historiker europäischer Provenienz gewollt, um Europa besser zu verstehen. Man hatte ihn berufen, weil er zu den führenden Vertretern seines Faches gehörte und die geschichtlichen Hintergründe der Spannungen in den Ländern rund um das Mittelmeer wie kein Zweiter kannte.

»Du musst dich nicht verändern, bevor du Kyu-Do gehst. Der Weg wird dich verändern.« Der Meister schien hinter von Boyens Augen sehen zu können.

Von Boyen stand damals vor einer Entscheidung. Er hatte das finanziell äußerst verlockende Angebot eines internationalen Konzerns erhalten. Man wollte Osteuropa als Markt für die eigenen Produkte erschließen. Von Boyen sollte in der Marketingabteilung helfen, den richtigen Weg für den Transport des American Way of Life in die orthodox und islamisch geprägten Länder Europas und des Vorderen Orient zu finden. Was war bei den dort vorherrschenden Mentalitäten überhaupt möglich? Welche Akzentuierungen im Image mussten gesetzt werden? Welche Anknüpfungspunkte in den regionalen Traditionen gab es? Auf welche Empfindlichkeiten musste man auf jeden Fall Rücksicht nehmen? Es war ein finanziell äußerst verlockendes Angebot. Er stand vor der Frage: Sollte er diesen Weg gehen oder weiterhin Lehrer und Forscher sein?

»Der Bogen wird dich mit dir selbst konfrontieren. Du wirst die Achtsamkeit entwickeln, mit der du wahrnimmst, was in dir passiert: deine Gefühle, deine Wünsche, deine Urteile und deine Vorurteile, deine Überheblichkeit und deine Mutlosigkeit.«

Es war ein Kollege an der Universität gewesen, der ihn in das Kyu-Dojo mitnahm, wo er die festgefügten Bewegungsabläufe zum ersten Mal sah, das richtige Stellen, das richtige Heben, das richtige Auseinanderbewegen der Arme, das dem Pfeil den

Flug ermöglichte. Er lernte, dass das letzte Ziel des Kyu-Do in der Entwicklung und Vervollkommnung der Persönlichkeit des Übenden lag.

»Wenn du den Pfeil seinen Weg gehen lässt, wenn er ins Ziel fliegt, nicht weil du es wolltest, sondern weil du dich richtig bewegt hast, dann wirst du merken, dass alle Dinge auf der Welt ihren Lauf nehmen, und es wird dir Gelassenheit geschenkt.«

Er fragte sich, welcher Weg der richtige für ihn sei. Er suchte auf eigene Weise immer nach Erfolg und Anerkennung. Vielleicht wollte er dem Großvater, den er nie gekannt hatte, beweisen, dass ein einfaches Bauernmädchen, wie die Mutter es gewesen war, wertvolle Enkel gebären konnte. Bis ans Lebensende hatte Alfreds Vater an der ablehnenden Haltung seines Vaters gegenüber der Mutter von Alfred gelitten. Vielleicht hatte Alfred von Boyen aber einfach nur Freude an der Anstrengung und am Erfolg. Erfolg und Mammon sollten jedoch nicht zu seinen Göttern werden.

»Dann wird der Weg dir Konzentration und Kraft geben. Das alles kannst du nicht verstehen. Du kannst den Weg gehen, den andere vor dir gegangen sind, und er kann zu deinem Weg werden.«

Alfred von Boyen ging geduldig weiter den Weg des Bogens und den der Forschung und Lehre.

Das geplante Buch war ein Wagnis. Es war nicht leicht, den Nachhall von Jahrzehnten und Jahrhunderten eines feindlichen Gegeneinanders religiös geprägter Volksgruppen durch Beispiele ebenso langer Zeiten eines fruchtbaren Miteinanders verstummen zu lassen. Überhaupt zweifelte er immer wieder daran, wie es gelingen könnte, alte Feindschaften durch Argumente zu überwinden. Würde das nicht allein durch neue, gute Erfahrungen des Miteinanders möglich werden? Es konnte nur darum gehen, das friedliche Miteinander als eine denkbare, weil bereits einmal gelebte Möglichkeit vorzustellen. Das Buch würde das Problem nicht lösen, aber es könnte ein Mosaikstein im Bild einer neuen

Welt sein, sicher ein kleiner und sehr mühsam erarbeiteter, dabei vielleicht wichtiger Mosaikstein.

Es gelang Alfred von Boyen, bis in den frühen Nachmittag hinein konzentriert zu arbeiten, die Gedanken an die Schüsse am Morgen und die Erlebnisse der letzten Tage immer wieder beiseitezuschieben. Er wollte gerade hinunter in die Küche gehen, um sich einen Tee zuzubereiten, als das Telefon klingelte.

Barbara, die Pfarrerin, war am anderen Ende der Leitung. Ihre Stimme klang aufgeregt. Sie redete schnell und konzentriert.

»Hast du eine Waffe?«, fragte sie ihn.

Er glaubte, nicht recht verstanden zu haben, und fragte zweimal kurz nach. Dann ging er auf die Terrasse, nahm einen Bogen und drei Pfeile. Wenige Minuten später nagelte laut hupend der Golf von Fouquet die Straße zu von Boyens Haus hinauf. Als er vor die Tür trat, stand der Wagen mit geöffneter Beifahrertür abfahrbereit auf dem Hof. Von Boyen stieg ein, und Fouquet fuhr in Richtung Lembach los, bevor er richtig die Tür schließen konnte.

Kapitel 29

Kaum hatte Alfred von Boyen am Vortag das Büro von Norman Krusien verlassen, als zwei Männer unaufgefordert hereinkamen. Hinter ihnen waren sechs weitere Personen, die sich im Zimmer der Sekretärin drängten. Sie wiesen sich als Mitarbeiter des Bundesministeriums für Verbraucherschutz aus und legten Krusien eine Durchsuchungsanordnung vor. Zwei uniformierte Polizeibeamte im Hintergrund verliehen dem Anliegen einen gewissen Nachdruck. Die beiden Männer wiesen Krusien darauf hin, dass gegen ihn der Verdacht des Handels mit Futtermitteln mit Medikamentenrückständen in unzulässiger Konzentration vorlag. Man forderte ihn zur Zusammenarbeit auf, die Krusien ein wenig widerwillig, doch sofort zusagte.

Den Mann, der ihn kurz zuvor besucht hatte, hatte er offenbar unterschätzt. Der hatte mit seiner professoralen Distinguiertheit so harmlos gewirkt, so wenig beharrlich, so wenig emotional. Krusien hatte unterschätzt, wie sehr der Verstand, obwohl er ein von den Gefühlen geleiteter war, die Oberhand in einer Persönlichkeit behalten konnte. Er hatte damit gerechnet, erst ein paar Tage später wieder etwas von dem Besucher zu hören und ihm dann neue Geschichten erzählen zu können, aber er hatte nicht erwartet, dass bereits alles gegen ihn in die Wege geleitet worden war.

Man schnitt ihn sofort vom Telefon ab, für den Zeitraum der Durchsuchung der Büroräume musste er das Handy abgeben, die Sekretärin stand genauso unter Kuratel wie er. Nichts gelangte aus dem Büro nach draußen, was nicht von den beiden Männern und deren Mitarbeiterinnen und Mitarbeitern kontrolliert wurde. Es hätte keinen Sinn gehabt, in Straßburg anzurufen. Er ging davon aus, dass die Büros dort zur selben Zeit durchsucht wurden, und er hatte recht.

Die Durchsuchung der Räume dauerte fast vier Stunden, in denen Krusien zum Nichtstun verurteilt war. Zeit genug, darüber nachzudenken, wie es weitergehen konnte. Die Chancen standen gar nicht schlecht. Es würde lange dauern, bis sie die Akten so weit durchforstet hatten, dass sie die richtigen, die im vorliegenden Falle wichtigen Unterlagen gefunden hätten. Er hatte keine Sonderakte für die Transaktionen mit dem russischen Tiermehl angelegt. Alles war sorgfältig umgeschrieben worden und befand sich zwischen den allgemeinen Akten wie jeder andere Vorgang. Was sie finden konnten, waren Kontrakte über Weizenlieferungen aus Weißrussland, Futterweizen minderer Qualität, wie er immer wieder importiert wurde. Sie konnten die Zollbescheinigungen finden, aus denen ganz klar hervorging, dass auf den Lastwagen Weizen gewesen war. Es war auch Weizen auf den Lastwagen gewesen. In den Säcken, die der Zoll kontrolliert hatte, befand sich Weizen. Das Tiermehl befand sich in den anderen Säcken, weiter hinten auf der Ladefläche. Die klaren Absprachen mit dem Zoll, welche Säcke kontrolliert werden sollten, hatten ihn einiges gekostet, dafür war die Rechnung aufgegangen. Das Tiermehl hatte ihn nichts gekostet, er hatte sogar etwas dafür bekommen, es abzunehmen. Die Müllverbrennungsanlagen bekamen für jede Tonne, die sie verbrannten, auch eine stattliche Summe. Er hatte sich den Betrag mit dem zuständigen Beamten geteilt. So hatten sie beide daran verdient, dass das verseuchte Tiermehl umdeklariert und umgeleitet worden war.

Was hieß schon verseucht? Antibiotika hatten noch niemandem geschadet, die töteten Krankheitskeime ab, das konnte nur gesund sein. Die Sache mit dem Mädchen war nicht vorauszusehen gewesen. Außerdem hätte der Arzt nur schneller kommen müssen, und es hätte eine Chance gehabt. War er dafür verantwortlich, dass die ärztliche Versorgung auf dem Land solche Lücken hatte? Er hätte das ganze Geschäft gar nicht gemacht, wenn es mit den Umsätzen in den letzten beiden Jahren nicht so rapide bergab gegangen wäre. Das ganze Unternehmen stand auf dem Spiel und mit ihm alle Arbeitsplätze, die es bot. Das Tiermehl war auf dem Papier ordnungsgemäß entsorgt worden, und er hatte es nach Russland exportiert, um es als Weizen wieder zu importieren. Dafür mussten die Lastwagen hin und her fahren und einige Papiere umgeschrieben werden; am Ende hatte er zweimal daran verdient. Außerdem sollte es nur in Frankreich verkauft werden. Wer konnte denn schon ahnen, dass Dorémieux auch über die Grenze hinweg verkaufte, ausgerechnet nach Schönbach.

Wenn da überhaupt etwas verkauft worden war. Verkaufen konnte man das ja wohl nicht nennen, was der Haeberlin gemacht hatte, den alten Schwäger zu erpressen und ihm das Zeug zu horrenden Beträgen aufzuzwingen. Der hatte einen genauso schlechten Charakter wie sein Vater. Der hatte die Deutschen damals an die Grenzer verraten. Einen von ihnen hatte es das Leben gekostet, den alten Haeberlin schließlich ebenfalls, obwohl das eigentlich mehr ein Unfall gewesen war. Beides waren eigentlich Unfälle.

Der Tod von Pierre war kein Unfall, das hatte einfach sein müssen. Schwäger konnte nicht mehr zahlen, man konnte doch einen alten Mann nicht so ausnehmen, selbst wenn er ein Säufer war. Wenn Haeberlin geredet hätte, dann wäre die Sache von damals herausgekommen, und das konnte sich keiner von ihnen leisten, er nicht, Arnal nicht, Dorémieux nicht und Herkommer nicht. Es war nicht anders gegangen. Er hatte Haeberlin klar und deutlich gesagt, dass sie es nicht tolerieren würden, wenn er sein Schweigen brach. Er wollte nicht nachgeben, also mussten sie es tun. Sie hatten ihn über Nacht in Schwägers Geräteschuppen auf dem Friedhof gelegt, und Schwäger sollte ihn am nächsten Tag in dem frisch ausgehobenen Grab entsorgen. Sie hatten es ein wenig tiefer gemacht, sodass er unter einer Erdschicht unter dem Sarg verschwunden wäre. Aber Schwäger war zu blöd gewesen, sich zu vergewissern, ob wirklich schon alle aus der Kirche heraus waren. In seiner Panik hatte er ihn dann in die Hortensien geworfen. Anschließend war er jeden Tag nervöser geworden.

Schließlich zogen die Beamten mit einem Kastenwagen voll Akten aus seinem Büro ab. Er erhielt die Auflage, sich persönlich jeden Morgen bis neun Uhr auf der Polizeiwache in der Nähe seiner Wohnung zu melden. Am Wochenende durfte er länger schlafen, da musste er sich erst um zehn Uhr melden. Er empfand die Prozedur als entwürdigend; da machte ihm sein Rechtsanwalt schnell klar, dass eine kurzfristige Festnahme oder gar eine Untersuchungshaft wesentlich unangenehmer wären. Er informierte noch am selben Abend den Beamten, der ihm damals bei der Ausfertigung der Papiere geholfen hatte. Vorsichtshalber rief er von einer Telefonzelle aus an, die Telefonate seiner Apparate konnte man sicher später nachvollziehen.

Kaum war er zu Hause angekommen, meldete sich das Handy.

»Wo hast du die ganze Zeit gesteckt?« Klaus Herkommer wirkte aufgeregt.

»Wieso?« Warum hatte Herkommer versucht, ihn zu erreichen?

»Ich versuche seit Stunden, bei dir anzurufen, bekam aber nie eine Verbindung, weder im Büro noch auf dem Handy.«

»Ist nicht so wichtig, unsere Telefone waren abgeschaltet. Was ist denn los?« Herkommer musste nicht alles wissen.

»Ich will dich warnen. Der Polizist war da, der die Morde an Schwäger und Haeberlin untersucht. Der hatte das Foto aus der Küche von Schwäger mit.« Krusien ahnte, was kommen würde. »Das Foto, auf dem wir mit den Franzosen zu sehen sind, das Foto von damals, du weißt doch.«

»Ja, ich kenne das Foto«, gab Krusien unwirsch zurück.

»Die wissen schon ziemlich viel. Dich haben sie bisher nicht erkannt. Ich will dich nur warnen. Ich glaube, es ist bloß eine Frage der Zeit und dann tauchen die bei dir ebenfalls auf.«

Das hätte ihm jetzt noch gefehlt, erst die vom Ministerium und dann die Polizei. »Vielen Dank für die Warnung. Ich werde mir was überlegen.« Krusien drückte auf die rote Taste des Telefons.

Norman Krusien nahm sich einen Bourbon aus der Bar. Von seinem Penthouse aus hatte er einen wunderbaren Blick über Frankfurt, das in der letzten Abenddämmerung lag. Die Straßenbeleuchtung brannte schon seit einer Viertelstunde, der Main hob sich wie eine breite unbefahrene Straße zwischen den Silhouetten der Häuser ab. Diesen Blick hatte er sich mühsam erarbeitet, hatte es von dem Jungen aus dem kleinen Dorf in der südlichen Pfalz zum Inhaber eines internationalen Handelsunternehmens gebracht. Geld hatte bis vor zwei Jahren für ihn keine Rolle gespielt. Er konnte leben, wie man als Amerikaner lebte, wie sein Vater gelebt haben musste, sein Vater, den er nie gefunden hatte. Einen Bourbon über der Skyline von Frankfurt zu trinken, das hatte den Hauch von Amerika, den er brauchte, um er selbst zu sein. Die anderen hatten doch keine Ahnung davon, was es hieß, als uneheliches Kind aufzuwachsen, als Kind eines Besatzungssoldaten, als jemand mit roten Haaren dazu, wo doch sonst keiner im Dorf rote Haare hatte. Dennoch hatte er alles geschafft, was er wollte. Er hatte Freunde gehabt, er hatte zu der Clique dazugehört, sie hatten die Grenzer an der Nase herumgeführt, er hatte studiert und er war erfolgreich gewesen. Er war in Amerika gewesen, wovon die anderen nur träumten, und er konnte über der Skyline von Frankfurt einen Bourbon genießen.

Das konnte jetzt zu Ende sein, wenn auch die Polizei ihn auf dem Foto erkannte. Zum Glück war es ein weiter bürokratischer Weg von einem Bundesministerium bis zur Kriminalpolizei in Pirmasens. Da stellte keiner so schnell eine Verbindung her. Nur einer kannte ihn, von Boyen, der heute bei ihm gewesen war. Der war der schwache Punkt in seiner Konstruktion. Der hatte den kürzesten Weg zur Polizei. Er durfte ihn nicht unterschätzen.

Mit so viel Glück hatte er dann doch nicht gerechnet. Er war noch am Abend, kurz nach Herkommers Anruf, in Frankfurt losgefahren, und hatte sich bei Arnal im Lembach einquartiert. Er wollte nicht in sein Elternhaus. Es sollten nicht zu viele wissen, dass er da war. Arnal saß im selben Boot. Auf den musste er sich verlassen können. Er stand früh auf, um in der Dämmerung im Gebüg zu sein. Dieses Mal würde er mit einem Spaten nicht weit kommen, und es würde nicht darum gehen, den Kopf eines Betrunkenen in die Jauche zu drücken, bis er aufhörte zu zappeln. Er hatte den Revolver, den er sich von einem Italienbesuch mitgebracht hatte und mit dem er sich manchmal nachts die Wut aus dem Bauch schoss. An diesem Morgen konnte er ihm gute Dienste leisten. Als der Mann dann auf die Terrasse trat und den Bogen zur Hand nahm, war seine Chance gekommen. Immer wieder stand er ungünstig, dann kam der richtige Moment. Wenn nicht in dem Augenblick die Sonne durch die Bäume gekommen wäre und ihn geblendet hätte, er hätte das Problem mit Sicherheit erledigen können.

Arnal hatte gefragt, wo er gewesen sei, und er sagte, er habe einen Spaziergang gemacht. Auf dem Maimont sei er gewesen, alte Erinnerungen auffrischen. Wie lange er bliebe, hatte Arnal gefragt, und Krusien hatte von ein, zwei Tagen gesprochen. Er rief bei der Polizei in Frankfurt an und meldete sich krank. Der Diensthabende schien es zufrieden zu sein.

Ob sie sich nicht am Nachmittag gemeinsam die Festung Four à chaux ansehen wollten? Dort seien jetzt täglich Führungen, und man habe die ganze Sache schön aufbereitet, hatte Arnal ihn eingeladen. Er nahm an. Hier drüben suchten sie ihn nicht so schnell. Vielleicht konnte er sich in der unterirdischen Festung sogar von Arnal befreien. Er konnte nicht sicher sein, dass der dichthalten würde. Den Professor hatte er nicht erwischt, aber wer sollte schon auf ihn als Schützen kommen und ihn hier suchen.

Kapitel 30

Vor dem Eingang zur unterirdischen Festung standen bereits einige Menschen, die auf die nächste Führung warteten. Auf großen Schautafeln wurde die Geschichte der Festung dargestellt. Nie wieder sollten deutsche Truppen die Grenze zum Elsass überschreiten. Die Schmach von 1870/71 saß noch fest in den Köpfen der Menschen, auch nachdem 1918 das Deutsche Reich in die Knie gezwungen worden war und man die Pfalz besetzt hielt. Die Grenze wurde mit einer Befestigungslinie von Dunkerque am Ärmelkanal bis Menton am Mittelmeer gesichert. André Maginot, Frankreichs Kriegsminister, ließ unterirdische Festungen und Schießstände errichten, mit Kanonen bestückt, als reine Verteidigungslinie mit geringer Reichweite gedacht, die aber hier und da doch bis nach Deutschland hineinschießen konnten, mit denen man die gesamte Grenzlinie abdecken konnte. Hier sollte keiner jemals vorbeikommen.

Die Maginot-Linie im Elsass musste nie einem längeren Kampf standhalten, dennoch erfüllte sie in gewisser Weise ihren Zweck. Als Deutschland unter Hitlers Führung 1940 Frankreich angriff, wählte man den Weg weiter im Norden über Belgien und brach durch die dort viel schwächere Befestigungslinie. Die Maginot-

Linie war nicht zu nehmen, also umging man sie. Sie wurde nicht zerstört und blieb erhalten. Manche der Forts wurden Jahre nach dem zweiten Weltkrieg wieder so weit hergerichtet, dass man sie den Touristen vorführen konnte. Erinnerungen an eine Zeit der Erzfeindschaft zwischen den Nachfahren Karls des Großen, Zeugnisse einer imposanten Waffentechnik.

Arnal und Krusien standen bei der Touristengruppe, als ein Mann von hinten an sie herantrat: »Herr Krusien? Ich bin Kommissar Peters aus Pirmasens.«

Peters war schon eine halbe Stunde vor dem von Arnal genannten Zeitpunkt am Fort. Immer wieder schaute er sich um, ob er Lemaitre und dessen Leute entdecken konnte. Hatten sie sich irgendwo versteckt? Er wurde zunehmend nervöser. Allein war er der Sache nicht gewachsen. Die Festnahme eines möglicherweise bewaffneten Mannes zwischen all den Menschen war ein Ding der Unmöglichkeit. Ob Arnal das bei der Wahl des Treffpunktes einkalkuliert hatte? War es vielleicht seine eigentliche Absicht, Krusien zur Flucht zu verhelfen und das dann der Polizei in die Schuhe zu schieben? Oder hatte er Lemaitre etwa gar nicht informiert? Als er die beiden Männer auf den Eingang des Forts zugehen sah, war ihm klar, dass er jetzt handeln musste.

Barbara Fouquets Vorliebe für den alten Golf konnte Alfred von Boyen nicht wirklich nachvollziehen. Bloß die Tatsache, dass sie ihn in- und auswendig kannte und das meiste selbst reparierte, konnte doch nicht die Begründung dafür sein, dass sie mit dem alten Diesel durch die Gegend fuhr. Seine Vorstellungen vom Automobilbau waren recht traditionell und ein wenig elitär. Drei Liter und sechs Zylinder schienen ihm das Mindeste, was sich unter der Haube eines Kraftfahrzeugs verbergen sollte. Acht Zylinder und dreieinhalb Liter Hubraum wie beim eigenen Wagen stellten ein gutes Mittelmaß dar. Wie man einen Dieselmotor mit achtzehnhundert Kubikzentimetern bauen konnte, war ihm zwar von der technischen Seite her verständlich, grenzte jedoch, was das Gesamtkonzept betraf, schon ein wenig an den Untergang des abendländischen Maschinenbaus. Er wusste freilich, dass seine Auffassungen vom Automobilbau alles andere als zeitgemäß waren und er sie sich angesichts der Folgen des Verkehrs für die Umwelt nur deshalb leisten konnte, weil er das Auto nur in Ausnahmefällen in Anspruch nahm. Nun saß er neben Barbara Fouquet, die aus den sechzig Pferdestärken ihres zwanzig Jahre alten Wagens das Letzte herausholte. Das Motorengeräusch war alles andere als angenehm und zudem ohrenbetäubend laut. Die Straßenlage war solide, nur die Kurven der von ihnen befahrenen Straßen waren etwas zu eng.

Fouquet hatte wohl nicht mitbekommen, dass die zulässige Höchstgeschwindigkeit in französischen Ortschaften schon seit einigen Jahren der in Deutschland angeglichen worden war. Sie schien weiterhin von sechzig Stundenkilometern auszugehen, um dann noch einen zwanzigprozentigen Notfallzuschlag zu addieren. Lembach war jedoch menschenleer, die Kinder waren noch nicht aus der Schule zurück und die Touristen standen vor der Festung und warteten auf die nächste Führung.

Am Ortsausgang in Richtung Woerth bog sie links ab, fuhr durch das Neubauviertel und scherte wieder links auf den nun nicht mehr geteerten Weg zum Eingang der Festung ein. Der Weg war durch keinen Poller gesichert, sodass sie ihn schnurstracks hinauffuhr. Sie hinterließen eine Staubwolke, die ihren Weg in Richtung Eingang auch dann fortsetzte, als die beiden bereits den Wagen geparkt hatten und ausgestiegen waren.

Barbara Fouquet hatte eine Stunde zuvor mit Peters telefoniert. Sie rief ihn an, weil sie seine Stimme hören wollte. Offenbar ging er ganz in der Arbeit auf. Er sagte, er könne vielleicht am späteren Nachmittag bei ihr vorbeikommen, er müsse nach Lembach, Arnal sei zur Zusammenarbeit bereit und wolle ihm heute Nachmittag den Mann präsentieren, der ihnen fehlte. Man wolle sich vor der Festung der Maginot-Linie treffen. Ob Scheller dabei sei, hatte sie wissen wollen. Nein, Scheller sei auf einem Lehrgang. Ob denn andere Kollegen mitkämen, hatte sie sorgenvoll nachgefragt. Im Moment sei keiner verfügbar, hatte er geantwortet, er gehe aber davon aus, dass Lemaitre mit einigen Leuten aus Haguenau komme. Dann sagte er, er müsse jetzt losfahren.

Sie fand ihn leichtsinnig, wie Männer halt so waren – stellten den Beruf über alles, spielten gerne den Helden. Vermutlich hätten sie eine höhere Lebenserwartung, wenn sie etwas vorsichtiger mit sich umgehen würden. Wenn der Mann, den er dort treffen wollte, der Mann war, der hinter den Morden an Haeberlin und Schwäger steckte, sollte er das besser nicht so leichtnehmen. Sie wollte dabei sein, sie wollte ihn warnen. Von Boyen konnte helfen, er konnte ausgleichen, falls es zum Streit kam. Es war einfach eine Beruhigung für sie, wenn er mit dabei war. Und vielleicht hatte er eine Waffe.

Von Boyen hatte allerdings eine alles andere als beruhigende Wirkung auf sie, als er auf der Fahrt nach Lembach erzählte, dass am Morgen auf ihn geschossen worden war. Dann hatte sie aus dem Diesel das Allerletzte herausgeholt und sich geschworen, das nächste Mal einen Wagen mit einem stärkeren Motor zu kaufen. Das Ganze sah aus wie eine Falle, in die Bernd Peters hineintappen würde – das konnte ihn das Leben kosten. Barbara Fouquet war nicht gewillt, ihn zu verlieren.

»Die haben mir eine Falle gestellt!«, schoss es Krusien durch den Kopf, als der Kommissar ihn ansprach und er im Hintergrund den Professor mit der Pfarrerin auf sich zukommen sah. Der Kommissar hatte sich ihm vorgestellt. Woher kannte er seinen Namen? Er dachte einen Moment nach. Wenn sie ihm wirklich auf der Spur waren, dann ging es jetzt darum, ihn festzunehmen. Ihm war nicht ganz klar, was der Professor hier sollte, der aus der Staubwolke auf sie zukam. Vielleicht sollte er ihn identifizieren. Was auch immer. Außerdem war der Polizist sicher nicht allein gekommen. Vielleicht waren in der Touristengruppe weitere Beamte oder an den Enden des Vorplatzes. Es gab für ihn nur eine mögliche Richtung, in die er fliehen konnte.

Jean Arnal schaute Peters verwundert an. Er hatte ihm keinen Namen genannt, woher wusste er, wer der Mann neben ihm war? Arnal hob zu einer Bemerkung an, doch Peters ignorierte ihn.

»Herr Krusien, kennen Sie das Bild?« Er hielt ihm das Foto aus Schwägers Küche hin.

»Selbstverständlich kenne ich das Bild. Es hängt in meinem Büro. Wo haben Sie das her?«

»Es hing auch in der Küche von Kurt Schwäger, der vor fast zwei Wochen ermordet wurde.«

»So, in seiner Küche haben Sie es gefunden. Das wundert mich nicht. Schwäger und ich, wir kannten uns seit der Jugend. Jean Arnal ist ebenfalls darauf zu sehen.« Er zeigte erst auf Arnal und dann auf das Foto.

»Ich würde gerne mehr von der Zeit damals erfahren, von Ihnen, von Auguste Haeberlin, von Pierre Haeberlin und Kurt Schwäger.«

»Die Zeiten sind lange vorbei.« Krusien schaute zu Fouquet und von Boyen hinüber, die nur noch wenige Schritte von ihnen entfernt waren.

»Pierre Haeberlin ist da offenbar anderer Meinung gewesen und hat Schwäger erpresst. Keinem von denen auf dem Foto, die noch leben, kann es recht sein, wenn ihre heutigen Geschäftspartner erfahren, was damals gewesen ist.«

»Ich glaube, Herr Krusien hat zurzeit größere Sorgen.« Alfred von Boyen war neben Kommissar Peters getreten. »Für jemanden, der krank ist, sehen Sie recht gesund aus.«

Aus dem Gesicht Krusiens war jeder Ausdruck von Souveränität verschwunden. Mit der linken Hand riss er blitzschnell Barbara Fouquet, die neben von Boyen stand, an sich, mit der Rechten zog er den Revolver hervor.

»Ich gedenke noch eine Weile gesund zu bleiben, und wenn Sie das für Frau Fouquet und sich ebenfalls wünschen, dann sollten Sie jetzt einen Schritt zurückgehen.« Ohne die Reaktion der drei Männer abzuwarten, zog er Barbara Fouquet in den Eingang der unterirdischen Festung. Zwei Frauen aus der Touristengruppe schrien auf, Krusien schoss einmal in die Luft und die Gruppe stob auseinander.

Die Festung Four à chaux war eine der mittelgroßen Anlagen der Maginot-Linie. Insgesamt über zwanzig Kanonen, Maschinengewehre und Mörser waren auf sechs Stände verteilt. Ihr gegenüber auf der anderen Seite des Sauertales lag das kleine Werk von Lembach mit drei Ständen. Die Schlafräume, die Küche und das Lazarett der Festung Four à chaux waren für fast sechshundert Mann Besatzung ausgelegt. Es verfügte über zwei Eingänge, einen für die Mannschaften, einen für die Versorgung mit Munition. Sein Aufbau war eigentlich nicht kompliziert, doch da man nirgends einen wirklichen Überblick über die Anlage bekommen konnte, musste man deren Bauplan schon im Kopf haben, wenn man sich darin zurechtfinden wollte. Norman Krusien kannte sich darin aus. Das Fort hatte man bis vor wenigen Jahren nicht betreten dürfen. Das hatte ihn und seine Freunde in ihrer Jugend nicht daran gehindert, es ausgiebig zu erforschen. Die Freunde aus dem Elsass hatten es sogar gelegentlich als Zwischenlager für Schmuggelgut benutzt. Er kannte die Wege der Transportkarren für die Munition, die Mannschaftsräume mit den knapp zweihundert Betten – die für die fast sechshundert Mann Besatzung reichen mussten, denn zwei Drittel von ihnen war immer im Dienst –, den Speiseraum, die Küche, die Aufgänge zu den Geschützen unter den Stahlkuppeln. Hier fand er sich sogar ohne die elektrische Beleuchtung zurecht, die man inzwischen installiert hatte.

Krusien riss Barbara Fouquet mit sich und stürmte weiter in den Eingang der Anlage. Er prallte auf die Besuchergruppe, die gerade mit der Führung zu Ende war, schrie ein verzerrtes »Verschwinden Sie!«, schoss erneut in die Luft, sodass die Kugel vom Beton abprallte und klirrend auf das Kassenhäuschen schlug. Die Besucher wollten alle auf einmal durch den schmalen Ausgang, verkeilten sich, stürzten, schrien und blockierten den Durchgang. Ein Vater warf sich über seine Kinder, eine Frau stellte sich schützend vor ihren alten Vater, ein junger Mann schrie hysterisch auf und der Führer der Gruppe versuchte einige Besucher im angrenzenden Wachraum in Sicherheit zu bringen. Für ein oder zwei Minuten gelang es Peters in dem Chaos nicht, in die Festungsanlage zu kommen. Er nutzte die Zeit, um dem Führer der draußen wartenden Gruppe den Dienstausweis zu zeigen und klarzumachen, dass er sofort bei der Polizei in Haguenau anrufen sollte, um Kommissar Lemaitre zu bitten, ihm jemanden zur Hilfe zu schicken. Außerdem sollte er vorsichtshalber die Ambulanz alarmieren.

Als Peters die unterirdische Geschützanlage betrat, hörte er nichts außer dem gleichmäßigen Aufschlagen von Wassertropfen in einer Pfütze. Er stand in einer ungefähr sechs Meter breiten Röhre, an deren rechter Seite Schienen für eine Schmalspurbahn eingelassen waren. Darauf standen einige verrostete Loren zum Transport von Munition und Material. Nach ungefähr fünfzig Metern machte der Gang einen Knick. Er schaute in den Raum auf der rechten Seite und sah zwei große Dieselmotoren, ein Kraftwerk offenbar. Schritte waren nicht zu hören. Wo waren die beiden geblieben? Er ging den Gang weiter. Der endete vor einer langen Treppe, die in eine Röhre hinaufführte. Auf der rechten Seite der Röhre, durch ein Geländer abgeteilt, verliefen nun zwei Schienenstränge. Weiter oben sah er eine überdachte Transportlore auf dem einen Schienenstrang und auf dem anderen das zur Lore gehörende Gegengewicht. Ein leises Plätschern von Wasser war zu vernehmen. Es kam von einer Rinne, in der eindringendes Grundwasser ablief, um unten in einer Art Kanalisation zu verschwinden. Peters lief hinauf, ein mühsamer Anstieg auf der schmalen, steilen Treppe zwischen den beiden Schienensträngen. Oben angekommen horchte er wieder, aber außer dem Tropfen des Kondenswassers war nichts zu hören.

Die Decke war übersät mit kleinen Kalkzapfen, die eindringendes Wasser und das Kondenswasser aus dem Atem der Besatzungen und der Besucher aus dem Beton ausgewaschen hatten. Man hatte so viel wie möglich auf dem Stand der dreißiger Jahre gelassen, nur aus Sicherheitsgründen war die Elektroinstallation an einigen Stellen erneuert worden. Dick ummantelte Leitungen liefen auf halber Höhe die Wände entlang, hier und da fanden sich alte Emailleschilder, die eine Ordnung in das Gewirr bringen sollten. Sicherheitshalber hatte man für die Besucher alle paar Meter Hinweisschilder zum Ausgang angebracht. Neben die Loren waren Werkzeuge und Maschinen, die beim Bau der Festungsanlage benötigt worden waren, für die Besucher als Anschauungsmaterial platziert.

Peters ging einige Meter in den Gang hinein. Links zweigte ein weiterer ab, dem er folgte. Rechts ging es dann in eine Toilettenanlage, links in die Mannschaftsduschen. Er befand sich am Beginn eines offenbar langen Gangs und blieb stehen. Zunächst war nichts außer dem Plätschern des Wassers zu hören. Er horchte. Von links kamen nun Stimmen, laut und fröhlich. Eine Besuchergruppe wohl, weit hinten, vielleicht in einem Nebenraum. Über irgendetwas schienen sie Scherze zu machen. In dieser Richtung musste der zweite Eingang liegen, durch den die Besuchergruppen hereingeführt wurden. Er vermutete, dass Krusien nicht dorthin gelaufen war. Die Gefahr, einer solchen Gruppe in die Arme zu laufen, war zu groß. Er wandte sich nach rechts.

Nach ein paar Metern ging es links in einige Räume, die als Kommandozentrale beschildert waren. An einer Wand des Hauptraumes fand er eine Schautafel mit dem Plan der Anlage. Peters versuchte, ihn sich einzuprägen. Er hatte sich nie für Militärtechnik interessiert und das bereute er nun. Die Begriffe und Abkürzungen sagten ihm nicht viel. Er dachte nach. Was konnte das Ziel von Krusien sein? Wenn das Ganze kein Selbstmordkommando werden sollte, musste es irgendwo einen Ausgang geben, auf den Krusien zusteuerte. Auf dem Plan waren außer den beiden Eingängen zwei Notausgänge verzeichnet. Daneben befand sich eine schematische Zeichnung über die Funktionsweise der Notausgänge. Das konnte Krusiens Ziel sein. Doch vielleicht würde er diesen Weg gerade nicht wählen, weil er naheliegend war und man ihn dort sicher suchen würde. Vielleicht wollte er zu den Geschützen, die aus der Festung hinausragten, dort musste es Öffnungen geben. Krusien wollte sicher nicht durch die Kanonenrohre ins Freie kriechen, aber vielleicht gab es andere Wege nach draußen. Es blieb Peters nichts anderes übrig, als die beiden Notausgänge und die sechs Geschützanlagen, die er auf dem Plan erkennen konnte, nacheinander aufzusuchen. Die Räume dazwischen schienen Unterkünfte oder Ähnliches zu sein.

Ein Notausgang befand sich in Richtung der Besuchergruppe, den konnte er jetzt zunächst einmal vernachlässigen. Peters rannte in die andere Richtung und erschrak über das Geräusch seiner Schuhe. Es hallte durch den weiten Gang wie das Gehämmere in einer Schmiede. Es blieb ihm nichts anderes übrig, er musste die Schuhe auszuziehen und auf Socken über den kalten und feuchten Betonboden laufen. Am Ende des Ganges kam er wieder auf den breiten Hauptweg, lief nach links und folgte an der nächsten Abzweigung einem etwas kleineren Weg. Die elektrische Beleuchtung hörte nach einigen Metern auf, aber er konnte das Ende des Ganges erkennen. Er war durch eine Stahltür versperrt, die offenbar neueren Datums war. Er rüttelte daran, sie ließ sich nicht öffnen. Dann sah er, dass sie mit einem massiven Vorhängeschloss gesichert war, das unversehrt schien. Damit schieden drei der sechs Geschützstände als Fluchtwege schon einmal aus.

Peters rannte zurück und stieß mit dem Zeh des rechten Fußes an ein herausstehendes Teil der Schienen der Schmalspurbahn. Der Schmerz schoss ihm bis in den Oberschenkel und er drohte zu stolpern. Er fing sich mit einer Hand an der Wand ab und riss sich die Haut der Handwurzel auf. Der Vorsprung von Krusien und seiner Geisel war gewachsen, die französischen Kollegen kamen auf alle Fälle zu spät. Krusien hatte bereits einen Menschen umgebracht, vielleicht zwei. Warum sollte er Skrupel haben, sich der Geisel zu entledigen, wenn er sie nicht mehr brauchte und sie nur noch hinderlich war?

Peters stürmte zurück an die Weggabelung. Auf den Schmerz wollte er nicht achten. Irgendwie musste der Fuß funktionieren. Wenn er den Plan richtig im Kopf hatte, ging der Weg zu den anderen drei Geschützständen zur Linken ab. Peters hielt sich in diese Richtung. Die Loren hatten dem Munitionstransport gedient, also musste er eigentlich nur den Schienen folgen, dann würde er zu den Geschützständen geführt werden. Er folgte den Schienen in die nächste Abzweigung.

Plötzlich stand er vor einem turmartigen Gebilde aus Eisen und Stahl. Der Gang war schmal geworden und endete an einem Käfig, in dessen Mitte sich ein Aufzug befand und um den herum eine Treppe nach oben führte. Er lief die Treppe hinauf, an der linken Wand immer wieder Öffnungen, durch die man auf die Wendel schauen konnte, auf der die leeren Geschosshülsen nach dem Abschuss aus dem Gefechtsstand hatten hinunterrutschen können. Er kam auf einen Zwischenstock, von dem einige Räume abgingen. Peters lauschte. Nichts. Er lief die Treppe weiter hinauf und kam an den Geschützturm. Über sich sah er eine eiserne Plattform. In der Mitte durchstieß sie ein massives Rohr von vielleicht achtzig Zentimetern Durchmesser, das mit einer Kurbeleinrichtung kombiniert war. Am Rohr entlang lief ein Förderband mit schalenförmigen Gliedern wie ein Paternoster hinauf und hinunter. Es war nicht in Betrieb, zur Demonstration für die Besucher aber lagen in einigen der Glieder Granaten für das Geschütz oberhalb der eisernen Plattform an der Decke. Mit schmalen Leitern hatten die Soldaten hoch zu den Kanonen und Granatwerfern gelangen können. Hier gab es ebenfalls Nebenräume. Er hörte und sah – nichts. Also wieder ein Stockwerk tiefer. Dort angekommen, verharrte er einen Moment so still wie möglich. Er hörte nur seinen Atem. Gerade wollte er die Treppe hinunter und dann zum nächsten Geschützstand laufen, als in einem kleinen Gang, den er zuvor nicht bemerkt hatte, ein metallenes Geräusch erklang.

Direkt neben dem Geschützturm befand sich ein Raum für die Mannschaften. Die Granaten wurden mithilfe der Loren von den Munitionslagern zu den Geschützständen transportiert. Da das Infanteriewerk von Lembach nur eine mittelgroße Anlage mit verhältnismäßig kurzen Wegen war, hatte man auf elektrische

Triebwagen verzichtet. Hier wurden die Loren mit Menschenkraft die Gänge hinaufgeschoben oder man ließ sie hinunterrollen und auf Rampen auflaufen. Sie wurden an den Aufzügen, die zu den Geschützen führten, ausgeladen, bei Bedarf zu den Granatwerfern hinauftransportiert und dort geladen. Das Ganze geschah unter großen Vorsichtsmaßnahmen, denn die Folgen einer explodierenden Granate waren in einer unterirdischen Festung um vieles folgenreicher als bei dem Einsatz auf freiem Feld. Waren die Geschütze geladen, wurde der Geschützturm ausgefahren und nach dem Abschuss gleich wieder versenkt. Die Kanoniere sahen nicht, wo ihre Granaten einschlugen. Sie hatten an dem Geschütz lediglich Markierungen, um Einstellungen vorzunehmen. Mit einer Zielvorrichtung, die sich neben der Lademaschinerie für das Geschütz befand, waren sie mit der Kommandozentrale ihres Gefechtsstands verbunden. Die erhielt die Meldungen über den Einschlag von einem Ausguck. Dort saß ein Beobachter, der verfolgte, wo die Granaten einschlugen, und gegebenenfalls eine Veränderung der Ausrichtung in die Wege leitete. Der Ausguck befand sich in angemessener Entfernung zum Geschützturm und war im Falle eines Infanterieangriffs ein Todeskommando. Hatte der Feind erst einmal den Beobachtungsposten ausgespäht, war es leicht möglich, eine Handgranate hineinzuwerfen, um den darin diensttuenden Posten zu töten. Hier könnte es ins Freie gehen.

Der schmale Zugang zum Aussichtsposten zweigte einige Meter hinter dem Mannschaftsraum ab. Aus diesem Gang meinte Peters das Geräusch gehört zu haben und schlich sich dorthin. Der Gang endete vor einer senkrechten Mauer, in die eine eiserne Leiter eingelassen war. Das Geräusch ähnelte dem beim Besteigen oder Herabsteigen einer Leiter.

Peters sah Füße die Leiter herunterkommen und zog sich leise zurück. Er hatte die Pistole gezogen und wartete auf den richtigen Moment, um Krusien zu stellen. Solange er Barbara dabei hatte, musste er vorsichtig sein. Vielleicht würde es ihm gelingen, die beiden zu trennen. Er ging zurück und versteckte sich in dem Mannschaftsraum neben dem Geschützturm. Der Fuß schmerzte fast unerträglich. Krusien ging mit Fouquet an ihm vorbei. Er konnte den Duft ihres Parfüms riechen. So leise wie möglich folgte er ihnen. Er stieß mit dem verletzten Fuß an eine hervorstehende Türschwelle, der Schmerz schoss bis in den Rücken und er fiel hin. Krusien riss Barbara Fouquet an sich und drehte sich um.

Peters lag auf dem Boden und hielt die Pistole auf Krusien gerichtet.

»Werfen Sie die Pistole weg«, schrie Norman Krusien ihn an, »oder Sie können sich aussuchen, wen von Ihnen beiden ich zuerst erschieße.«

»Sie werden hier nicht mehr herauskommen, Krusien, geben Sie auf.«

»Wenn ich nicht mehr herauskomme, dann kommt die hier ebenfalls nicht mehr heraus.« Er zielte auf Peters. »Ich sage es Ihnen nochmals, werfen Sie die Pistole weg.«

»Ich werde meine Waffe nicht wegwerfen.« Peters erwartete, dass Krusien nachgeben würde.

Krusien spannte jedoch den Hahn seines Revolvers und zielte auf Peters. Mit einem Schrei ließ er die Waffe fallen. Ein Pfeil hatte seine Hand durchbohrt.

Kapitel 31

Ein paar Tage später hatte Anne Mathissen alle drei zu einem Abschiedsessen eingeladen. Es war etwas schwierig gewesen, die verschiedenen Geschmäcker unter einen Hut zu bringen, und so hatte sie sich entschlossen, das Restaurant allein auszusuchen und die anderen bis kurz vorher in Ungewissheit zu lassen. Barbara Fouquet wäre, wenn es nicht pfälzisch sein sollte, am liebsten spanisch essen gegangen. Alfred von Boyen bevorzugte, wenn es nicht die Königsberger Klopse der Kindheit sein konnten, Fischgerichte. Das wiederum hätte sich durchaus mit dem Geschmack von Bernd Peters getroffen, der sich allerdings nicht scheute, Fastfood-Restaurants aufzusuchen. Aber den Gefallen mit dem Fischrestaurant wollte Anne Mathissen den beiden Männern nicht machen, weil sie der Ansicht war, Fisch gehöre weder in die Pfanne noch in den Kochtopf und erst recht nicht in den Magen. Sie mochte schlichtweg keinen Fisch. Also lud sie in ein französisches Restaurant ein, da konnte man nichts falsch machen, dachte sie. Damit hatte sie im Prinzip völlig recht. Außerdem kannte sie ein nettes Haus gleich hinter der Grenze, das einen guten Ruf hatte.

Sie trafen sich in Schönbach, Anne Mathissen lud sie alle in ihren Wagen, und als sie zum Aussteigen aufforderte, parkte sie vor dem *Le Coq au Vin* in Lembach. Sie wunderte sich über den ungläubigen Ton in der Frage von Bernd Peters, ob sie sie in dieses Restaurant einladen wolle, und sie wunderte sich noch mehr über das seltsame Lächeln, das über die Gesichter der drei lief, als sie die Frage bejahte. Alfred von Boyen sah ihr erstauntes Gesicht und sagte: »Die Aufklärung folgt nach dem Aperitif.«

Das Restaurant war recht voll, aber man hatte für sie einen schönen Tisch reserviert. Die Herren bemühten sich, höflich zu sein und den Damen die Stühle zurechtzurücken, man freute sich an der hübschen Dekoration des Raumes und der vielversprechenden Galerie von Trinkgläsern neben den geschmackvollen Tellern. Der nächste, der staunte, war der Patron des Hauses, als er an den Tisch kam, um die Bestellung aufzunehmen. Jean Arnal schien es irgendwie peinlich zu sein, diese Gäste begrüßen zu dürfen, aber als ihm auf eine freundliche Begrüßung hin eine ebenso freundliche Erwiderung entgegenkam, löste sich seine Angespanntheit und man einigte sich auf ein wohlklingendes Menü mit vielversprechenden Weinen zur Begleitung.

Bernd Peters freute sich, dass ein Bier als Aperitif nicht mehr dem guten Stil widersprach, und nachdem die anderen ihren Champagner genossen hatten, deutete Alfred von Boyen auf Jean Arnal, der gerade am Nebentisch die Bestellung aufnahm, und sagte zu Anne Mathissen: »Herr Arnal, der Inhaber, ist der Schwiegervater Pierre Haeberlins, des jungen Mannes, den wir erschlagen an der Kirche gefunden haben.« Er sah erfreut, dass sich die Vorspeisen näherten. »Aber das war es nicht, was ihn so verunsichert hat, als er uns sah. Er gehörte außerdem zu jener Gruppe junger Deutscher und Franzosen, die in den Sechzigerjahren mit Schmuggel ihre Abenteuerlust gestillt und ihre Einkünfte aufgebessert hatten. Er war also ein Freund von Norman Krusien und Kurt Schwäger und den anderen.«

»Wir hatten ihn eine Zeit lang als Mörder seines Schwiegersohnes in Verdacht«, fügte Bernd Peters hinzu. »Am Ende war er es, der uns zu Krusien führte.«

»Wie geht es Krusien?«, wollte Barbara Fouquet wissen.

»Wesentlich besser, als es uns ginge, wenn Herr von Boyen nicht geschossen hätte.« Bernd Peters schaute nachdenklich in sein leeres Glas. »Er wird bloß einige Wochen mit der linken Hand essen müssen, dann geht es wieder.«

»Was ich die ganze Zeit schon fragen wollte: Warum war Lemaitre mit seinen Leuten nicht pünktlich an der Festung?«, fragte Anne Mathissen.

»Vermutlich, weil ihm ein wild gewordener Golf mit deutschem Kennzeichen an der Abzweigung zur Festung die Vorfahrt nahm und sich daraufhin die Fahrzeuge von Lemaitres Leuten ineinander verkeilten«, sagte von Boyen.

Barbara Fouquet schaute ihn von der Seite an und sagte nur: »Daran kann ich mich gar nicht erinnern.«

»Die Ursache war die folgenschwere Zerstreutheit eines Mitarbeiters. Der hatte den Anruf von Arnal angenommen und als Zeitpunkt sechzehn Uhr notiert statt fünfzehn Uhr. Lemaitre war also pünktlich und verspätet zugleich.«

»Wann beginnt der Prozess gegen Krusien?«, fragte von Boyen nach.

»Der Mordprozess kann bald beginnen, die Untersuchungen im Fall der verseuchten Futtermittel sind nicht abgeschlossen. Man geht inzwischen davon aus, dass er sich kooperativ verhalten und die offenen Fragen aufklären wird. Die Strafe, die er aus dem Verfahren zu erwarten hat, wird die wegen Mordes und des Mordversuchs an Herrn von Boyen nicht wesentlich verlängern.«

»Der Futtermittelskandal hat weite Kreise gezogen.« Anne Mathissen schaltete sich ein. »Der Beamte, der dafür gesorgt hatte, dass das mit Antibiotika verseuchte Futtermehl zu Krusien statt in die Müllverbrennung kam, wartet auf seinen Prozess und wird sich nach Abbüßen der Strafe beim Arbeitsamt melden müssen. Bei den Zollbeamten, die bestochen worden waren und nur gezielt kontrolliert hatten, wird es etwas länger dauern. Das wurde uns in der vergangenen Woche bei einer Anfrage im Parlament mitgeteilt. Die von Krusien in Umlauf gebrachten Säcke sind inzwischen alle eingezogen worden.«

»Das wird Katarina nicht wieder lebendig machen.« Bei allem Triumph konnte Alfred von Boyen sich nicht so richtig freuen.

»Die Mutter von Katarina hat eine Privatklage angestrengt«, warf Peters ein. »Ihre Aussichten sind so gut, wie es gelingt, Krusien als Verantwortlichen zu überführen. Mit dem Schmerzensgeld wird sie Katarinas Bruder eine gute Ausbildung finanzieren können.«

»Hat man von weiteren Fällen wie bei Katarina gehört?«, fragte Barbara Fouquet nach.

»Davon wurde bis jetzt nichts bekannt. Alle Tiere, die mit dem Futter aus Krusiens Handel gefüttert wurden, werden bei der Schlachtung auf die Antibiotikakonzentration untersucht. Bis jetzt war nichts Auffälliges.«

»Vermutlich wird kaum ein Bauer seine Tiere so intensiv mit Tiermehl gefüttert haben wie Schwäger«, bemerkte von Boyen. »Allein schon aus Kostengründen. Schwäger hatte das Zeug auf dem Hof, und es war für ihn bequemer, den Inhalt der Säcke in die Futterrinnen zu kippen, als die Silage anzukarren, obwohl die billiger gewesen wäre. Er hatte viel zu viel von Haeberlin aufgezwungen bekommen und war in seinem ständigen Rausch nicht an zusätzlicher Arbeit interessiert.«

»Aber so elendig zu sterben hatte er nicht verdient«, warf Anne Mathissen ein. »Stimmt es, dass Krusien ihn in die Jauche gedrückt hat?«

»Ja, daran ist er erstickt.« Bernd Peters fiel es schwer, das auszusprechen. »Ich hoffe, dass er wieder einmal so betrunken war, dass er nicht viel gemerkt hat.«

»War das nun eigentlich Mord oder war es Totschlag? Das unterscheidet man doch, oder?« Barbara Fouquet wollte wissen, was genau geschehen war.

»Das wird der Richter zu entscheiden haben«, sagte Bernd Peters. »Bei Haeberlin war es Totschlag. Krusien hat zugegeben, dass er mit dem Spaten zugeschlagen hat. Sie hatten sich auf Schwägers Hof getroffen. Krusien versuchte, Haeberlin deutlich zu machen, mit der Erpressung müsse Schluss sein und er, Herkommer, Arnal und Dorémieux hätten kein Interesse daran, dass die Sache von damals wieder an die Öffentlichkeit komme, selbst wenn es Schwäger gewesen war, der Haeberlins Vater im Streit vom Wasigenstein gestoßen hatte. Aber Haeberlin fühlte sich wohl so stark, dass er Krusien drohte, die ganze Sache erst recht hochzuspielen, wenn nicht auch er und die anderen zahlten. Schwäger ging auf Haeberlin los, der griff sich eine Mistgabel. Da schlug Krusien zu. Sie fuhren den Toten an den Friedhof. Schwäger hat die Leiche über Nacht im Geräteschuppen auf dem Friedhof versteckt und wollte sie am nächsten Mittag in das Grab legen, das er für die Beerdigung am Montag ausgehoben hatte.«

»Wie war das bei Kurt Schwäger?«, fragte Anne Mathissen nach.

»Vielleicht war es ebenfalls nur Totschlag. Jedenfalls behauptet Krusien das. Er habe keineswegs die Absicht gehabt, Schwäger umzubringen, behauptet er. Der hatte ihn angerufen, weil er Angst hatte, dass ihnen jemand auf die Sache mit Haeberlin käme. Er war extra von Frankfurt nach Schönbach gefahren, Schwäger war wieder stockbesoffen und sagte immer wieder, er könne das nicht länger aushalten, sie sollten sich doch am besten stellen. Es gab Streit, Krusien versuchte, ihn zur Ruhe zu bringen, und drückte ihn im Zorn in die Jauchepfütze. Er habe ihn nicht umbringen wollen, beteuerte er. Als er merkte, dass Schwäger sich nicht mehr rührte, fuhr er wie in Panik davon. Ich halte es nicht für ausgeschlossen, dass Krusien Schwäger ganz gezielt tötete, damit das schwächste Glied der Kette nicht riss und die ganze Sache herauskam.«

»Sie haben recht«, mischte sich von Boyen ein, »überlassen wir das dem Gericht und widmen uns der Vorspeise.«

Für eine Weile sprach man über angenehmere Dinge, die die vier miteinander verbanden.

»Wie geht es eigentlich einem Küstengewächs wie Ihnen hier im Binnenland?« Anne Mathissen stellte ihr Glas ab und schaute Peters an.

»Das mit dem Küstengewächs gelingt mir wohl nicht zu verbergen.« Peters lachte. »Mir geht es ausgesprochen gut, muss ich sagen. Das liegt an den netten Menschen hier.« Er schaute Barbara Fouquet an.

»Und das Wasser und der Wind, das fehlt Ihnen nicht?«, fragte Alfred von Boyen nach.

»Doch, die Seeluft fehlt mir schon ein wenig. Obwohl der Wald hier für viel Sauerstoff und nicht zu trockene Luft sorgt. Was mir manchmal wirklich fehlt, ist das Segeln.« Er spitzte die Lippen unter einem Anflug von Wehmut.

»Haben Sie es schon einmal auf dem Stockweiher versucht?«, fragte Anne Mathissen.

»Wo ist das?«

»Der Étang du Stock liegt in der Nähe von Sarrebourg, eigentlich nicht weit weg. Von meinen Bekannten aus Straßburg haben manche ein Wochenendhaus in der Gegend.«

»Segeln, das wollte ich immer schon einmal wieder.« Barbara Fouquet war begeistert. »Als Jugendliche war ich einmal auf einer Segelfreizeit und habe einen Anfängerschein gemacht.« Sie schaute Peters an. »Also, falls du einen Leichtmatrosen brauchst, ich bin bereit.«

Die Küche von Jean Arnal gab sich alle erdenkliche Mühe, die Gäste zufriedenzustellen, und es hätte fast ein uneingeschränkt schöner Abend werden können, wenn nicht Alfred von Boyen irgendwann zwischen dem zweiten und dritten Gang auf den Anlass der Einladung gekommen wäre.

»Als ich mich vor zwei Jahren hier an das Ende der Welt zurückzog«, mit dieser Bemerkung provozierte er ein Kräuseln auf Barbara Fouquets Stirn, »so geschah das in der Absicht, ein wenig Distanz zu meinem bisherigen Leben zu gewinnen. Ich wollte mich nicht mehr einmischen in den Lauf der Welt und besonders der Politik. Ich wollte mich dem widmen, was ich gelernt hatte, der Geschichtswissenschaft, und auf diesem Weg einen Beitrag dazu leisten, dass die Völker Europas und des Vorderen Orients besser miteinander leben können. Ich bereue die Wahl nicht, obwohl es mit dem Rückzug nicht so ganz funktioniert hat. Als ich Anne wiedertraf, freute ich mich darüber, wie kurz der Weg nach Straßburg ist – und nun bedauere ich es, wie weit der Weg nach Berlin ist.«

Barbara Fouquet und Bernd Peters lächelten über die wohlgesetzten Worte, zu denen er das Weinglas erhoben hatte, konnten ihm jedoch nicht ganz folgen.

»Lassen Sie uns auf unsere neue Ministerin trinken.« Es gelang ihm nicht, diesem Satz den freudigen Unterton zu verleihen, den er verdient hätte.

Die anderen drei erhoben die Gläser, Fouquet und Peters schauten erstaunt, Mathissen mit einer Mischung aus Wehmut und Stolz.

»Wie wäre es mit einem einzigen Satz der Erklärung, Herr Professor?« Barbara Fouquet bemühte sich, ihr charmantestes Lächeln aufzusetzen.

Alfred von Boyen schaute Anne Mathissen fragend an. Sie nickte ihm zu und sagte: »Wer gackert, sollte das Ei auch legen.«

Alfred von Boyen sagte: »Frau Mathissen wird die neue Ministerin für Europaangelegenheiten. Morgen Abend werdet ihr es in den Nachrichten hören.«

»Und sehen«, ergänzte Anne Mathissen, »deshalb muss ich morgen früh sofort nach Berlin.«

Barbara Fouquet verstand, was das bedeutete. Berlin lag doch ein ganzes Stück weiter weg von Schönbach als Straßburg. Sie hatte bemerkt, wie gut es den beiden ging, wenn sie zusammen waren.

»Also, herzlichen Glückwunsch!«, sagte sie und stieß mit Anne Mathissen an. »Lassen Sie sich so oft wie möglich hier sehen.«

»Vielen Dank, das deckt sich mit meinen Interessen«, kam als Antwort. »Ich werde jetzt nicht mehr so viele freie Tage haben wie bisher, dabei halte ich die Angelegenheit nicht für so schwierig wie Alfred. Ich muss oft nach Straßburg, und von Mannheim aus wäre ich in anderthalb Stunden mit dem Flugzeug in Berlin.«

Alfred von Boyen sah nicht so glücklich aus.

»Außerdem«, mischte sich Bernd Peters ein, »gibt es auf dem Berg über Schönbach einen Sportflughafen. Da können Sie dann mit Ihrem Hubschrauber landen.« Er prostete Alfred von Boyen aufmunternd zu.

Der letzte Gang des Menüs näherte sich. Sie waren inzwischen vom Weißwein auf einen bemerkenswerten Burgunder umgestiegen, einen reifen schweren Wein, der hervorragend zu dem nun folgenden Wildschweinrücken passte. Es war die Köchin selbst, die die Fleischplatte zusammen mit einem Kellner hereinbrachte und auf das Rechaud des Beistelltisches stellte.

»Ich wünsche Ihnen weiterhin einen guten Appetit«, sagte Marie Haeberlin. »Das Fleisch ist nach einem Spezialrezept unseres Hauses zubereitet, ich denke, es wird Ihnen schmecken. Das Wildschwein stammt aus unseren Wäldern, die Nationalität wird schwer zu bestimmen sein.« Sie lächelte. »Ich nehme an, es war ein nächtlicher Grenzgänger.« Das Fleisch duftete herrlich.

»Sie haben es zubereitet?«, fragte Alfred von Boyen.

»Ja, ich habe mit meinen Eltern ein Arrangement getroffen. Ich arbeite mehr im Restaurant mit, dafür tritt meine Mutter hier kürzer und kümmert sich um die Kinder, wenn ich arbeite.« Sie wirkte sehr ausgeglichen und zufrieden.

»Für das Restaurant ist dieses Arrangement vermutlich ein Gewinn«, meinte Anne Mathissen, nachdem sie den Wildschweinrücken probiert hatte. »Das Ergebnis von Maries Kochkünsten ist schlichtweg köstlich und wird dem *Le Coq au Vin* vermutlich noch eine weitere Kochmütze im Restaurantführer einbringen.«

Bevor sie zum Dessert kamen, entsprach Jean Arnal Anne Mathissens Wunsch, den er nur wenigen erfüllte, wenn sie ihn denn überhaupt zu äußern wagten. Aber er sah sich in der Schuld Peters' und von Boyens. Er zeigte ihr seine Küche, und man verabredete sich für ein dreitägiges Praktikum im nächsten Jahr. Dann würde er auch bereitwillig den Herren den Weinkeller zeigen, fügte er hinzu.

Am nächsten Morgen stand Alfred von Boyen auf der Wiese vor dem Haus. Er hatte sich auf das richtige Atmen konzentriert und zehn Minuten an dem Bündel aus Reisstroh geübt, das unter der schützenden Überdachung der Terrasse aufgehängt war. Er wollte die acht Stufen beschreiten. Er trat an die Vorbereitungslinie und verneigte sich zum Ziel hin. Dann ging er die drei Schritte zur Schießposition vor und nahm die Grundhaltung ein. Die beiden Füße, eine Pfeillänge voneinander entfernt, standen in einer Linie zum Ziel. Er bildete aufrecht stehend eine Verbindung von Himmel und Erde, den Blick vor sich auf den Boden gerichtet, und hatte das Gleichgewicht von Körper und Geist erreicht. Wie von selbst ergriff die rechte Hand die Bogensehne und hielt den Pfeil. Den Blick auf das Ziel gerichtet hob er den Bogen, bis der Pfeil über seinem Kopf ruhte. Die Kraft schien aus dem Bauch heraus in den ganzen Körper zu fließen, als er beide Arme auseinanderbewegte, den Bogen spannte und den Pfeil auf Augenhöhe senkte. Er fixierte die Scheibe über die Wurzel des linken Zeigefingers, bevor sich der Pfeil wie von selbst löste und ins Ziel flog. Alfred von Boyen blieb stehen, als ob sich der Pfeil noch im Bogen befände, und wartete, bis der Nachklang des Schusses in ihm verhallt war. Dann löste er die Haltung und trat die drei Schritte wieder zurück.

Er hatte Anne Mathissen am frühen Morgen mit ihrem Wagen zur Bahnstation gebracht. Der Wagen blieb bei ihm wie ein Pfand dafür, dass sie zurückkommen würde. Wann, das wussten sie beide nicht.

Personen in alphabetischer Reihenfolge

Arnal, Jean	Restaurantbesitzer
Baader, Dr. Monika	Staatssekretärin
Boyen, Alfred von	Professor, Politikberater
Dorémieux, Xavier	Inhaber von Agromarché
Fabian	Bauer
Fouquet, Barbara	Pfarrerin
Frank, Didier	Beamter Europaparlament
Haeberlin, Pierre	Futtermittellieferant
Haeberlin, Marie	dessen Ehefrau
Herkommer, Klaus	Schreinereibesitzer
Herkommer, Franziska	dessen Ehefrau
Hoger, Anna	Bäckersfrau
Katarina	ein kleines Mädchen
Krusien, Norman	Geschäftsmann
Lemaitre, Jean	Kriminalbeamter
Mathissen, Anne	Abgeordnete Europaparlament
Peters, Bernd	Kriminalkommissar
Riesenfeld, Prof.	Allergologe
Scheller, Klaus	Kriminalbeamter
Schwäger, Kurt	Bauer
Steinbach, Dr.	Professor
Tanja	Mutter von Katarina

www.wellhoefer-verlag.de